WHALE COLOR BOOTS

TSUYOSHI OGAWA

くじら色のブーツ

小川ツヨシ

JN179519

文芸社

Contents

くじら色のブーツ

Prologue　Hill of Tokyo

寂れた百貨店の屋上にタケルは独り佇む。時折、突風が痩せっぽちの躰を削ぎ落とす勢いで吹き抜け、蹌踉《よろ》けながらも挑む綱渡りの危さを重たいブーツが辛うじて支えてくれた。黄昏《たそがれ》ゆく空に浮かぶ方舟《はこぶね》のような浮雲を憧憬の眼差しで追い続けていたが、いつしか膨張した太陽は埋没し、空が闇黒に塗りたくられる頃合いには、方舟は暗澹たる海原に呑まれ、変わりに朧《おぼう》げな三日月と星屑が漆黒の塗料を弾くように浮かび上がってきた。

方舟を完全に見失ったタケルは眼下に広がる街に視線を伏した。夜空に散りばめられた綺羅の星たちを写し出す鏡のような街に無数の灯火は切なく揺らぐ。幼少の頃より通った街並みを一望できるこの場所をタケルはいつからか「丘の上」と名付けた。

「瑠架《るか》は今何処に……」タケルは待ち人の住処《すみか》のある新興都市の方角を凝視した。瑠架の住処のある場所はあたかも三日月が映写されたように細長く歪んで見えた。タケルは瞬きを繰り返し、コンタクトレンズの渇きを潤し、視力の矯正を試みて凝視すると朧な三日月は精密な高層マンションへと変貌した。

栄華の極みを誇る巨大な蜂の巣から滴《したた》る甘い蜜のような魅惑の光沢を山の手に聳《そび》える摩天楼は放っていた。蜂の巣から蜂蜜を零しながら蜜蜂が羽ばたいた軌跡のような道沿いの灯火を辿ってタケルは瑠架を捜してはみたが、眼下に華やぐ丘の麓に視線が到達すると宝石が敷き詰められたような眩《まばゆ》さに凝視できず、瑠架らしき蜜蜂をタケルはいつまでも捜し出せずにいた。やがて歓楽街は帰宅のため一斉に駅を目指す群衆で溢れ、それはまるで蠢く蟻が蟻地獄に吸い込まれていくような不気味な渦と化していった。蜜蜂となった瑠架をその黒い渦となった蟻が捕獲し担ぎ運ぶ幻覚が過《よ》ぎり、タケルは沈鬱な気分に陥り歓楽街から目を逸らした。

そんな怯み折れそうなタケルの気持ちを見透かしたように、屋上に設営されたペットショップから白い子犬が吠えタケルを一喝した。狩猟犬の血統を持つ子犬は、檻の牢屋に隔離されたまま乞うように首を傾げ真っ直ぐにタケルを見据えていた。それでも曇ったままのタケルの面持ちをみかねてか、子犬は檻の鉄格子に突進し南京錠を喰らってぶら下がると転げ落ち、脱出を企てる勇姿をタケルに披露して見せた。

「もう少しだけ待っていてくれないか……」タケルはいつものように丘の上に佇む羊飼いを気取って腹話術で親愛なる子犬の問いに溜息交じりで応えた。子犬は尻尾を一度だけ振ると待つ姿勢に伏せた。タケルは瑠架の軌跡を追想することを諦め、代わりに今日を限りにこの場から消え失せてしまうペットショップを惜しげに見渡した。

　銅製の鳥籠に棲む鮮やかな原色の羽根を纏ったオウムは無謀な反逆を嘲笑《あざわら》うように子犬の鳴き声を甲高く真似て見せた。木製の柵に棲むロシアンブルーの子猫はそんな騒々しい迷惑を被《こうむ》って毛を逆立てて怯えている。足枷《あしかせ》をはめられ鎖で枝木に繋がれた梟《ふくろう》だけは仙人の如くことの成り行きを静観している。映画『禁じられた遊び』の風車小屋に棲む梟のように……。

　そう、『禁じられた遊び』の映画に登場する風車小屋に教会の十字架を盗み集め飾った少年のような心持ちでタケルは瑠架の到着を待ち続けている……だが、待ちくたびれたタケルはギリシャ神話で月の女神に愛され、幼いまま眠り続けた少年のようにこの場に伏して永遠の眠りに堕ちてしまいたい衝動に駆られてきた。

　少年はどちらも羊飼いでタケルには白い子犬が必要だった。だが、待てども待ち人である瑠架は現れない……そう、瑠架がこの場に現れなければ、檻に匿《かくま》われた子犬を手に入れることもできない……ノアの方舟は降りてはこないのだ……子犬だけでなくペットショップの動物たち全ての行き場もないのだ……そんな抱いた絶望から焦りに煽られたタケルは再度、丘の麓に視線を凝らすもやはり瑠架を捜し出すことはできなかった……。

そんなタケルの落胆を代弁するように、向かいに佇む赤茶けた煉瓦造りの廃墟ビル屋上で毛皮を羽織り、ギターを掻き鳴らすジョン・レノンが叫んだ。ドント・レット・ミー・ダウン……僕を落胆させないでくれ……感嘆の叫びがタケルの耳を劈《つんざ》く。ノアの方舟が就航しないなら黄色い潜水艦でも構わない！　タケルが抱いた絶望が産んだ一粒の涙が乾いたコンタクトレンズを潤ませ、霞んでいた視界がさらに鮮明になる。ジョン・レノンは廃墟ビルに棲む盲目の老い耄れた野犬の遠吠えといった幻覚であり、幻聴であった現実に引き戻された。

まるでタケルを嘲笑うかのように夜間飛行のライトを点滅させながら旅客機が静かに真上を通り過ぎ、タケルが抱いた旅の空路を虚しくなぞった。

タケルは再び視線を伏すとかつて月ロケットに乗った宇宙飛行士がはめていた型の手巻きの腕時計を凝視した。秒針は百貨店の閉店時刻を既に過ぎていた。タケルは両腕を上げ背筋を伸ばし、都市の排出する排煙が醸す薄らな朧月に腕時計を翳《かざ》し、発射台でその時を待つ宇宙飛行士の気持ちを想像した。それでも鳴り渡らない鐘塔と手巻き時計の示す時差だけがタケルに一縷の希望を繋がせてはいた。

だが、預言の嘘を暴きタケルに退散を促すように、シンデレラのガラスの靴のように捨てられていた炭酸水の空き瓶が強風に煽られ音を立てて転がり、白く冷淡な非常階段の灯りの下まで誘った。続けて兵隊が行進するような威圧的な靴音を叩きながら守衛が此方《こちら》に近づいてきて、深く被った帽子のつばの陰から露骨に不信感を露わにした視線でタケルを睨みつけた。

シンデレラは去ったままさ……飛び降りるのか？　守衛の表情から台詞を入れるならそんなところだろう……。

僕は飛び降りやしない、飛び立ちたいんだ……タケルは遠い昔に背中に生えていたであろう翼をはためかせるごとく背筋を震わせながら唇を横に伸ばす表情で守衛が抱いたであろう疑念に腹話術で応えたが、守衛は立ち去らず、タケルは邪魔な守衛を煙《けむ》に巻こうと煙草に火を点け、深く吸い込むと息を止め、目を瞑った。そうして今から起こりうる場面を思い描くことで希望を繋いだ。そうして遂に時計台の鐘の号砲が響き渡り、タケルは想像と現実が入り交じった創世記の序章を頭の中に描いた。

捨てられたポップコーンに群れていた一羽の鳩が飛び立ち、混乱した麓界隈を一気に飛び越え、町外れの朽ちた果樹園と共同墓地の狭間にある教会へと消える。鳩が飛び去った軌跡と十字に交わる横断歩道を四人のヒッピーが渡り、その横を瑠架が丘を目指し足早に過ぎる。鳩が飛び立った丘の頂では守衛が檻に入れられた動物たちを開放する。ナマズやアロワナの水槽に七色のグッピーを混ぜ合わせ排水溝に流し捨てる。インコや九官鳥、オウム等の鳥籠の扉を順に開放し梟の足枷を外す。鍵の束をウインドチャイムでも奏でるように鳴らし、時折鍵穴と差し込もうとする鍵が合わず苛つき安全靴で群がる犬や猫を蹴り払いながら檻の錠を開放していく。

百貨店は今日で閉鎖だ！　俺も今日で職を失う……在庫処理に労働者と生き物の駆除は面倒だ！　守衛はそんな愚痴をぼやきながら拘束を解いて廻る。そうして守衛が白い子犬の檻の鍵をこじ開けたところでノアの方舟が丘の頂に降り立ち操縦士が皆を方舟へと誘う。白い子犬は吠えながらこの丘の頂の外れにひっそりとある寂れた遊園地に辿り着いたばかりの瑠架を見つける。瑠架は銀色のコインを無人の回転木馬の投入り口に落とす。エリック・サティの『ジュ・トゥ・ブ』というスローワルツを奏でながら木馬は廻り始める。ジュ・トゥ・ブは貴方が欲しいという想い……その想いは徐々に高まり、スローワルツは壊れたように加速し、木馬は高速回転で廻る。やがて木馬は生身の馬となり縦横無尽に疾走する。一頭の悍馬《かんば》がクレーンゲームの硝子の兎小屋を破り割り雄叫びを上げる。そうして呪縛から解き放たれた動物たちが方舟に乗り込んでいく。瑠架は迷走する白い子犬を抱き上げ、タケルは瑠架の手を握りしめ、共に方舟へと向かって歩を進める……。

タケルは序章を描き終えるとそっと開眼してみた。

守衛は傍からは離れいつもの持ち場に戻っていた。ペットショップの動物たちが放たれた形跡もなく、白い子犬はふてくされたように伏せたまま、此方を睨んでいる。鳩は相変わらずポップコーンを卑しく啄《ついば》んでいる……。そう、想像の断片すらない冷淡な現実がタケルの目前に虚しく横たわっていた。

時計台の鐘は完全に鳴り止み、刹那な時は過ぎ去ったのだ。

まるで決断を急かすように強い突風が吹き抜け、タケルの肩を乱暴に叩いた。堕天使よ今すぐ飛んで翼が羽ばたくか試せばいい……風はタケルに悪戯《いたずら》にそう囁いた。強風に揺らいだ瞬間、煙草の灰が仏壇に立てられた線香の如く堕ち、屋上の片隅で老朽化したコンクリートの歪みに根強く咲いた蒲公英《たんぽぽ》と捨てられた菓子箱に重なった。それはタケルに、あたかも飛び降り自殺した後の慰安される墓碑を彷彿させた。そんな危うい誘惑から逃れようとタケルはその場から後退《あとずさ》りし、機械室のあるほうへと逃れた。

機械室の金網沿いの迷路を抜けると小さな遊園地が存在する。遊園地の回転木馬に瑠架がいなければ、確実に方舟はアララト山の麓に座礁したままなのだ……完全なる終止符を打つために鉄柵の迷路にタケルは足を踏み入れた。周囲に聳《そび》える高層ビルの隙間から吹き上げる突風が、機械室の扉を封鎖している鎖を破る勢いで吹きつけ、不快な金属音を響かせている。金網に囲まれた柵の中には行き場のない壊れた蝙蝠傘《こうもりがさ》が不気味に彷徨《さまよ》い、毒蛾の群れの如く百貨店閉鎖の告知を謳うビラが舞い散っている。荒涼とした都会の死角を醸し出しているその迷路を一気に突っ切ってタケルは反対側へ抜けようと歩を速めた。だが、途中、タケルの狭い視界の隅に人影が過《よ》ぎり歩が緩んだ。風に揺らぐトレンチコートを身に纏った白髪の紳士が仄かに重油の臭いを放つボイラー室に凭《もた》れ一服し佇んでいる姿が確かにあった。

方舟の操縦士？　長旅に備え、方舟に給油しているのだろうか？　……だが、思い描いた幻想の世界とは別に現実の世界でタケルはその紳士に対し微かな憶えを抱いていた。

誰だろう？　タケルは一瞬、引き返そうかと迷ったが、まさにその瞬間、まるでタケルを諭すように張り巡らされた鉄柵に巨大なカラスが飛来し扇のように翼を広げ威嚇してきた。タケルは驚嘆し、足が縺《もつ》れ、躓《つまず》き転びそうになり迷路の抜ける方角へ何とか走り抜けた。

幼少の頃より慣れ親しんだ憩いの場は相も変わらずに閑散とあった。おかげでタケルは僅かだが平静さを取り戻した。タケルは遊技場を超えると小さな遊園地へと向かった。天井と導線の間に蜘蛛の巣が張った裸電球がぶら下がっただけの寂れた遊技場では、客のいない暇を弄ぶドレッドヘアーの店員がピンボールを弾いている。傍らに置かれた玉突き台は傾いているのが、ここからも見て取れる。故障中と記された貼紙付きのクレーンゲーム機の中に数匹の野兎が閉じ込められたままで、回転木馬の騎馬も魔法をかけられたまま寂しそうに俯き加減で佇んでいる……そう、つまり瑠架はこの場に現れなかったのだ……。

「白い子犬と遊んでいるか、喫煙しているか、とにかく屋上にいる……もし、僕を見つけられなければ回転木馬を廻してあのメロディーを奏でてくれないか？　直ぐに駆けつけるから……」瑠架に嘆願した台詞がタケルの頭の中を虚しく巡った。

タケルは瑠架とこの場で語り合った日々の思い出を順に遡った。微動だにしない回転木馬と相反してそれは走馬燈のように呆気《あっけ》なく駆け抜けてしまい、瑠架と出逢う前にこの場で起こった懐古の出来事にまで遡った。

それは、タケルがまだ幼少の頃のことだった。この場所で虎のスカジャンを羽織ったバタフライナイフをちらつかせた素行の悪い不良に財布を献上しろと恫喝されたことがあった。タケルはバター味のポップコーンを投げつけ、回転木馬の周りを虎がバターに溶けパンケーキになるくらい逃げ廻った。だが、追い詰められ、まさに殴られようとする寸前にダラスカウボーイズのスタジアムジャンパーを着けていた射的場の番人が駆けつけ危機一髪救済された。そんなカウボーイが虎を退治した思い出がやけにタケルの胸中で眩《まばゆ》く輝いた。おそらく、それはこの場を去る覚悟を決めたことがもたらした懐かしさの輝きなのだろうとタケルは悟った。

その時、投入口に銀貨がおちる音が微かだが響いた。だがタケルは、回転木馬はもう二度と廻ることはないだろうと諦めがついていた。エリック・サティのジュ・トゥ・ブは演奏されることはないのだ……。

タケルの察知した通り、ボブ・マーリーの『ノーウーマン・ノークライ』が緩やかに包み込むように流れた。店員がピンボールで遊ぶのを止め、古めかしいジュークボックスに銀貨を落とし、この曲をリクエストしたのだ。その切ないバラードはタケルの消沈した傷口に染み入ってきた。

タケルは店員の粋な計らいに謝意を示したく、遊技場まで戻ると自動販売機に銀貨を一枚落としハンバーガーを購入した。ケチャップとカラシだけで味付けた、固い肉がふやけたパンに挟まれたハンバーガーは古びたタイマーの針が一周するとアメリカの国旗がデザインされた箱ごと熱々の状態で取り出し口に落ちてくる。ハンバーガーが温められるのを待つ間に隣の自動販売機で缶入りコーンスープを選び、少年時代に夕飯まで凌いだ懐かしい味のハンバーガーを囓り熱いスープを啜《すす》った。

その間、ボブの歌詞にあるジョージがトレンチタウンの共同炊事場で火を灯し炊いたコーンミール粥の味を想像した。味は思い浮かばなかったが、ジョージはきっとこの店員のような人なのだろうとタケルは想像した。ハンバーガーを口に押し込み、生温いスープで萎縮した喉を通すだけの安っぽい粗雑な飯が故郷での最後の晩餐となった。零《こぼ》れた鼻水と少しだけ溢れた涙をガキの頃のように袖で拭って、鉄製の錆びたゴミ箱に飲み干した空き缶を放り投げた。鈍い金属音が響き、空き缶は弾かれゴミ捨て場に群れる鳩が隣接する白いペンキが色褪せた木造の露店へと慌てて逃げていった。

露店には一組の家族連れが立ち寄っていた。店番はピエロの化粧をした道化師だった。家族の子どもたちが道化師にミルクセーキを快活に注文した。その姿はかつて父在りし頃の幼少時のタケルを彷彿させた。辺りに甘いバニラビーンズの香りと懐古な幻影が漂った。道化師がつくりたてのミルクセーキとおまけに男の子に青い風船、女の子に赤い風船を渡した。続けて道化師はパーラーの柱に括られ残ってしまった黄色や緑や橙色の風船を空に放ち、子どもたちは歓喜の声を上げた。

タケルはそんな光景を目にしながら象のスベリ台と麒麟《きりん》のシーソーのある広場のべ

ンチに蹌踉《よろ》けるように腰掛け、鼻を突く甘い香りを嗅ぎながら夜空に消える風船の行方を追っていた。するとフラミンゴの噴水が醸し出す虹色のベールの彼方から接客を終えた道化師がゆっくりとタケルに近寄ってきた。道化師はタケルの前までやってくると丁寧に会釈をした。シンデレラのガラスの靴は消えたが赤い靴を履いた女が現れた。

「やがて百貨店は閉店となります。ラストオーダーとなりますがホット・ドッグなどいかがでしょうか？」細く艶めいた女の声で道化師はタケルに訊ねてきたが、タケルは遠慮がちに目を伏せてしまった。真っ赤な網紐のハイヒールのショートブーツが艶めかしい。道化師はポケットから無造作に虹色飴玉の筒を出し、サクサクと鳴らしながら振ると、蓋を開けて手の平に一粒落とした。青色の飴玉が道化師の手の平に転がった。道化師はまるで鎮痛薬を投薬する看護師のように優しく青い飴玉を摘みあげ、拒むタケルの口に無理に押し込んできた。続けて道化師はポケットから長細い青い風船を取り出し膨らますと、キコキコとゴムが摩擦する不快音を立てながら青い鳥をつくりタケルに差し出した。タケルは青い薬を慌てて噛み砕きながらまるで赤子を受け取るように慎重に青い鳥を授かった。道化師はそんな儀式をして見せ、タケルの心に潜む不吉な予兆を暗示する絶望の黒い鳥を青い希望の鳥に変えた。

「煙草一本くださいますか？」道化師は謙虚にそう強請《ねだ》ってきた。タケルはそんな嘆願に動揺しながらも青いネルシャツの胸ポケットをまさぐり、ボックスを振って一本差し出し、空虚な気持ちに触ってくれたお礼にと銀色のオイルライターを擦って火を翳した。道化師は優しくキスを受けるように煙草に火を灯した。風が髪を掻き上げ乱れた髪の毛からは黒苺の香りが漂い、露わになった耳朶《みみたぶ》には金色の象が仁王立ちしたピアスが刺してあった。マッチ売りの少女が暖かい幻想を見るような感じで道化師は煙草を吹いた。タケルも道化師を真似、火を点けると失意を嘆く溜息を描写するが如く吹いた。ふたつの煙は二頭の龍のように絡みながら夜空へと登り、やがて色とりどりの風船の行方さえ覆い隠す雲を夜空に垂れ込ませた。

そんな二人の前を女店員が慌てふためいた様子で走り去っていった。女店員が呼ぶ声はタケルの耳にも届き、先程、機械室の金網で一服していた紳士が方舟の操縦士ではなく誰だったのかをタケルは思い出した。不吉な雲はより重く垂れ込めてきた。やはり青い鳥は道化師が装った幻であり、黒い不吉な鳥が丘に居座っているのか……。するとそんなタケルの疑念に答えるように機械室より魔女の召使いのような巨大なカラスが悲劇を予兆するように鳴き叫びながら三日月に向かい飛び去った。

次の瞬間、ドスン！　と鈍い音が丘の麓に響き渡った。麓での惨劇を物語る人々の悲鳴が垂直に聳える丘の斜面を一気に駆け上がる勢いで頂まで到達した。まるで、丘を包囲した敵兵が勝利の雄叫びを上げるように警笛が鳴り響き、混乱に陥った麓の惨劇は否応なく丘の頂まで伝わってきた。百貨店の支配人が飛び降り自殺を図ったのだ。タケルがそう察知したのは、先程、狼狽した面持ちの女店員が「支配人！」と叫びながら走り去ったことと、空虚に風に舞っていた閉店の告知のビラだ。機械室の隅に佇んでいた紳士はこの丘の支配者だったのだ……。

　かつて繁華街を賑やかせた老舗百貨店も駅ビルに進出した大手百貨店の煽《あお》りをもろに受け荒廃の一途を辿り本日を以て閉店となった。老舗百貨店支配人、抱え込んだ負債を苦に自殺、明朝の新聞の見出しが過ぎった。地元の百貨店として他が次々と建物ごと賭博場に変貌する最中に人足が遠のいた商店街の組合を地下食品売場で格安の家賃で出店させるなどして団結し挑んだ。だが遂に袋小路に迷い込まされ閉ざされた壁に嘖《さいな》まれた支配人は天へと続く道を選び最期を遂げたのだ。やがて荒くれたハイエナがこの丘を彷徨《うろつ》き、全てを喰い尽くすのだろう……。道化師の瞳に塗られたスパンコールの涙の粒が潤い輝いた。

「私の名はナンシー。週末はギター片手に路上で歌ったり、詩を朗読したりしているの。支配人は時折足を運んでくれて、さりげなく路上に置いたギターケースに心ばかりのチップをくれたわ。普段は寡黙な人だけど若い頃にストーンズのコピーバンドを組んで演奏したことがあるって……そんな話を懐かしそうに語ってくれたこともあったの……」道化師は支配人との繋がりを語った。

タケルにも同じように支配人との繋がりがあった。支配人は父の学友にあたり、父はこの百貨店を好んで利用し、タケルも幼少の頃より一緒に足を運び慣れ親しんだ場所となった。何故だか、母はいつもここには来たがらなかった故に百貨店には父と二人きりの思い出で溢れていた。タケルが小学校入学式で着る三つ揃いの式服を洋服売場で仕立てた際には、支配人は売り場にわざわざ出向いてきて店員に値引きさせ、父と談笑しながらタケルの成長を我がことのように喜んでくれたりもした。父は買い物を済ますと、いつも決まって最上階のレストランでご馳走してくれた。万国旗がオムライスに立てられたお子さまランチが美味《おい》しく、食後は屋上へと階段を登り、喫煙所で一服する父の傍ら、そう、まさにこの場所で遊具である機関車に銀貨を投入し乗って遊んだ。だが、父は中東へ海外赴任し、そのまま失踪してしまった。それからタケルは父との思い出の詰まったこの場所へ頻回に足を運ぶようになった。支配人はタケルを見掛けるといつも会釈してくれた。タケルはそのたびに支配人の傍らにかつてあった父の幻影を探していた。支配人にもタケルと同じ歳の息子がいたことを、父の失踪から数年後に知ることとなる。偶然にも支配人の息子であるヒロシと塾で一緒になり学友となったのだった。最近、タケルは塾の卒業発表で大胆なヘマをやらかしたが、支配人の息子であるヒロシは、皆がタケルに対して蔑《さげす》み顰蹙《ひんしゅく》を露わにする渦中に置かれても、人目を憚らず堂々と声を掛けてきてくれた優しい奴なのだ。もし機械室を通り抜けたとき紳士に誰か気付き声を掛けていたなら……タケルは悔やんだ。ヒロシがたった今起きた悲劇を知ったなら……悔やんでも悔やみきれない結末に震えが止まらなかった。そもそもタケルが旅立ちの決断にこの場所と時間を選んだのは幼少の頃より慣れ親しんだこの場所を失う今日こそが決断を下すに相応《ふさわ》しいと考えたからだった。だが、まさかこんな惨事が起こるとは……。僕の代わりに支配人は飛び散ったのかもしれない。もしくは僕の未来を予知し戒めたのかもしれない……方舟の操縦士は父に代わってタケルにそう教えを説いたに違いない。後退りして腐敗した街に呑まれ、身を委ねてはならない。この街の犠牲となるために生まれてきた訳ではない。瑠架が現れなくても、ノアの方舟は降りてこなくとも旅立つのだ……タケルは独り失意の中で旅立つことを決意した。

「僕は今から遙か遠い島へと旅立つんだ。無人島にひとつだけ持っていくなら君は何を持って出掛ける？」タケルは旅立ちの決意を道化師に宣言することで揺るぎないものにした。

「あなたは何を持って出掛けるの？」道化師は首を傾げオウム返ししてきた。

「釣り道具だ」タケルは背負ったバックパックのサイドベルトに括り付けたかつて父の使用していた釣り竿を納めたロッドケースを指差して答えた。道化師の白塗りの化粧は涙のせいで剝げ落ち女の面影が少しだけ露呈しかけていた。タケルはその間抜けな愛らしい顔に無理に少しだけ笑って見せた。するとタケルの笑顔で何かを思い出したのか道化師はポケットから取り出した飴玉の入った筒を振った。道化師の手の平に赤い飴玉が一粒転がった。道化師は赤い飴玉を頰張りながらしばらくグリモワールの呪術のような呪文を唱えた。それから道化師は赤色の風船をポケットから取り出し膨らますと、キコキコと何かを創り始めた。だが風船は途中で割れた。道化師の唾液と相俟《あいま》って使用済みコンドームのような塵《ごみ》が手の平に載っていた。故意に割ったのだ。それは巷《ちまた》で知れた噂、売春の誘いだ。道化師は顔を取り繕って、唾液で粘着した割れた風船を摘み上げタケルに上目遣いで見て艶めかしい声で訊ねてきた。

「二人きりで遊ぶ？……」

絶望に打ちのめされたばかりの、理性の付与なき身の上となったタケルは道化師のなすがままになり、手を引かれた。道化師はエレベーター脇の公衆便所にタケルを連れ込み鍵を掛けた。タケルは場に相応しくない過ちを犯すことに躊躇《とまど》いを感じながらも、一方ではむしろ決断を揺るぎなく固めるには公衆便所の壁に殴り描かれた卑猥な落書きのようにこの場所での思い出全てを汚してしまうのも悪くないと思い気持ちが揺れ傾いたりもした。

道化師は飴玉の入った筒をナイフのようにタケルの脇腹に突き付け振って値段を決めるから一粒出すように命じた。タケルは道化師に従って飴玉の筒を振って一粒出した。飴玉は黄色だった。道化師は黄色の金額を艶めかしい声で耳元に囁きタケルは頷いた。道化師は履いている赤いブーツが樹木に纏わりつく滑る鱗《うろこ》の大蛇のようにシャツのボタンを上目遣いに下から順に外し襟元をはだけさせ、続けてバックルを外しジーンズを降ろした。タケルは手摺りに摑まり立ったまま全てを委ねたが、何故か涙が溢れ出てしまった。当惑した大蛇は人に戻ると一旦タケルから離れた。

「白けるじゃない……こんなのって……」道化師はタケルのはだけたネルシャツのポケットから煙草を取り出すと火を点けた。

「ご免、迂闊だった……」道化師に醜態を晒したタケルはベルトを絞りバックルを留めながらそう詫び、ポケットをまさぐり、子犬を購入するための丸めた紙幣のうち二枚を抜き出し道化師の胸元に捻込《ねじこ》んだ。バックパックを担いでその場を立ち去ろうとしたが道化師の柔らかな冷たい手で腕を摑まれた。その衝撃で飴玉の筒が彼女のポケットから落ちて、七色飴玉が白いタイル床にバラ撒かれ転がった。道化師は胸元から紙幣を抜きタケルに返そうとした。

「散らばったドロップキャンディーの弁償代だ」タケルはそう道化師に告げ受け取りを拒絶し戸口の鍵を開けた。

「あなたにならやり逃げされるのが本望だったのに……そしたら、その原罪を脅しながら島までここに棲む動物を率いて一緒に追いかけていけるでしょ？　だって今日限り居場所を奪われるのよ……私も動物たちも！　あなただけずるいわ！」道化師は卑屈に歪み笑った。タケルは、何も言えずにただ手を振り縺れながら歩を進めた。

「無人島にひとつだけ持って出掛けるならアコースティックギターにするわ。このお金、巡業の旅に耐えうる頑丈なアコースティックギターを購入する頭金に使うわ。あなたが魚釣りして無人島で生き延びていられて、いつの日か私と再び巡り逢えたならあなたに賛歌を歌ってあげるわ」道化師は立ち去ろうとするタケルに早口でそう告げた。道化師の言葉はタケルの抱いた嫌悪感をも柔らげてくれた。だが、そんな安堵感も瞬時に凍らせてしまうのがこの街のしきたりだ。予期した通り非常階段の踊り場で守衛がタケルの行く手を阻むように立ち塞がった。道化師と悦楽に耽った者はこいつに金を根こそぎふんだくられるのだ。守衛は他にも小動物に餌をやるついでに駄菓子でも配るように違法な薬を売りつける副業までもしている。過去にタケルはこの守衛からアンフェタミンを購入した繋がりもあった。

「ここ数日の記憶が飛ぶ薬をドッグフードと混ぜ檻に棲む白い子犬に与えてやってくれ」面倒だったタケルは子犬を購入するための紙幣の道化師に渡した残り分を突き出して守衛に握らせた。守衛は困惑し首を傾《かし》げたがやがて面倒臭そうに頷いて捌《は》けた。

タケルはガラスの靴のような捨てられた空き瓶を蹴散らし、白灯に群がる妖精のような羽虫を払い除け、非常階段を転がり落ちるように階下へと急いだ。沸々と重たい気持ちが沈積する反面、躰は道化師の風船のようで弾むように軽快だった。一階に到達し重たい扉を押し開けるとシンデレラが南瓜《かぼちゃ》の馬車で立ち去った痕跡もなく、さらには支配人の遺体すら既にこの場から奪われ、現場には血痕らしき痕跡の脇で警官が二人で耳障りな声で談笑していた。棍棒《こんぼう》で凝りを解《ほぐ》すように肩を叩きながら喋り込む二人の警官の横をすり抜けていく。

「丘の支配者が自決した場で女を金で買い、ドラッグを子犬に与え虐待したんだ……独居房にぶち込んでくれないか！」タケルは腹話術でそう呟きながら警官の横を通り過ぎると一度だけ歩を止めた。そして衣服の乱れを直す仕草に紛れて胸に十字を切って犠牲者である丘の支配者を弔った。神は寛大な裁きをなされたのか、警察官はそんな不審なタケルを呼び止めなかった。

街は冷酷なまでに淡々と生きる人の群れが全ての不条理を掻き消す速度で流動していることをタケルはまざまざと知らされた。

タケルはそんな雑踏の喧騒を避けるために建物が犇《ひし》めく裏通りへと抜けた。タケルは排水溝から皿洗い機の業務用洗剤と残飯の入り混じった悪臭が鼻を突く迷路の出口を示す朧気な光明を目指した。途中、紫の妖艶な煙が足下に燻し絡みつき、鼠の棲家から路上を彷徨《うろつ》く溝鼠《どぶねずみ》を重たいブーツで蹴散らし、何とか歩を進め、辿り着いた駅にまるで吸い込まれるようにタケルは呑まれた。そして、惨めな感傷に浸りながら地下鉄に揺られ、モノレールを乗り継ぐと、何とか空港のある終着駅へと辿り着くことができた。

それから、タケルは港内に設置されたコインロッカー横のベンチにバックパックを枕に放浪者のように横たわった。時折、外へ出ては長距離バス発着所に設置された喫煙所で煙草を吸ってみたり、自動販売機で購入した温かな缶コーヒーの飲み口を冷ますふりでブルースを吹いてみたりと暗澹たる夜が過ぎゆくのを待った。そうして微かな夜明けのにおいを嗅ぎ付けた頃合いにタケルはバックパックを抱え、搭乗口へと歩を進めた。

　街に置き去りにした惨めな自身の抜け殻と雑駁と散らばった創世記の脚本を洗い流す如く錆臭い通り雨が過ぎ、タケルを乗せた旅客機は轟音と水飛沫《みずしぶき》を立てながら白々と明け始めた空へと飛び立った。方舟ではなく、ただの旅客機であることを瑠架が座るはずだった隣の空席が否応なしにタケルに知らしめた。タケルは咄嗟に小窓から視線を落とし霞む街の何処かにあるであろう百貨店の屋上に置き去りにした自身の抜け殻を探していた。百貨店は探せなかったが、タケルが抱いた誇大な無念は眼下に聳える高層ビルの上に最後の残影を描き出してくれた。

　屋上の水溜まりの水を守衛が解放した白い子犬が音を立てながら舐めている。子犬は横たわる抜け殻となったタケルの臭いを嗅いだ。黒革のライダースジャケット、襟元からはだけた青と黒の縞模様のネルシャツ、擦り切れたブルージーンズにくじら色のブーツ、腕には手巻き仕掛けの腕時計、周囲に散らばった煙草、角張った銀色のオイルライターが曇り空に霞む朝日の微光を映し太陽の欠片《かけら》のように転がっている。そして青い鳥の死骸を握りしめたまま、髑髏《どくろ》を隠すが如く顔には道化師の仮面が付けられていた。タケルは飛び降りてせめて肩を揺すり起こしてやりたい衝動に駆られたが、抑制帯の如く旅客機の座席ベルトが衝動ごと強《したた》かに抑えつけた。旅客機はタケルの抱く無念などに動ぜずに天空へと誘っていった。

「瑠架が溺愛した白い子犬も一緒に連れて旅立とう！　子犬の名はダリのアンダルシアの犬からアンダルシアと名付けよう、ジョージ・オーウェルが執筆した動物農場を読み聴かせアンダルシアを賢明に育てよう……」タケルは瑠架に吐けなかった台詞を腹話術で呟きながらジーンズのポケットに手を突っ込んだ。凶暴で既存のルールに縛られない犬となって欲しい！　と願って事前に購入しておいたパンク風に鋲《びょう》打ちされた黒革の首輪を悔しさのあまりポケット中で強く握りしめた。その突き刺さる痛みに託《かこつ》けて目を閉じ上昇するエンジン音に紛れ腹話術で祈りを捧げ惜別を宥《なだ》めた。

「いつも丘の上で早熟に今日を悩み、明確な明日を摑むことに必死だった。だが、丘は十字架をぶっ立てた己の墓場と化してしまった。地上に暮らす人の業に怒りを憶えた神は生きとし生けるものを絶滅させると預言なされ、僕は方舟に乗り込む決意を固めた。だが、支配人が飛び降り神に生け贄《にえ》を捧げ恐慌は回避された。やがて一羽の鳩がオリーブの葉をくわえて舞い戻り、神は約束の虹をかけるだろう。せめて犠牲を孕んだ未来が意義あるものであるように……この祈り主イエス・キリストの御名《みな》により御前《みまえ》に捧げます、アーメン……」タケルは屋上に捨て去った己の抜け殻と、飛び散った支配人の残骸を弔い胸に十字を切った。

向かいに座る客室乗務員が怪訝な表情でそんなタケルを睨んだ。タケルはその尖った視線を避けるため横向きになって目を瞑った。いつか瑠架と二人で忍び込んだ教会で瑠架がパイプオルガンで奏でてくれた映画『禁じられた遊び』の「愛のロマンス」の旋律が頭の中で鳴っていた。瑠架の演奏が終わってしまうのが怖く、懐に忍ばせた小瓶の葡萄酒を飲み干し強引に眠気を引き寄せた。濃厚な媚薬はタケルを紫の渦に酔わせながら浅い眠りに誘った。やがてタケルは夢に堕ち、夢の中で目覚めた。タケルはあの屋上の上に横たわっていた。道化師が捨てた七色の飴玉を踏み潰したせいで足下には無数の蟻が戯れ黒い粒が渦状に蠢《うごめ》いていた。タケルは立ち上がりその奇怪に蠢く黒い渦をくじら色のブーツで幾度も踏み潰した。潰れた幾千もの黒い粒から葡萄酒のような紫色の血が染みていった。

「あなたの抱いた博愛なる革命は失敗したってことよ……フランス革命に由来する国旗のトリコロールカラーの青は自由、白は平等、赤は博愛を表すのよ。白が示す平等なんてありえないわ……残りの赤と青を混ぜると紫になるのよ……あなたには青が足りないわ……」道化師がそう囁いた。

タケルが激しく地団駄を踏んだせいか老朽化した百貨店は崩れ落ち、海底深く沈んだ。建物から浮き出た幾千もの彩り鮮やかな物資が海面に浮き上がって未開の孤島を侵食するために漂流し始めた。頂にいたタケルも海に向かってふわりと堕ちながら隣で同じようにもがいている道化師の手を握った。道化師は危機を察し、もう片方の手をポケットに突っ込んで黒い風船をまさぐり出して必死に膨らませた。危うく底なしの海に堕ち逝く寸前、道化師の黒い風船は大きく膨らんで、その気球にぶら下がって二人は何とか入水を避け凌いだ。だが、気球と思われた黒い塊は、巨大なクジラで爛々と輝いた瞳でタケルを睨みつけると一気に呑み込んだ。

聖書に登場する些細なる自己愛に捕らわれた古代ヘブライの預言者ヨナはクジラに呑み込まれ三日後に吐き出された。神の愛を信じられずに……。

Chapter 1 Mermaid Ruri

旅客機は青を目指し南西諸島の島へ着陸した。博愛なる革命に破れ、神の怒りに触れ孤島へ追放される流罪を課せられたような身が贖《あがな》い救われる術《すべ》があるとしたら、例えばピカソが青の時代と呼ばれた時を経て作品と向き合ったように、全てを青く塗り潰してしまうことだ。フランス革命の青は自由を示す色……一気にカリブ海の真珠と賞賛されへミングウェイが愛しコロンブスが最も美しいと称したキューバに亡命する無謀な経路が理想であったが、瑠架が連れ添ってくることを考慮して、突発的だがパスポートも必要ない沖縄の離島を行き先と決めたのだった。目的から逸脱せずに青く塗り始めることはできる。

到着し仮設階段を下りると島の滑走路に海の薫りを運ぶ南風が優しく吹き抜けていった。抜けるような青空と骸骨まで曝されてしまいそうな灼熱の太陽に顔を顰《しか》めタケルは目蓋で眼球を覆った。

流刑島ではなく楽園の島へと辿り着いたのかもしれない……昨夜の惜別などできれ

ばこの南風と共に吹っ飛ばしてしまったほうが賢明なのだとタケルは孤独な旅となってしまったことを肯定してみたりし、バックパックをベルトコンベアーから拾い担ぐと次にポケットから取り出した皺くちゃの紙切れをタケルは確認した。資金の調達と足の確保それが最初の任務だった。起こりうるかもしれない予想外の弊害にもめげないようにと『ロビンソン・クルーソー』を再読し冒険の序章にするべきことだけは事前に書き留めておいたのだ。

空港を出るとタクシー乗り場へとタケルは黙々と歩を進めた。旧式だが強烈な日差しを受け輝いた空色のタクシーが停車していた。まるでキューバの米車のようなそのタクシーを拾うと銀行前までと行き先を告げた。タクシーは空港を出て、路肩に強風に靡《なび》く椰子《やし》の木が点々と植えられた舗道を進み最初の赤信号で止まった。カーラジオはルンバやサルサではなく揚々とした琉球民謡の三線を奏でていた。タケルは窓から見える風景に目を配った。畑地にある白珊瑚の石垣に囲まれた民家が一軒あり、門には水字貝《すいじがい》が魔除けのためだろうか紐に吊されている。庭先には艶やかな赤紫のブーゲンビリアが絢爛に咲き誇り、赤瓦葺きの屋根の上には漆喰《しっくい》で造られた獅子が外来者である夕ケルを睨みつけていた。魔除けの霊獣の背後には広大な緑のサトウキビ畑が南風に揺らぎ、彼方には青の海が拡がっている。その風景は沖縄に逃避したことをタケルに実感させた。

「島で銀行強盗するつもりか？　空港に貼られた指名手配犯の中にいたような顔だな青年！」運転手は頑健な腕を背もたれに掛け振り返ると真顔でそう訊ねた。

「運転手さんはシーサーのモデルですか？」日焼けし髭を蓄えた運転手の顔つきは屋根の上に座るシーサーにどことなく似ている。タケルの返答に運転手は顔を皺くちゃに歪め豪快に笑った。

「そうさ、シーサーだから島を守らんといかんのさ、それはそうと青年よ、島に銀行は幾つかあるが何処を襲うべきか？」運転手が話す内容はえげつないが島の訛りが飽和して逆に穏和であろう島人の人柄を覗かせた。

「逃走車を調達しやすい銀行にしていただけますか？」タケルは運転手の皮肉に負けじとそう返した。

信号が青に変わると運転手は目的地が定まったようでアクセルを強く踏んだ。カーラジオから甲高い声の女が沖縄の独特な方言で島唄の曲目を紹介する。運転手は琉球民謡の音階を口笛で鳴らしながらアクセルをさらに強く踏み込んだ。途中折れて珊瑚礁の岩盤を削った蔦《つた》の垂れ下がる村落の裏道らしき小道を抜けると市街地に辿り着き、やがて銀行前に到着した。

「上手くやれよ、青年！」運転手はクラクションを派手に鳴らすと無線に応えながらその場から走り去った。残されたタケルは運転手から配役された強盗になりきっていた。バックパックに留めた釣り竿のケースがライフル銃に間違われないかと不安に駆られながら入行し、現金自動受払い機から小刻みに震える指で暗証番号を押し口座から紙幣を吐き出させた。旅の資金はオートバイを売り払った金をもとに、暴走族からチンピラに就職した幼なじみに教わった裏技を駆使しながら都内の賭博場を渡り歩き、スロットマシーンを弾いて稼いだ汚れた金である。故に運転手の憶測も強《あなが》ち間違いでもないのだ。

紙幣を丸めポケットに突っ込むと早足で斜め前のレンタカー店舗の敷地内へ入り、目に留まった水色のステーションワゴンを指差し、バックパックのライフル銃らしき釣り竿ケースをちらつかせながら若い店員に一週間借りる交渉した。快諾を得ると、そそくさと事務所で手続きを済ませ車に乗り込んだ。運転席でバックミラーを調整しながら周囲を見渡したが、映画、『俺たちに明日はない』のような銃撃されるような異変は見受けられなかった。タケルは安堵し再度メモ書きに目を配った。次の任務として住処の確保、物資の調達と記されていた。

繁華街は閑散としており後続車もない。タケルは住処の確保と独語を吐きながら車を徐行させ市街地を徘徊した。かなり色褪せてはいるが喜屋武不動産とある看板を見つけることができた。道脇に駐車し、その不動産屋に立ち寄ると老夫婦がおり、ソファーに横になっていた爺さんが身を起こし起きあがると対応してくれた。爺さんは老眼鏡をつけると冊子をめくりながら、タケルの依頼した襤褸《ぼろ》宿泊所程度で海沿いの安アパートといった条件に見合う物件を調べてくれた。婆さんもタケルに冷えたジャスミンティーを出してくれた後に爺さんの横に加勢し、そうして探し当てた物件をひとつ老夫婦はタケルに提示してきた。写真の感じも良かった。だが、何より強盗犯に近しい身の上のタケルに対し親切すぎて恐縮し契約を即決した。婆さんにペンを借り、爺さんからメモ用紙をもらうと住所を記し、部屋の鍵を婆さんから受け取ると、爺さんに家賃と礼金敷金、光熱水費の開設手続き代行事務料を合算した額を支払った。老夫婦が満面の笑みで送り出してくれたおかげで銀行強盗は一瞬だけ桃太郎に役者を変えた。その足で勇ましく市役所に行き、手に入れた住所に住民票を移した。そして再度空港へと戻り、港内の宅配業者を訪ね、空港止めで発送済みの家財道具を手に入れた住所に配送する変更手続きを済ませた。

続けて空港から市街地への道中で見つけた中古車屋に車を突っ込み、広大な敷地一杯に並んだ車を見て廻った。オンボロの四輪駆動車が目に留まった。走行は優に一万キロ越えでしばらくは悩んだが決め手は釣り竿を留めるロッドホルダーが装備されていたことだった。レンタカー屋と同じく若い店員がタケルに近づいてきた。タケルは店員に一括現金払いで購入したいとの旨を告げ、手続きと支払いを済ませた。バームクーヘンのように丸まってポケットを膨らませていた紙幣が折り畳めるまで薄くなった。四輪駆動車はレンタカーの契約が切れる一週間後に間に合うように納車される運びとなった。

続いて中古車屋に隣接する商店でしばらく凌ぐ食料と日用消耗品等の細かい物まで購入し、数軒先にあった雑貨屋ではバケツや海水を汲む石油缶を購入した。島に一件だけあるというペットショップを雑貨屋のレジ打ちに教わり、訪れると水槽セットと虫取り網も購入できた。

メモ書きした物資の調達も無事に済み再度メモ書きに目を通した。水槽に泳がす魚を釣る、就労先を探し労働に従事……タケルは僅かな内容となったため、ペットショップの店先の屑籠にメモ書きした紙屑を丸め捨てた。だが、甘んじてはならないとタケルはロビンソン・クルーソーの抱いていた冒険への心得は忘却しないと作中の物語を今一度反復しながら行動した。

トランクが物資で満ちたステーションワゴンで不動産屋にもらった地図を頼りにア

パートを目指した。途中、釣具屋を見つけ立ち寄った。そうして次の目的である水槽に泳がす魚を釣るため、前もって潮見表と釣り具も少しだけ買い足すことまでもできた。未踏の島らしき感じを思い描いていたタケルにとってみれば、辿り着いた島は物質文明に侵された利便性に富んだ島であった。おそらくロビンソン・クルーソーを熟読したことが未踏の島を連想させたのだろう。

市街地を抜け、キビ畑と海を隔てる湾岸道路沿いの道を南へ走るとやがてひっそりと佇む不動産屋の写真にあった古びたアパートに到着した。ルームナンバーを階下の郵便受けで調べ、三階右端のドアの鍵穴に預かった鍵を差し込んでみるとドアは開いた。部屋は不動産の老夫婦から築三十年と聞かされていたが想像していたより傷んでなかった。風呂桶はなくシャワーだけだったのには少し困惑したが常夏の島ではきっと不要なのだろうと安易に納得した。そう、本来、放浪者のような身の上で雨風が凌げるだけで充分なのだ。にしては順調な滑り出しに困惑しながら部屋に調達した物資を順に運び終えた。

安堵したタケルはキッチンの床にしゃがみ込んだ。缶コーヒーを一気に飲み干すとその空き缶を灰皿に一服しながら、新たな生活の始まりを独り慎ましく祝した。その後、足りないことはないか部屋を徘徊し、無造作に置かれた買い物袋の中から歯磨き粉と歯ブラシを取り出して開封しコップに立てた。包装塵をポケットに突っ込みながらゴミ箱を買い忘れたことに気付いた。ミネラルウォーターの封を開ける前に試しに蛇口を捻ると水は既に通っていた。歯ブラシが一本だけで一瞬瑠架の面影が過ぎったが、水道水を両手で掬《すく》いバサバサと音立てて顔を洗い、足りない瑠架の面影を排水溝に流した。口を濯《ゆす》いだ際に島の水が硬水であることを知った。加えて滴るぐらい汗ばんでいる自分がそこにいてそれは遠く離れた海洋性亜熱帯気候の島に隔離されたことを実感させた。

タケルは沸き上がった寂しさから逃れようと、水槽を開封し循環装置等を組み立て何もない部屋に飾ろうと試みた。作業中、湧き出る額の汗が止むことはなく真水を汲んでも海水になるかと思えるくらい水槽に滴り落ち続けた。そんな無様なタケルを罵るようにエアコンがケタケタと笑った。エアコンに棲み着いているヤモリが鳴いたのだ。タケルは送風口に蠢くヤモリを睨んだ。不動産屋の話通りエアコンは前住民が外さずに置かれていた。やがて水槽を完成させるとタケルは嘲笑われたエアコンは作動させずに、バックパックから釣り竿ケースを外し開封すると、次に収納したリールを取り出し釣り竿に装着し、さらに釣り道具箱を抜き出し抱え込んで孤独な空間から逃れようと試みた。

だが一度玄関で足止めを喰らった。タケルは一旦全てを床に置き、くじら色のブーツを既存の下駄箱の上に載せた。そうして再度バックパックの置かれた場所に戻り底に埋もれていた潰れたスニーカーを掘り出した。その時、島に持ち込んだ小説『白鯨』の表紙が見えた。タケルはスニーカーをつっかけ、荷物を拾い小脇に抱えるとただ空の水槽しかない部屋を一度だけ振り返って白鯨に登場する一等航海士スターバックの気分でドアを蹴り開け階下へと降りた。

釣り具一式をステーションワゴンのトランクに積み込み、続けて駐車場の脇にある自動販売機で海に持ち込むコカ・コーラを購入した。それから、タケルは車体に凭《もた》れると、観光ガイドから千切り剥いだ折り畳まれた島の地図を財布から取り出して広げた。前髪を地図上の方位マークの中心に垂らし風向きを計った。そうしてルアーを投げるために適した風を背に立てる海岸を地図から模索し、ある絶壁の浜を目的地と決めステーションワゴンに乗り込んだ。

タケルは地図通りに経路を進んでいたつもりだったが、途中足止めを喰らった。大型台風でひん曲がったであろう道案内板にある標識の矢印を迷いつつも折れてしまったのだ。やはり、道は徐々に細まって畦道となり、そのまま突き進むと島には似つかわしくない派手な外観の門柱に風見鶏が廻る洋風な家の前で行き止まりとなってしまった。タケルは仕方なく、そこで一旦降車し、門柱の風見鶏と地図を見比べながら向かうべき方角を風だけを頼りに走行することに改めた。まるで菓子でできた家を尻目に、グリム童話の『ヘンゼルとグレーテル』が鬱蒼とした森で迷わないように目印を落としたように、道中にサトウキビの葉やバナナの木の葉が靡く方向を読みながら風が抜ける聖なる青へと舵を取った。鶉《うずら》が小走りに畦道を横切ろうとも、射撃された弾丸の如く昆虫がフロントガラスにブチ当たり爆《は》ぜようが、タケルは風の抜ける方向だけを捉え突進した。

過去の生き方を悔い改め生まれ変わるには風に背くのではなく風を味方につけ生きるのだ。そんなタケルの願いが叶ったのか畦道を回避すると果てしなく続く湾岸道路へと導かれた。タケルは冷静沈着な一等航海士スターバックを気取り風の抜ける方向へと湾岸道路を疾走した。

すると、やがて泡盛が発酵する薫り漂う酒造蔵が見えた。地図によればその先の廃船置き場を越えるとやがて絶海へと抜けるはずだ。道は徐々に狭まり、凸凹道を揺れ進むと聖域を隠すように神樹で覆われた木陰に御嶽《うたき》らしき石碑がひっそりと祀られた場所へ到着し、同時に道は途絶え誘ってくれた風は海へと抜けた。まるで到達を祝す花火のように、生い茂る蔦の隙間から覗く湿原から水鳥の群れが青空へと羽ばたいた。

タケルはエンジンを停止し、運転席から這い出ると神樹に棲む精霊が踊るような木《こ》漏《も》れ日を頼りに歩を進めた。そして風の抜ける陸路の果てにある断崖から眩い青い大海原を臨んだ。圧倒的な青に釘付けにされ、タケルはその場からしばらく動けずにいた。

美しい海、波の戯れ、風が海を踊らせる癒しの交響詩が響き渡り、精霊の舞が盛んになっていった。タケルはその魅惑的な海への誘いに呼ばれるがままに一旦車へ戻り、コカ・コーラとマルボロを左右のジーンズの前ポケットに捻り込むと、トランクルームを開け釣り竿を銃のように担ぎ、釣り道具箱を救急箱のように持った。

車の硝子窓に映ったタケルの姿は戦地へと出向く兵隊のような装いではあったが、相反して弛んだ面持ちであった。タケルは急な岸壁沿いの轍《わだち》を藪の梢を避けながら降り進んだ。驚いたヤドカリが手足を潜め転がるダイスのように艶やかな蔓草の葉を次々と滑り転がり落ちるのを横目に、木彫りの置物のようなアダンが実った南洋植物が密生した崖道を降りると、空と海が醸し出す無限の青が拡がる砂浜へとタケルは辿り着いた。

都会の煙でくすんだコンタクトレンズがその鮮明さを捉えることを一瞬躊躇うくら

いの鮮明な青は眩くタケルは思わず目を細め、辺りを見回すことで青の直視を避けた。

右岸は廃墟の漁港らしき一画が存在し、舟を海に降ろすために使用していたであろう滑車を走らす二本の線路が海に向かって敷かれていた。青苔が線路にびっしりと寄生していることから現在使用されていないことがわかる。ただ、古びた一隻の漁船が置き忘れられたように麻縄に繋がれ停泊していた。繋がれた麻縄は砂浜にある流木に繋がれ、その横に樫の木のテーブルと足の折れたデッキチェアーが今にも砂浜に埋もれようとしている。ロビンソン・クルーソーが先程まであたかもそこに腰掛けていたかのようだ。さらにはデッキチェアー横には流木の塊と船を繋ぐ千切れたロープが絡まり置かれ、それは冒険を終えた筏《いかだ》のようで密林の轍からトム・ソーヤーやハックルベリー・フィンが今にも現れそうな雰囲気すら漂わせていた。タケルはそこには足を踏み入れてはならない気がして、砂浜が続く左岸に向け歩を進めた。真っ白な砂浜が湾曲に遙か遠い岬まで続いている。流れ着いた外国語で標記されたラベルが貼られた酒瓶や大きな椰子の実等が大潮満潮時の潮位の最高値を示すように砂浜の彼方まで一直線に並べられている。

タケルは漂流物のひとつであろう樫の木でつくられた空樽の前で歩を止め、ポケットからマルボロとコカ・コーラを出して樽に置き釣り竿を立て掛け、その横に転がっていた導火線付きの爆弾のような黒い浮き球に座って砂浜に道具箱を置いた。学業に専念せざるを得ない状況に陥ってから大好きだった釣りも完全に止め、同時に道具箱も封印された。タケルはタイムカプセルを開けるような心境でその封印されたままの道具箱を開封した。道具箱はまるで財宝が詰まった宝箱のように陽光を拾い輝いた。多彩なルアーが長き時を経て眩しい太陽のもとに曝され、ルアーは自然の恩恵を乞うように煌《きら》びやかに輝き、同時に放たれた鼻を突く黴臭《かびくさ》さが懐古な記憶を繙《ひもと》きタケルの時計を逆廻しした。初めて買ったルアー、大物を釣り上げたルアー、かつては父のものだったルアーまで、ルアーは思い出の欠片だった。

少年時代、タケルはルアーフィッシングに魅了された。まるで鉄砲のような竿とリールにネジ捲き仕掛けの玩具《おもちゃ》のようなルアーを結び、ラジコンのように操り、もれなく魚まで釣れるとなれば男の子にとって夢中になって然《しか》りの遊びだった。島に持ち込んだ釣り竿とリールは父がかつて使用していたものだ。幼少の頃、父は休日を利用しタケルを釣りに連れて行ってくれた。湖にボートを浮かべたり、渓流を歩いたりしながら二人で釣りを満喫したが今は生きているかどうかすらわからない。

父は自動車会社に属しており、ある日を境に中東アジアの生産工場へ単身赴任することとなった。しかし赴任期間中に国の情勢が悪化し国王暗殺の噂が流れた。国王は国外へ亡命し治安が悪化してきたことでやむなく父が属する会社は撤退の方針を打ち出した。その知らせを母から聞いた時、タケルはまた父と釣りに出掛けられると歓喜した。だが何故か父だけが残務処理を希望しているとのことで半年残ることとなり、そんな楽しみは先送りされた。そして帰国が迫ったある日、母は父が会社に辞表届を出した後に失踪したとタケルに告げた。母とタケルに宛てた詫びの手紙と結構な額を残した預金通帳、記名捺印された離婚届が同封された封筒が届き、その後父とは音信不通となった。

しばらくタケルはそんな感慨に耽け入っていると幼少の頃に過ごした父の存在が身近に象《かたど》られていくような不思議な感覚を覚えた。

タケルは海面を跳ねる小魚を演出する赤い頭と白い胴体のポッパーというルアーを釣り糸に結んだ。波打ち際でスニーカーを浜に脱ぎ捨てると裸足になり膝まで海に浸かった。さらに間近に迫る海はクリームソーダのようでルアーを撃つと、長らく放置された巻き癖がついた釣り糸が縒《よ》れて古臭い光線銃のような複数の円を描きながら解き放たれた。そして爽やかな炭酸が弾けるような海面に浮いた真っ赤なチェリーのようにに浮いて泡を立て弾けた。リールを不規則に巻き、それとは別にロッドを撓《しな》らせる動きを加えルアーに生命を宿して操る。海面に水飛沫のアーチを描き軌跡を海面に刻みながらルアーは操り人形のように滑稽な魚を演じる。波間に揺れる銀箔のような煌びやかな魚が数匹、その動きに魅了され足下までルアーを追い詰めて青く発光し乱舞した。魚がルアーを追いかけてまた沖に向けて逃げるを繰り返し、いつしか縒れた釣り糸も綺麗な海水を吸って精魂がこもり凛として真っ直ぐな線となった。足下に揺れる青い海星《ひとで》はまるで海の手のようにタケルに握手を求めている。誘われて握手すれば直ちにタケルも青く変色できる気がした。海はタケルに遊べや遊べと囁き続け、その声に倣ってタケルは童心を揺さぶられ夢中でルアーを撃ち続けた。

　紺碧の海に潮が満ちる青い世界、波間に揺れる銀の魚、低空飛行する真っ白な鳥、遠く地平線に浮かぶ貨物船、真上には金色の太陽が眩く浮かんでいる。自然に溶け融合すればする程に時間は遡った。そして、遂には背後に父が腰を下ろしタケルを見守っている幻影すら感じていた。今の空色をもし絵の具で塗り描くなら選ぶであろう青色が印象深いパッケージデザインの煙草、ハイライトを吹かしながら父は釣りを楽しむタケルを眺め微笑んでいる……、富士山麓の湖でタケルが初めてブラックバスを釣ったあの日のように……。そんな感慨に耽る邪念だらけのタケルが操るルアーに、魚は興味は示しても流石に釣り針に喰らいつきはしなかった。

「少し飲み物でも飲んで休憩しよう」父が夢中になりやすいタケルの体調を気遣ってくれたお決まりの忠告を風が運んできてタケルの耳を掠めた。タケルは幻聴である父の忠告に素直に従うことにした。

浜に戻ると木樽にロッドを立て掛けて乾いた喉をコカ・コーラで潤すとアダンの木陰に横になった。砂を這いずりまわる沢山のヤドカリが蠢きながらタケルを囲い込み、まるで捉えられたガリバー……タケルは砂のベッドに身を委ね、時折腕に噛みつくヤドカリを優しく払い除け、潮の満ち引きの音に揺られ、浅い眠りに堕ちた。

タケルは父の夢を見ていた。父は逆光で表情は見えないが口元の皺で笑っていることがわかった。タケル、起きなよ！　朝だよ！　朝に弱かったタケルを起こす父の懐かしい声が耳を掠めた。父の優しい声、青いマルボロ、青いコカ・コーラ、現実にはないものを掴もうと手を伸ばし夢の中でそれを夢と気付きタケルは目覚めた。タケルの願望が叶った証なのか夢の中は所々青く染まっていた。

タケルは身を起こすと、遠浅の砂浜を眺めた。現実の世界では潮が引き青が少し遠のいていた。タケルはそんな変化を誰とも共有できていない寂しさに噴まれたりもし、ひとりぼっちで無人島に漂流したような孤独に陥った。

タケルが膝を抱え孤独を堪《た》え忍《しの》んでいるとリーフ付近から地平線の真上に浮かぶ金色の太陽から降り注ぐ光に焦げた女の影絵が少しずつ此方に近づいてきた。右手には銃を持っている。童話の人魚姫は剣をもらうはずだが、影絵はやはり人魚姫のようでタケルはまだ夢の中にいるのだと錯覚した。瞬きを繰り返し乾いたコンタクトレンズを潤わせて霞んだ視界を矯正し幻覚を消そうと試みたが、むしろ影絵は濃くなり此方に迫ってくる。やがて雲間から注ぐ光のベールを越え、その全貌が明らかになった。人魚姫はマスクを首に掛け、青いビキニ姿で腰に白地のパレオを巻き付けてる女だ。タケルがパレオを魚の鱗と錯覚したのは白地のパレオにはジンジャーリリーやエレファントイヤーリーフ等のトロピカルな絵柄が銀色で薄っすらと描かれていて輝いていたからだ。海水で濡れたパレオから透けて見えるのは一本の中骨ではなく長く伸びた二本の綺麗な脚だった。彼女は岸に辿り着くと直立したまま、前屈し黄色い左右のフィンを外し、脇に抱えると足にはめたマリンナイフホルダーを外した。前屈した際に長くしなやかな栗色の髪が揺れ、首に吊した銀細工のチョーカーが揺れ陽光を拾い反射させ銀粉を振りまいた。右手に持っていたのは水中銃だった。腰に留めた編み目の魚籠《びく》には、何匹かの色鮮やかな魚が入っていた。

彼女は勇猛な表情を緩めタケルに微笑みかけ、扇芭蕉の葉にマスクやフィンを干して流木に腰掛け、そこに置いていたバッグから透明な容器を出して開封すると橙色に艶めく果実の角切りを美味しそうに喰らった。タケルは赤いマルボロに火を点け、炭酸の抜けた赤いコカ・コーラを少しだけ舐めた。次の瞬間、彼女はタケルの横に立っていた。

「海に着いた時、死体が漂着してるって勘違いしたのよ」彼女は果実の角切りが入った容器をタケルに差し出した。

「瀕死……いや、羽根に傷を負った瀕死な堕天使？　ってとこかな」タケルは動揺から気障《きざ》な返答を呟いてしまい、照れ隠しに一切れを遠慮がちに摘《つま》み口に入れた。シャーベットのように冷えたキューブを噛むと中はまだ凍っていて冷たかった。やがて凝縮された甘みがとろりと口の中で溶けた。

「どう？」彼女はそうタケルに問い掛けてきた。

「凄く美味しい」

「マンゴーのシャーベットよ。たわわに実ったから冷凍し保存しておいたの」彼女はタケルに果実を容器ごとくれた。微妙にイントネーションは違えど彼女の言葉は綺麗な標準語だった。

「煙草、一本いただくわ」彼女はマルボロに火を点けると、まるで宝石箱から銀細工のアクセサリーを選ぶように道具箱のルアーを順に摘み上げ眺め始めた。百貨店の屋上で出逢った道化師が化粧を落とし人魚姫に化け、宣言通り早くも来島したのか？煙草を強請る似通った出逢いにタケルはそんな疑念を抱いた。

「美味しい果物のお礼と君と出逢った記念にひとつプレゼントしたい……好きなのを選んで」タケルはシャーベットを頬張りながらそう投げかけてみた。彼女はボックスに数ある中でしばらくどれにしようか迷い、やがて彼女の体型のような無駄のない湾曲を描く銀色のスプーンを選んだ。光沢あるアワビ貝の欠片を所々にあしらった模様の主にトラウトを狙うルアーだ。タケルはニッパーを使用しスプーンから釣り針を外してから彼女に手渡した。人魚姫はこの海のようなターキッシュブルーの石が埋め込まれた銀のハワイアンフックを吊したチョーカーを外し、そのスプーンを革紐に通した。

「ありがとう」彼女は顔を顰め笑いチョーカーを首に掛けた。

「何で女性が水中銃なんか……野蛮じゃない？」

「男を撃ち殺す練習よ、それより釣れたの？　この玩具で？」彼女は胸に付けたプレゼントしたスプーンを摘んで見せながら、そうタケルに問うた。海の泡から産まれた美と愛の神ビーナスの豊満な胸元が眩しくタケルの鼓動は高鳴っていた。

「足下までは追ってくるんだけど釣れないな。そう……湖や渓流で使用するルアーだし……海の魚は釣れないかもな？　どうなんだろう……」動揺からタケルの返答はしどろもどろに縺れ、声は上擦った。そんなタケルの抱いた動揺を余所《よそ》に次の瞬間、彼女は水中銃と釣り竿を片手に持つと、もう一方の手でタケルの手を引き海へ向かい走り出した。手と手が触れたことでタケルの抱いた動揺はさらに膨らんだ。膝まで海に浸かる場所で彼女はタケルに釣り竿を渡した。

「投げて、足下まで追ってくるんでしょ？　私が水中銃で撃つから」タケルが躊躇していると彼女は海中に潜ってしまった。焦ったタケルは舐めていたシャーベットを噛み砕き、慌てて釣り竿を振りルアーを投げ、リールを巻いた。先程と同じく数匹の魚がルアーに反応し追いかけてきた。彼女は群れの一匹に銃口を定めると一発で射止め人魚姫たる所以《ゆえん》を見せつけた。彼女は飛び跳ねて獲物を掲げ喜びを露わにした。二人はしばらくその遊びに無邪気に夢中になっていた。彼女は水中銃を巧みに使い、タケルが誘《おび》き寄せた魚を十中八九射止め大漁となった。時に逃れた魚はタケルの踝《くるぶし》を掠めたりもした。既に十匹以上は射止めた。魚籠はなかったために射止めた魚は海面にプカプカと浮かせておいた。タケルは彼女の手柄を讃えその腕をとると天に高々と掲げた。その時だった。ある異変に気付いた二人はその場に凝り固まった。巨大な海洋生物が近寄ってきたのだ。そいつが何であるかに気付くまでそう時間はかからなかった。その独特な輪郭……徐々にそいつは近づいてきて、やがて堅い楯鱗《じゅんりん》をも確認できるくらい至近距離まで迫った。海面に波紋を拵《こしら》えるくらい二人は身震いしていた。海面から突き出た背鰭《せびれ》が間違いなくサメだと証明した瞬間、タケルは固唾《かたず》を呑んで、彼女の手を繋ぎ、尾鰭を凝視して相手の動向を観察しながらその場からゆっくりと後退りした。そうしてサメの頭部が沖向きになった瞬間、人魚姫の手を引きながら一目散に浜に向かって疾走した。そうして二人は波の抵抗と埋まる砂浜と抱いた動揺のせいで蹌踉け、幾度かつんのめりそうにながらも何とか砂浜に辿り着くと、共に腰が抜けたようにその場にしゃがみ込んだ。茫然としながらも二人は海岸にサメを探した。だが、サメは既に沖に去ったらしく、ただ平穏な海が拡がっていた。

「ありえない」最初にタケルが口火を切った。

「クジラやイルカが湾内や浜に迷い込んできたり、このところ少し様子がおかしいの……数年前、サーフィンをビーチで楽しんでいた若者がサメに襲われて死亡した事故もあったのよ、だから私が突いた魚の匂いを嗅ぎつけてくるなんてこともありえるけど……」彼女はタケルにそう語ると途中で口を噤んだ。それから彼女は苦悶の表情で何かを思い出したかのように黙りこくってしまった。タケルは彼女の異変に気付きしばらく満ちてくる海岸を眺め彼女が落ち着くのを待った。だが、そのまま彼女の黙秘は続いた。

「人に話しても誰も信じないだろうね、あのサメは間違いなくメートル以上はあったし、だけど幼少の頃の鬼ごっこが人生で役に立つとは予想だにしなかった」タケルは両腕を大袈裟に広げて黙りこくった彼女の気を引こうとした。そうして遭遇したサメの大きさを示そうと伸ばした長さにまるで足りない実物のサメの巨大さに改めて寒気が走った。

「まるで映画のワンシーンのようね、今までも水中銃でかなりの数の魚を突いたけど、こんなことって一度もなかった……そう、死んだサメならぬいぐるみみたいに家にゴロゴロあるわよ。だけど生きているサメと遭遇したのは初めてだわ」深い溜息の後、暫《しば》しの沈黙を破って、彼女はそう語った。

「サメが家にゴロゴロって？　君も男を撃ち殺す練習は程々にしたほうがいいよ」タケルは歯で釣り糸を噛み千切りボックスにルアーを収納し、釣り竿をバラして束ね帰り支度しながらそう彼女に忠告した。すると彼女は突如人格が豹変したようにタケルに対し怒りを露わにした。

「あいつに水中銃で挑んで死んだほうがマシだったのに！　あなたのせいよ、あなたを助けたかったから逃げたのよ、滅多にないチャンスだったのに！」人魚姫の自暴自棄な言動はタケルの気持ちと同調した。タケルは本音を彼女に暴露したくなった。先程、舐めたフルーツキャンディーは彼女が処方した自白薬であったに違いない。

「都会で自暴自棄になって天国行きの片道切符でこの熱帯の島に降りた。君が海から現れた姿を目にした時、人魚姫かと思った。甘い果実を舐めると、君の魅力に侵されていく感覚に陥った。アダムとイブが地上の楽園で食べた知恵の実はおそらくこんな味だったのだろう。君と僕はぴったりと息があった。だから魚も沢山捕れた。さらにはサメに僻《ひが》まれて襲われそうになり生涯で一番の恐怖体験もした。たった一日でこんな意味深な濃い一日はないよ。嘘っぽいけどこんな短時間に人に惹かれるなんて僕らしくない。サメに襲われかけたのは二人だけの秘密にしよう。人に話すと嘘っぽく安っぽくなるから……」独り言を呟くようにタケルは思いの丈を長々と語った。喋ったことによって逆に息苦しくなり同時に彼女の口を塞ぎたいといった衝動に駆られた。タケルは抱いた衝動をサメに襲われたせいにし、大胆にも彼女を抱き寄せて唇を奪おうとした。そんな身勝手で粗雑な行為に対して意外にも彼女は安易に応じてくれた。彼女の唇は甘い果実の香りと塩辛い海の味がした。二人は熱く抱擁した後ゆっくりと離れた。二人の間を颯爽と南風が駆け抜けた。

「もし私が人魚姫なら貴方を刺さないと海の泡となって消えるわ。私は海の泡から産まれた美と愛の女神なんて程遠い女よ。サメの恨みを受けるに相応しい血筋なのよ。あなた、いつか私に撃ち殺されるわよ。接吻を受け入れたのはサメに襲われたおかげよ、だって現実味がない設定だから。だけどあなたは流れ者だから好きになったら困るの、もう会いたくない。幼なじみの親友が船乗りと結婚して遠洋航海のたびにいつも酒に酔って泣くのよ。さみしいって、そういうことよ」彼女はそう呟き去っていこうと荷物を拾い上げた。

「次の満月の晩にこの浜で逢おう」タケルは潮見表を開いてその日の頁を折り曲げると強引に彼女に渡した。

「名前は？」彼女は仕方なさそうに潮見表を受け取りながらそう訊ねてきた。

「タケル、父が日本　武　尊《やまとたけるのみこと》から名付けたって母がいつか話してた。だけど父は失踪していなくなった。だから、かつて父が使用していたこの釣り竿は大蛇の尻尾から出た大和武尊を生涯守った草　薙　剣《くさなぎのつるぎ》だって思い込んでいるんだ」

「君の名前は？」

「ルリ……島の海の色、瑠璃色の瑠璃よ。貴方父親いないのね。私は両親ともにいないの。そう海の泡から産まれてるからね。それより名前も知らない女と平気で接吻するんだ」タケルは少し狼狽《うろた》えた。それは彼女の皮肉に加えて東京に残してきた瑠架と瑠の字が一緒だったからだ。やはり夢の続きを漂ってるのかもしれない……タケルはそう思った……。

「もし私が人魚姫で、あなたがこの島に舞い降りた堕天使なら二人が結ばれた時いつか羽の生えた人魚が生まれるわ。その子は海も泳げて空も飛べるの」瑠璃はそんな台詞を残し浜辺から去っていった。

「浜辺で父に夢の中で起こされ、人魚姫と出逢った。名前は瑠璃だ。サメに遭遇したことは瑠璃との二人きりの秘密で教えられない。リクエストはビートルズのルーシー・イン・ザ・スカイ・ウィズ・ダイアモンド？　……スカイじゃなくてンーが適切だけど……」帰路の車中、カーラジオの中でリスナーにリクエストとエピソードを求むＤＪにタケルはそう語りかけた。

瑠璃と出逢った日を境にタケルはしばらく部屋に籠もり暮らした。夜ごと、塒《ねぐら》を悪夢に襲われ精魂が尽き果てていった。夢には決まって丘の上に脱ぎ捨てた白身の抜け殻が登場し、新たな出来事に煌めくような浮わついた気持ちを自戒せよ！　と命じ、タケルの過去の過ちを執拗に責め立てた。溝沼に逃げ込んだ傷だらけの淡水魚が海水に浸され染みるような痛みに耐えかね暴れるようにタケルは体を床板に擦りながら抜け殻から完全に脱皮しようともがいた。だが、抜け殻は絡みつき離れず、脱することはできなかった。抜け殻は生誕した発祥の地や覚えてきた環境を欺いて人は生きてはいけないと亡霊のようにタケルを誹謗し続けた。葛藤の連続に耐え、やがては過去を保存する記憶細胞が島の海岸で目にした枝珊瑚の死骸や巻き貝の化石のように風化していくことをタケルは願った。

チーズとロールパンを齧り、小瓶に残った葡萄酒を舐め飢えを凌いで暮らした。物足りない時は缶詰のポークハムを生で喰らった。だが、やがて二ダースの煙草と主食とした食材が切れ、残ったドライフルーツとアーモンドの実を鼠のように齧って凌いだ。そして遂に調理が必要な乾麺以外は何もなくなってしまった。だが、外へ出て食料を調達する気力は萎えていて、部屋には鍋すらなかった。タケルは閉じ籠もったまま餓死しても構わないと腹を括って断食し瞑想に陥った。そうして決意した矢先に部屋の扉が叩かれた。ふらつく足取りで玄関へ辿り着き、開けると配送屋が百貨店の閉店セールで揃えた家財道具を届けにやってきていた。

仕方なく段ボール箱を数個受け取ると売れ残りの旧型で安価だった冷蔵庫や洗濯

機、他にも炊飯器と順に家電製品を開封し取扱説明書の束を既存のクローゼットに放った。続けて鍋やフライパンや食器を台所の吊り棚に並べた。人が何とか入れるくらい大きな空の段ボール箱に部屋に散らばった塵を集めて捨てた。

　手向ける花の一輪すらない塵まみれの棺桶に片足を突っ込んでみなよ！　きっとよく燃えるはずさ！　抜け殻は執拗にタケルに餓死を促した。百貨店の閉店により発生する在庫処分の物品に自身も名を連ねていたのだとタケルは気付いた。まさに、その棺桶のような段ボール箱に足を突っ込もうとした時、屋上の檻の中に閉じ込められた白い子犬が南京錠を噛み千切ろうとする場面が過ぎった。タケルはその棺桶を蹴っ飛ばし抜け殻が仕向ける悪戯を払い除けた。棺桶は凹《へこ》んだ段ボール箱に戻った。またしてもあの白い子犬に励まされた。もう少しだけ生きてやる！　タケルがそう抜け殻に腹話術で言い返した途端に腹が鳴った。

　鍋で湯を沸かし、調理できない故に捨ててあったヌードル二袋分を放り込んで、鍋が熱く茹だったままの状態で子犬が南京錠に喰らいつくようにヌードルをがっついて啜った。満腹で息を吹き返したタケルは熱湯ヌードルに挑んだ汗だくのTシャツを脱いで、ここ数日の汚れ物と混ぜ洗濯機に放り込んで上半身裸のままベランダに出て砂利が敷かれた駐車場をしばらく眺め佇んでいた。

駐車場の中央には精霊が宿るというガジュマルの大木が幹や枝から垂れ下がる根を張り大地を完全に捉える形で悠然とあり、その大木の下には借用中のステーションワゴンが停まっている。すると真新しく化粧した白色の四輪駆動車が木漏れ日の欠片を拾いながら輝きを放ってやってきてステーションワゴンの横に停まった。四輪駆動車の運転席と助手席からそれぞれ見覚えのある男が降車した。そして二人はベランダに佇むタケルに気付き、運転席から降り出たほうの男が声を大にして語りかけてきた。

「俺たち、同級生で腐れ縁で……学生の頃は野球部でずっと一緒だし！　そう昨晩、一緒に深酒して、明日の仕事やばいなって話になって、互いに仕事内容を確認し合ったら偶々《たまたま》一致してたって訳で……効率が良いからって連んでやってきた訳なんです……。島は狭いんでね」

中古車屋とレンタカー屋は同級生らしい。確かにレンタカーの撤収と中古車の納品には好都合な組み合わせだ。状況を理解したタケルはさらに彼らが階段を登り降りする手間も省いて効率をあげてやろうと、一旦は部屋に引っ込むとステーションワゴンの鍵をベランダ越しにレンタカー屋に放った。咄嗟にレンタカー屋は両手を上に構え慌てふためきながらも鍵を上手に受け、その様を横で見ていた中古車屋は酒で腫らした顔を歪め笑った。

「流石は野球部出身！　四駆の鍵はそのまま差しておいてくれ！　丁度出掛けるところなんだ！」タケルはそう叫んで二人に手を振った。二人は一礼しステーションワゴンに仲良く乗り込むとその場から去っていった。

幼少の夏、塾に通い詰めて野池に全く出掛けなくなったタケルを心配した友人たちが自転車に跨り、連《つる》んでタケルの住む家まで釣りに誘いにきてくれた場面を思い出していた。あの日、タケルは歪んだ笑顔で塾に行かなきゃいけないんだと友人からの誘いを断った。そんな風に喪失してしまった夏休みを取り戻して幼少の頃の無垢な気持ちを呼び覚ますためにタケルはこの島にやってきたのだ。配送屋と葬儀屋が同級生でなくてとりあえずは良かった……何も棲ませてない水槽に泳がす魚を釣りに出掛けよう！　そんな純粋且つ幼稚な動機に従ってみるのだ……。

「部屋に籠もってばかりいないで泥だらけになって外で遊んでこいよ！」タケルは父にそう声を掛けられ背中をおされた気がした。

タケルは洗濯物を干し終えると、早速、釣り具、水色のバケツ、携帯電池式のエアーポンプ、空の石油缶を持ちドアを蹴り開けた。そうして階下へと降りトランクに持ち物を収納し、ロッドホルダーに釣り竿を掛けると四輪駆動車に乗り込んだ。タケルは運転席から干された洗濯物を見上げ衣服の揺れから風向きを確かめ向かう方角を定めた。差し込まれていた鍵を廻すと車は獰猛《どうもう》な雄叫びを上げるように吠えた。賭博場でスロットマシーンを打ち旅費を稼ぐと同時に運転免許は取得したが、教習所では乗用車しか運転したことがなかったため、四輪駆動車のギアチェンジのタイミングが判らず、かなりぎこちない走りとなった。だが、幸いにも貸し切り道路に近い状態でそれはそんなタケルにとっては運転の練習に好都合であった。

サトウキビ畑に覆われた長く曲がりくねった道で四輪駆動独特の癖を体感しながらタケルは運転席で跳ねたり蹌踉けたりした。だが、湾岸道路へと抜ける頃には跳ね馬相手にロデオに興じていたカウボーイは競走馬を颯爽と操る騎手へと変貌した。回転する灌水器が広大なキビ畑に撒いている水の弧を一着でゴールを切るように抜けた。窓から吹きつける風は仄かに潮の香りがして、タケルはオートバイに跨って最後に瑠架とドライブした時のことを思い起こしていた。瑠架がタケルの脇腹をしっかり抱え後部座席に跨っている感覚すら抱けるくらい極最近の記憶……タケルは不慣れなマシーンの操縦に専念することで、そんな記憶を風にさらわせようとしたが、瑠架の幻はいつまでも背後霊のように居座り続けた。あの日、青い風に吹かれながら、二人は行き先もなく、ただ赴くままに湾岸道路を転がし、やがて海が見渡せる街路樹が茂る路肩にオートバイを停め二人海を眺め過ごした。

「旅立つことを決めた。一緒に行かないか？　……一週間後、街の鐘が鳴る時刻にあの屋上で待っている……」タケルは瑠架に計画を告げた。海から突風が吹きつけ暫しの沈黙の後に瑠架が放った凍てついた返答……「逃げるんだ……」

そんな記憶の断片がまるで鋭利な刃物のように胸に突き刺さり、タケルは力んだ足先でアクセルを強く踏み込んだ。四輪駆動車は麻袋が山積みされたくすんだ青いトレーラーを追い越した。製糖工場が稼動している煙突から黒糖の甘ったるい匂いがタケルの鼻を突いた。自由なのかそれともただ虚無なだけなのか？　逃亡中の犯罪者のような心理が芽生え、島で乗車したタクシーの運転手に倣ってアクセルをさらに踏み込んで陽気で朗らかな琉球民謡を頭で奏で纏わりつくブルースを振り払った。タケルはただ南洋植物が傾く風の抜ける方角だけを見据えて車を奔《はし》らせた。すると風の抜ける陸路の果てで道は途絶え、タケルはサルスベリの木陰に車を停めた。そして不埒な回想で陰湿に曇った車内から脱した。

タケルはトランクルームを開け、乾電池式エアーポンプとルアーボックスをバケツに突っ込み、釣り竿をホルダーから外し、一式を手にすると憂鬱な思いを置き去りにしたまま獣道をすり抜け、潮の満ちた海へと辿り着いた。タケルは部屋にある空っぽの水槽のことを思い描き釣り支度をした。水面直下を泳ぐ青いルアーを釣り糸に結び終えると、そそくさと膝まで海に浸かって無心に釣り竿を振り、リールを捲きルアーを操った。銀色に煌めく魚の数匹がそんな誘いに乗りルアーを追いかけてきた。水中銃を巧みに使う人魚姫、瑠璃とサメが海に現れるまで遊んだ時にタケルは魚にルアーを喰わせる術を少しだけ摑んだ。追いかけてくる魚に対してルアーを一瞬止めて、機敏に動かすと反射的に魚がルアーを喰らおうとする習性をあの時知ったのだ。覚えた術を実行するとビッグアイトレバリーの稚魚がルアーに喰らいつき、見事釣り針に掛かった。暴れる魚を釣り針から外し青いバケツに泳がせエアーボンベのスイッチを入れた。夏祭りの露天商で金魚すくいの水槽を覗いた幼き日の夏休みの記憶に重なった。海水に手を浸し、魚の滑《ぬめ》りを洗い落とすと、再度釣り竿を振りルアーを投げリールを捲く。竿先をぶらしルアーに生命を宿す。捲いて止める動作を繰り返すとやがて竿先がビビッと撓りましても魚が釣り針に掛かってきた。それは少年時代、渓流で淡水魚を釣った時に感じた懐かしい感覚で、タケルは失った夏休みをまたひとつ取り戻した気がした。やがてルアーが偽物と魚に見切られると別のルアーへと結び替え、そうして数種類のトレバリーの幼魚を釣り上げることに成功しバケツは騒がしくなった。そうこう繰り返しているうちに巨大なバラクーダがルアーを追いかけてきて、タケルはリールを速捲きしルアーを回収しようとしたが、バラクーダの機敏な動きには敵わずに、ルアーごと喰い千切られてしまった。仕方なくタケルは釣りを止め、バケツの中で泳ぎ回っている数匹の魚の動きを眺め過ごした。数ある魚の中で、格段に威勢良く泳ぎ回っている魚がタケルが狙っていたジャイアント・トレバリーの幼魚だ。タケルはジャイアント・トレバリーの稚魚一匹だけを残し、他のビッグアイトレバリーやホワイト・トレバリーの幼魚をバケツに手を突っ込んで捕まえると海へ逃がした。タケルはそうしながら幼少の頃に父と夏休みに釣りに出掛けた思い出を追憶していた。

夜更けに父に起こされ、寝惚け眼《まなこ》でタケルは父の乗用車のバックシートに乗り込む。車酔いの酷いタケルは、揺り籠に揺られるように丸まって眠るが、徐々に日が明け、強い日差しに革シートが熱する臭いと父が時折吸うハイライトの煙が混ざった臭いが車内に充満する頃にはやはり車酔いが限界に達してしまう。父の肩を叩き停車を促す意向を伝え、車が停車すると即、ドアを蹴り開け、遊歩道を飛び越え雑木林に嘔吐し暫しの休憩を挟む。そうこう繰り返し、いつしか目的地である辺境の深緑が薫る渓谷に辿り着く。

父はロッドにルアーを結ぶと渓谷を上流へ登っていき、タケルは下流に居残る。居残ったタケルは川石をめくり、石についた川虫を捕まえ、太陽に焼かれる腕にその付着した水分と共に川虫を貼り付け餌の準備をする。しばらく餌捕りに夢中になっているると、川虫は乾燥してしまうが、その滑りで腕にのり付けされたように貼り付いている。途中、石と思って摑みあげたらそれは石亀で手足と首が生えてきて暴れ出した。驚いて投げ捨てると亀はスイスイと泳いで逃げていった。亀のことは夏休みの絵日記にも記した。そんな驚きも挟みつつ餌の準備が整うと、次に釣った魚を放流するための小さな池を作る。川の隅に石を丸く積み上げ池が完成すると、続いて川からの流水を呼び込む水路で流れを循環する。水路から魚が逃げないように水路には関止める石を迷路のように並べ蛇行させ池は完成した。いよいよ釣りの準備支度を始める。竹竿を繫ぎ、糸を竿先に結い、手元の長さに糸切り歯で嚙み切る。目印となる黄色いプラ板を糸に通し、ナップを結び釣り針を結ぶ。腕に貼り付いた乾燥した川虫を崩さないように丁寧に指で剝がし軽く川水に浸すと、釣り針に刺し通して上流から流す。水面の矢印が水中に引っ張られると同時に竿を合わせる。滑り暴れる魚が空中に舞う。手早く釣り針を外し小さな池に放流する。そうして釣りを充分に満喫した頃合いには、放たれた魚で騒がしくなった小さな池を覗き込んで父が戻るのを待ちながら過ごす。待ち時間になると不思議と渓谷は冷淡且つ凶暴な怪物のような表情を覗かせ不安を助長させた。タケルは父の安否が気になって不安に陥るが、父はタケルの思惑を余所にいつも平然と戻ってきた。タケルは父を発見すると駆け寄って、その体に触れ、続いて腰に下げた魚籠を覗き父の釣果を確認する。あの日も型の良いレインボートラウトが数匹魚籠の中に輝いていた。タケルも負けじと池に泳ぐ釣った魚を数では負けてないと誇らしげに父に見せる。餌となる川虫を捕ってたら亀がいたんだ！　父に経緯を必死に語ると父ははにかんで笑いタケルの頭を撫でてくれた。

幼少期を回想したことで、タケルが抱いている孤独感はより強まってしまった。そう、あの日のようにバケツに泳ぐ南洋の魚を父に見せ頭を撫でられたかった。きっと父は異国で死んでしまったのだ……もし生きていたなら父は間違いなく釣りに連れて出掛けたりと溺愛してくれた息子に逢いに来てくれるはずだから……タケルは抱いた感傷を宥めようと転がっていた珊瑚の欠片を父の遺骨に見立て煙草を手向けて置くと四輪駆動車から石油缶を持ち出し海水を汲んできて哀悼の意を込め汲んだ海水で珊瑚を湿らせた。手向けた煙草が完全に灰になると砂浜を後にし、四輪駆動車のトランクに青いバケツと海水を入れた石油缶をしまいバケツの水と瞳に浮かんだ涙が零れないようにゆっくりと車を走らせ家路へ向かった。

タケルは帰宅すると海水に浸かったルアーが錆びないように水道水で丹念に洗い、流し台のラックに並べた。バラクーダに喰い千切られたルアーの行方を想い、今頃、あの魚の口元から外れて深海の闇深く眠る沈没船の宝箱にでも偶然にも堕ちたらと願った。そんな想像を巡らせながら、水槽に石油缶に汲んだ海水を張り、ジャイアント・トレバリーの稚魚を放した。活性炭を通し、濾過《ろか》するエアーポンプの電源を入れると水流を調整し、付属品である灯りで水槽内を照らし、タケルは閉じ込められた、まだスモールなジャイアント・トレバリーをしばらく眺めていた。ジャイアント・トレバリー略してGTは回遊魚だ。成長すれば名の通りメーター越えの大型魚となる。先ずは狭い水槽で回遊魚が生きられるのかを知りたく、他にもこれからGTの大物を釣り上げることに挑む予定で事前に補食習性等を把握しておきたかった。タケルは島での目的のひとつを果たした。その安堵感は眠気を誘った。タケルは目覚まし時計を干潮の時刻に鳴るように設定し就寝した。だが、目覚めたのは目覚まし時計の音ではなく、水槽で魚が水面を掻く音だった。起きて水槽で興奮気味に泳ぐGTをしばらく眺めていた。すると目覚まし時計の鐘の音がけたたましく部屋中に鳴り響いた。タケルは咄嗟に時計を叩き音を消すと、今度は釣り具を一切持たずに、購入した虫取り網と乾電池式の携帯酸素ポンプとバケツを持つと部屋を出た。水槽のGTは干潮時に補食するために活性が高ぶっているのだ。GTが食する小魚を捕獲しないとならない。タケルは四輪駆動車に乗り込んで再度GTを釣った同じ海へと向かった。到着すると先程と顔色を変えた潮の引いた遠浅の海が広がっていた。父の遺骨に見立てた珊瑚も完全に乾いていた。浜際には所々水溜まりができていてそこには沢山の稚魚が群れを成し泳いでいた。タケルはそっと魚群に近づき、虫取り網を振り下ろし瞬時に掬いあげる方法で、それらの稚魚を捕まえて酸素ポンプを可動させた青いバケツに入れた。しばらく夢中になって繰り返すとバケツの中は稚魚で騒がしくなった。捕まえた稚魚を四輪駆動車に乗せて持ち帰りGTの餌として水槽に放流した。煙草に火を点け一服しながら水槽をしばらく眺めていた。すると二本目の煙草を吸い終える頃、GTは群れていた稚魚を背後から水槽の角に追い詰め、爽快な水飛沫の弾ける音を響かせて喰った。

補食を確認し安堵したタケルは床に転がった青いバケツを玄関に片づけた。玄関先にマンゴーが入った紙袋と一輪の赤いハイビスカスが置かれている。帰りの道中でタケルは果樹園に立ち寄った。そこで仲睦まじく働く老夫婦からマンゴーを購入した。果樹園の沿道に咲き誇っていた赤いハイビスカスの花も一輪老夫婦の許可をもらって折って持ち帰ってきた。

タケルはその一輪の赤いハイビスカスを下駄箱の上に飾ろうと拾った。だが部屋には花瓶がなかった。下駄箱の上には花瓶の変わりにくじら色のブーツが置かれている。片方のブーツはくたびれたように項垂《うなだ》れており、もう一方の履き口にとりあえずハイビスカスを挿した。花瓶はなくとも、それはそれで飾られた絵のようで美しかった。ブーツを引き擦って重たい足取りであの街を歩いていたタケルの遺影として相応しい。タケルはその額縁のない絵の前に跪《ひざまず》いて花が挿していない片足のブーツのように頭を垂れ丸まった。

僕を悩ます全ては海の向こうへ捨て去った過去で、今この島で生まれつつある軌跡がこれからの僕だ……タケルは遺影に腹話術で誓いの弁を述べ過去の抜け殻との決別を誓った。まさに手向けたように玄関脇に置かれた紙袋から果樹園で購入したマンゴーを一玉取り出して皮を歯で向き囓って貪るように喰らった。甘く滴る果実の味で瑠璃のことを思い出した。

いつの日か額のない絵のハイビスカスは枯れ朽ちるだろう。その時、項垂れたブーツの絵は外し、フランスの画家、ゴーギャンがタヒチに滞在し描いたかぐわしき大地のような絵画を白い壁に装飾するのだ。あの浜辺で瑠璃の髪に赤いハイビスカスを挿したらきっと誰もが絵画から飛び出した女だと錯覚するだろう。タケルは手の平に残る海の塩辛い香りと熟れた果実の香りを混ぜ合わせ瑠璃とのキスを彷彿させる淫らな匂いを嗅いだ。

そう、今宵は満月の夜だ。

タケルは人魚姫が棲む浜辺に到着し四輪駆動車を停めた。しばらく、トフンクを開け、持ち込む釣り具を何にするか悩んでいた。すると、通り過ぎた素潜り漁を終えたばかりの漁師が月夜と透き通る海面の日にはアオリイカがよく釣れることをタケルに教えてくれた。漁師の教訓に倣ってパールピンクの海老に似せたイカ用のルアーを開封し釣り糸に結んだ。島の釣具店で潮見表を購入した際にレジ付近に吊された手造りのパールピンク色をしたルアーの美しさに魅了され、衝動買いしてしまった一品だ。タケルがそうしたようにイカもこのルアーに魅了され手を伸ばし触れる予感を抱きながら浜へと向かった。

浜へ降りると、闇夜に白銀に輝く満月が潮の引き凪いだ水面を切なく照らし、黒い光沢のあるフィルムのような海面に夜空に輝く満天の星たちを映し出しているようにキラキラと夜光虫が光っており、そんな景観に圧倒されタケルは剣となる釣り竿を構える気になれず立ち竦んでしまった。砂や、珊瑚の死骸や、貝殻を転がす波の満ち引きが奏でる音色があまりにも優しく耳を掠めた。

タケルは砂浜に釣り竿を置くと静かにうずくまって膝を抱え、天を仰ぎ満月を見据えた。すると満月の中に蜂の巣のようなマンションの一室がタケルの目に映った。その金粉が散りばめられた甘い蜜のような光が窓から零れる部屋で、木製の椅子に座り物思いに耽る瑠架が映し出された。タケルはまるで銅像のようにその場に凝り固まってしまった。重い銅像のようなタケルの躰は、そのまま白い砂に徐々に沈んで埋まってしまう錯覚を憶えるほど重かった。

人魚姫の幻影が潮が引いた海の彼方から、月の微光を浴びタケルを救いに現れた。人魚姫は額に付けたライトでタケルを捉え、狙い撃つポーズで戯《おど》けながら徐々に近づいてきた。タケルは凝り固まった重たい石のような両腕を挙げて、降参の合図を人魚姫に示した。

人魚姫はタケルの独りよがりで哀れな思惑を狙い撃ちしたに違いない……そう、満月の中で長椅子に腰掛けているのが瑠架で、浜に棲む人魚姫は瑠璃だ……タケルは混乱した頭の中を整える意味でそう腹話術で呟いた。

「甲イカがつがいで泳いでいたわ……産卵なのか交尾なのか目的は詳しくは知らないけどこの時期の干潮時に浅瀬に入ってくるのよ……水中銃で突くなら二匹ともに仕留めないと、残されたもう一方はどうするの？　悲しいじゃない……だから、二発目を撃つところまできちんと想定してからことを為そうとしたの。でもね、過去にも幾度も銃口を向けたわ、だけど、甲イカの目を間近で覗き込んだことがある？　凄く大きくて綺麗な瞳なのよ……その目を覗き込んだら不思議と水中銃の引き金を引けなくなるの。そう、だから今日は背後から狙ったのよ。撃てたわ！　射止めたらおじいの好物だからきっとおじいは喜んでくれたわ。それなのに撃つ瞬間あなたを思い出したの……あなたは浜辺で待っている……だから逃がしたのよ！　わかる？」瑠璃はかなり興奮した様子でタケルに一方的に喋った。

「東京に残してきた彼女をこの月の美しい浜辺に連れ出せたら、永遠の愛を誓えたかもしれない……なんて悔やんでいた。すると海から銃を持った人魚姫が現れた。女々しい僕の気持ちごと木っ端微塵に撃ち砕いてくれたらいいのに……なんて思った」タケルは瑠璃の問いには応えずに嘘偽りない今の心情を吐露した。

二人の会話はまるで嚙み合わず沈黙が垂れ込めた。すると瑠璃は浜辺に置いたショルダーバッグから容器を取り出すと凍ったマンゴーの角切りを口に頰張り、突然、タケルの唇を奪った。そんな突飛な瑠璃の行動にタケルは呆気にとられ思わず瑠璃の瞳を覗き込んだ。その瞳は無限に拡がる宇宙のように解放されていた。先程、瑠璃が話していた甲イカの瞳よりきっと瑠璃の瞳のほうが綺麗だとタケルは思った。凝り固まっているタケルに対し瑠璃は痺れるような海の塩辛い唇を重ね合わせながら甘く溶けかけた果実をタケルの舌に絡めた。甘ったるいカクテルのグラスに塗られた塩の意味が今解った。知恵の実であろう果実をタケルは再度舐めてしまったのだ。完璧な誘惑を抑えきれずタケルは瑠璃に抱きついていた。雲の切れ間から満月が煌々とタケルを照らし、その瞬間、瑠璃は豹変し悪戯に笑いながらタケルを力一杯振り払うと海へと駆けだした。欺かれて蹌踉けたタケルは逃げる瑠璃を追った。だが、海に慣れ親しんでいる瑠璃を捕らえることはできなかった。ところが突然瑠璃はピタリと止まり動かなくなった。その隙にタケルは瑠璃を捕まえ息を整えて瑠璃の顔色を窺うとその表情は厳めしく強ばっていた。クラゲに刺された……瑠璃はそう呟き悲痛に眉間に皺を寄せた。タケルは瑠璃を支えながら浜辺に戻った。瑠璃が砂浜に座り込むと月明かりが照らす白い腿に赤紫の傷が見えた。瑠璃は貼り付いた触手をそっと剝がしながらタケルに消毒のために傷跡に放尿してとせがんだ。タケルは躊躇した。さっきの誘惑で膨張した性器が固まったままだったからだ。それでも瑠璃は痛がり促した。タケルは勃起している性器を思い切って露わにし、瑠璃はシャワーノズルのように無理に下方に向け傷にあてがった。タケルは腹を括って恥じらわずに放尿した。

「触手から見ると猛毒のクラゲじゃないから大丈夫よ！　しかも幼生のクラゲだわ……」瑠璃は放尿した後の少し弛んだ性器を弱った魚を蘇生するように優しく握っ

た。魚は息を吹き返し、今にも泳ぎ出す勢いの躍動感を取り戻した。もはや泳ぎ出そうとする魚の衝動は抑制できなかった。きっと先程瑠璃が出逢ったつがいの甲イカは産卵ではなく交尾しに浜にやってきたんだと確信した。タケルはクラゲに刺された傷に触れないようにゆっくりと磯巾着に潜る魚のように挿入した。白い太股に描かれた赤い蜘蛛の巣に似た傷跡がより濃く浮かび上がり一層タケルを興奮させた。二人はひとつに重なり砂まみれになって縺れ合っていた。瑠璃は身悶え甘い吐息を吐きやがてタケルは射精した。

「中に出したでしょ」瑠璃はタケルの耳元でそう叱咤し、それから腰まで海に浸かりタケルの射精した精子を洗い流した。その姿を虚ろに眺めながら精子はきっと小魚にでも食されるのだろうと要らぬ想像が頭を巡った。

「精子って淡水と海水どっちが適してるのかな?」水辺から戻ってきた瑠璃にタケルは間抜けな質問を投げかけた。

「馬鹿ね、君……」少しだけ瑠璃が笑ったことで安心した。

しばらく二人で仰向けに寝転んだ。満月には空席の長椅子が映っていた。夜空には夥しい数の星が瞬いている。二人で流れ星を数え遊んだ。だが、しばらくすると瑠璃は微かな寝息を立て始めた。タケルは静かに起きあがるとショルダーバッグから大きめの三本針の釣り針を取り出すとその釣り針を支柱に立てて蚊取り線香を焚いて無防備な人魚姫を煙で燻し藪蚊に刺されないように守った。

　タケルは眠る瑠璃の横にしゃがみ込んで星を繋げ星座を探した。北北西にアンドロメダ座、ペルセウス座、西北西にペガサス座を見つけた。そして南西の方角にくじら座を見つけ出した。ギリシャ神話でクジラに捕らわれたアンドロメダ姫を救おうとペルセウスがペガサスに跨り剣を抜いて戦いを挑む。だが不利となったペルセウスは戦利品メデューサの首を見せることでクジラを石にして倒すのだ。

　タケルはそっと立ち上がり釣り竿を担ぐとくじら座のほうへ歩み寄った。足首まで海に浸かると釣り竿を剣に見立てて振りかぶりくじら座に向かって斬りつけてみた。パールピンクのルアーはくじら座に届くはずもなく流れ星のように海に堕ちた。それでもめげずにタケルはくじら座を斬り続けた。

　黒く凪いだ海に夜光虫が煌めき、夜空には満天の星が輝きほぼ満月に近い月がこの星の在処を諭し、さらにはタケルの存在の小ささを教え、囚われた顕示を壊し楽にしてくれる。自分の存在すら溶けるように空と海の黒に染まり闇に溶ける。彼方に聳える灯台の灯りが時折回転し、空と海の狭間にいる小さな自分の存在を気付かせるだけで、時間すらも止まった感じだ。ゆっくりとリールを捲きルアーの辿る軌跡で海底を感じる。まるで盲導犬のように、海老を模したルアーは海底の様子をリールを捲く指先に伝える。日中初めてこの浜へ来た時に憶えた海岸の記憶と疑似餌《ぎじえ》の道程を重ねる。テーブル珊瑚、藻場、亀のような岩、上手に摩耗しないようにすり抜けていく。

だが、没頭するタケルを牽制するように真上を夜間飛行の旅客機がゆっくりと旋回していった。あの旅客機に乗り込み、あの薄暈《うすぼ》けた電車で蒼白い顔をした人々に紛れ、しばらく目を瞑っていれば生まれ育った街にいつでも戻れる。風を背に疑似餌を投げなければ糸は絡まって終わりだ。今更、逆風である大きな流れに背くより今がマシだ。思えばあの街で風に逆らいながらいつも歩いていた。重たいブーツをひきずりながら人混みを抜け、星も海も見えない地下鉄の窓に映る病的な蛍光灯の灯りに照らされた歪んだ自分の顔に目を背けながら、風に舞う黴臭い風に目を潰されながら、手探りで忌々しい一日の終着駅を目指す。暗黙の街で赤い絡まった糸をやっと手繰《たぐ》り寄せやっと手を繋いだ大切な瑠架の手でさえいつしか雑踏の中で手離してしまった。夜空に吸い込まれていく旅客機に腹話術で呟く。何もないこの場所で整理したいんだ。焦らせないでくれないか……。だが、何故に独り孤島で釣りをしているんだろう？昔は沢山の友達と連んで釣りに出掛けたのに……懐かしい記憶が夜空のスクリーンに映し出された。

その日、友達は野池で各々にブラックバスを釣り上げた。タケルだけが釣れなくて居残って粘っている。黄金色の太陽が完全に沈むまで皆が朽ちた丸太に腰掛けてタケルを応援している。喧嘩番長も優等生も隣同士で釣り竿を振った。街一番の裕福な家庭の子だろうが、親が失業し生活保護費に頼った家の子だろうが、そう、父が失踪したタケルも、そんなことは関係なく皆で集《つど》っては野池で遊んだ。まん丸い野池ではよく釣れる一等地もなくて、誰に対してもチャンスは巡ってくる。相手が魚だけに大金を積もうが腕力が強かろうが八百長など一切介入できないのだ。ただ、その日一番の大物を釣り上げた者が英雄と讃え崇められ、皆がとびきりの至福に包まれるのだ。だが成長するにつれ散り散りになっていった友人たち。偏差値やら家庭環境やら幾多の網籠に入れられ篩《ふるい》にかけられ、暴走し少年刑務所の網に掛かった奴もいれば、進学校から精神科病棟の窓の網目に掛かった奴もいると風の噂で知った。タケルは何とかそんな網目を潜って逃避したつもりだが、楽園など見つけられずに辺境の孤島で路頭に迷っている状況にあるのだ。そう僕たちは所詮捕らわれる運命にある魚と同じだったのだ。今頃、彼らはどうしているんだろうか？　逃げ切って何処かで悠々と泳いでいるのか、それとも捕まって焼かれて喰われちまったのだろうか？　懐かしい彼らの顔が夜空の星を結び順に描き出され、タケルの孤独感が絶頂に達した。

「何やってんだ俺……」腹話術で呟いてみたが虚しかった。そう彼らはあの煌びやかな街の片隅で、もっと重たい口調で同じように嘆いてるかもしれない、何やってんだ俺って……。クジラの腹の中のピノキオはどうやって脱出した？ ……感慨に耽《ふけ》りながら、そんな物語のあらすじを辿ったがどうしても思い出せなかった。その代わりに無邪気に遊んだ友人たちが歓声を上げながら駆け寄ってくるように突如風が吹き抜け、次の瞬間竿先が撓り曲がった。アオリイカがパールピンクのルアーに喰らいついている。道化師を売春婦と知りながらあの屋上で摑もうとしたタケルと同じようにアオリイカは手を伸ばし摑んだのだ。タケルはリールを捲きアオリイカを手繰り寄せた。やがてアオリイカは海面に姿を曝し、真っ黒な墨を吐き海を毒々しい黒に染めた。タケルの抜け殻が眠る屋上の水溜まりの色に似ていた。水溜まりの毒を舐めた白い子犬が赤い血を吐き、タケルの抜け殻の横に倒れた。やがて潮は満ち始め、瑠璃の足下に海水が触れ、驚いて瑠璃が目覚めた。瑠璃はしばらくは横に置いてある宇宙船のように燐光を放つアオリイカを不思議そうに眺めていた。

「釣れたんだ？」瑠璃がタケルに訊ねた。

「皆で戦って勝ち得た戦利品だ。クジラを石にしてしまうんだ」意味不明な回答に瑠璃は沈黙した。やがて蚊取り線香が満ち始めた波に浸され火の粉が海に堕ち消えた。

それはまるで夏の終わりを告げるように切なく、どちらともなく浜を後にした。瑠璃は停めてあったビーチクルーザーをタケルの四輪駆動車のトランクに収納しそれから水中銃を担ぎ助手席に乗り込んできた。

「人魚姫だから今晩中にあなたを殺さないと……私、泡となって消えてしまうわ……」部屋に帰り玄関に鍵の束を投げ捨て二人シャワーを浴び僕らは長旅から帰ったようにその晩寄り添って深く眠った。


明朝、ガジュマルの木に群がる鳥の声で目覚めた。瑠璃はタケルのベッドでやわらかな寝息を立てていた。タケルは煙草に火を点け、くわえ煙草のままシャワールームでシャワーを軽く全身に浴び、着替えるとこの状況で何をどうして良いのか困惑していたが、空腹に気付いたことでそそくさと朝飯の支度を始めた。

ロールパンをレンジで温め、卵をボイルし、昨晩釣ったアオリイカを包丁で刻みバターで炒め、刻んだ大葉と絡めた。牛乳をコップに入れイカを皿に移そうとした時、瑠璃が背後に立ってタケルの肩を叩いた。

「美味しそう……」瑠璃はそう呟きタケルは少し安心した。人魚姫の食生活を知らないからだ。瑠璃はその後、美味しそうに朝食を食し、タケルも人魚姫の生態を窺いなながら喰らった。

「美味しかったわ。それより強姦よね、昨夜は……」食後に瑠璃はベッドリイドに立て掛けてある水中銃に手を掛けるとタケルに向けた。

「誘惑したのは君だ……」タケルは瑠璃の鋭い眼光から両手を挙げて降参のポーズで真剣に答えてしまった。

「クラゲに刺されたのよ、怪我人を犯すなんて変態！」瑠璃は負けじとタケルを誹謗中傷してきた。

「あなたが変態って証拠があるの、何なのこれ？　女を首輪で繋ぐ趣味があるの？　この部屋に犬なんていないじゃない？　しかも鋲打ちされた悪趣味なデザイン……」瑠璃はタケルをそう蔑みながらベッド脇に転がっていた白い子犬のために購入しておいた首輪を摘み上げた。

タケルは言い訳するのも面倒になった。僕は変態かもしれない……そうタケルは自覚した。現に瑠璃の白い太股にある赤い傷跡に目を凝らすと瑠璃の磯巾着が僕の魚に未だに纏わりついているように呻きやがて熱を帯びていく変化に耐えられなくなった。タケルは撃ち殺されることを覚悟し、構わずに冷蔵庫から冷えたマンゴーを一玉取り出し、角切りにし器に盛ると蒸留酒をかけた。一欠片を口に入れ瑠璃にも勧めた。水中銃は立て掛けたが、果実に手をつけようとしない瑠璃にもう一欠片を嚙み砕き彼女の唇を奪い押し込んだ。甘いラム酒が舌先を痺らせとろける甘い蜜を零さないように熱い接吻で交換した。タケルはカーテンを閉め、エアコンを最強にし、ガジュマルの木に群がる蟬の声に瑠璃の喘ぐ声を掻き消しながら情事に溺れた。挿入し激しくベッドが揺れると壁に立て掛けてあった水中銃が倒れ、同時に安全装置が外れ引き金が引かれ槍が頭上を過ぎり水槽の真上の壁に刺さった。同時にタケルは耐え凌いでいたが射精してしまった。同じく驚いた水槽の中でジャイアント・トレバリーが水面を跳ね上がり暴れ、エアコンに潜むヤモリがケタケタと笑った。男を撃ち殺す練習とはまんざら嘘じゃないかもしれないと偶然にしては巧みな技に感心し少しだけ瑠璃の殺意を疑った。

そのまま二人して浅い眠りに陥ったが、しばらくして冷房が効きすぎたせいでタケルはキリマンジャロのような雪山で遭難し凍える夢に魘《うな》され目を覚ました。タケルはエアコンの温度を調整し、それから洗濯機を回し、シャワーを浴び一服し、水槽を眺め、瑠璃が目覚めるのを待った。

そうこうしているうちに脱水の回転が終わりTシャツやジーンズと瑠璃が昨晩つけていた下着を干した。ついでに潮に触れたパールピンクのルアーを水洗いしイカ墨を落とし、さらに他のルアーも塩害を避けるため丹念に洗い洗濯ロープにフックの針先を掛けて干した。干されたルアーは風に揺られ互いにぶつかり合い、まるで風鈴のような優しい金属音を鳴らし、キラキラと光を反射させ、それはかつてない夏の日を演出した。

部屋には微かな瑠璃の寝息と香りが漂っていて、躰にはまだ瑠璃の温もりと魚のような滑りが噴き出す汗と共に絡みついている。タケルはこのままずっと竜宮城にいて玉手箱を開けないでいられたらと願った。やがて起きた瑠璃はそそくさと上着を着けて、しばらくベッドサイドで何かを探していたが、干されたルアーが奏でる風鈴の音で探し物を見つけた瑠璃は滑稽に蹌踉けながらジーンズにそのまま足を通し履いた。

「下着は変態の貴方にプレゼントしてあげるわ！　それより家に戻らないとおじいが心配してるかもしれないから……」二人は四輪駆動車に乗り込んだ。タケルは助手席に乗っている瑠璃のことを何ひとつ知らないことに少しの不自然さを覚えた。瑠璃が南の楽園に棲む人魚姫ならうろ覚えのままでも構わないが、助手席に座るするりと伸びた足が生えている事実をそろそろ受け入れなければならない。そんな疑問符を抱いたのはお互い様で払拭しようと最初に口火を切ったのは瑠璃のほうだった。

「島に何しに来たの？」

「クジラに逢いにゆく途中だ」

「クジラ？　捕鯨船に乗船してる？　ジョン万次郎みたいに琉球に漂流してきたってこと？　真面目に答えなさいよ。尋問よ！　強姦したんだから……部屋借りてるし島に根を張るつもりなの？」

「ジョン万次郎よりジョン・レノンを敬愛している。そう、クジラに逢いに行く途中だよ」

「サメには既に遭遇したたし出逢えるかもね、貴方なら……冗談はよして、仕事は？　潜水士？　自衛隊？　それとも難民？」

「無職だ。難民が近い。これから探すよ。この島では釣りの練習に励むんだ」

「私たち、つきあってるの？」

「さあ？」

「君は島の生まれ？」

「そうよ」

「歳は幾つ？」

「人魚に年齢はなし」

「仕事は？」

「漁師？　狙撃手かしら……そういえば兄貴が店をやってるけど人手が欲しいって最近話してた。訪ねてみる？　難民よりマシでしょ？　サメの捕獲体験もできるわ」

瑠璃はくしゃくしゃに丸まった酒屋のレシートを取り出し、裏面に簡単な地図をメモしてタケルに渡した。

「グレート・ホワイト・シャークって店よ、兄はシャークハンターで有名な男よ」

「浜で話していたサメが家にゴロゴロって本当だったの？」タケルは初めて瑠璃と浜辺で出逢った時の会話を思い出していた。

「明日どう？　訪ねてみる？」

「兄さんはシャークハンターなだけに海賊みたいな風貌？　ごつい感じ？」

「行くの？　行かないの？　どっち？」タケルは断る理由などなく頷いた。ハンドルを握りながら、硬貨で擦り汚れた紙に目をやると地図に星印のマークが記されていた。瑠璃が記してくれた星印は羅針盤の針のように揺れ動いているように見え、タケルの行方を指し示す予感に満ちていた。瑠璃は助手席で道案内しながら、途中、グレート・ホワイト・シャークの店主であり瑠璃の兄である青尉《あおい》について切々と語ってくれた。そうして、瑠璃の家付近の県道にて四輪駆動車を停めた。タケルは瑠璃と明日、グレート・ホワイト・シャークを訪ねる約束を交わし、四駆のトランクからビーチクルーザーを降ろした。瑠璃はビーチクルーザーに跨って曲がりくねった細道を下って颯爽と集落へと消え去った。

Chapter 2 Captain Aoi

かつて鰹節工場の拠点として栄華を極めた旧市街地の片隅にある寂れた波止場には舶来の大型船が汽笛を鳴らし接岸している。港界隈には潮風に曝され色褪せた看板を掲げた泡盛を嗜《たしな》むことができる安酒場が数軒点在している。その一画にある所々錆びたビスが朽ちて空いた穴だらけの屋根の巨大なバラックはその昔造船所だった。今は駐車場として使用されている。造船所の名残かその横の空き地には色褪せた廃船が一隻だけ傾いた状態で放置されている。瑠璃の誘導に従ってタケルはそのバラックに四輪駆動車を突っ込んだ。穴の開いた屋根から所々オーロラのように光が射し込んでいた。駐車場入り口に大型の無造作に置かれたコンテナを住処にした老い耄《ぼ》れた猟犬がまるで守衛のように棲んでいる。

タケルは口笛を吹いて手を差し延べたが、瑠璃から猟犬は老衰から反応が鈍いことと好物はサメの干し肉と臓器との説明を受け、機敏に手を引っ込めると老犬に軽く会釈し瑠璃の後を追った。

廃船を横目に歩くと閉鎖した鰹節工場を改装し営まれているダイニングバー、グレート・ホワイト・シャークはあった。瑠璃の兄貴である青尉が経営している店だ。地元の人はシャークと略して呼んでいるそうだ。

瑠璃が店の入り口である潜水艦のハッチのような丸い硝子窓をビス打ちした扉を開けタケルも瑠璃に続いて入店した。店内は大航海時代のコロンブスの船サンタマリア号を模擬ったような造りとなっていた。木造の甲板のような床張りの店内を進むと天井まで届く支柱の太い帆柱が船の風合いを色濃くしている。中心の帆柱は船首なのか太くサメとライオンが混ざった動物の巧みな彫刻が彫られてあった。帆柱にはサメの歯形と二本の骨がクロスした海賊旗が掲げられ、吊された昇降梯子にはズボンの後ろポケットに古びた海図が丸め込まれた海賊の蝋人形が木彫りの鼠を追う格好で梯子に飾られるなど装飾が施されていた。タケルは瑠璃に誘導されるがままカウンター席の一席に座った。

「少し待っていてね！」瑠璃はそう言い残し、カウンター内に入り琉球紅型の暖簾越しにある奥まった厨房らしき場所へ消えた。店内は小さめの音量でジョン・コルトレーンが流れていた。カウンターテーブルは大木から削った一枚板で頑丈な造りで椅子も木製で座り心地も良い。カウンター越しの壁にはカリブの海賊モーガンが彩り鮮やかな宝石や黄金に囲まれた大きな絵が飾られ、下の棚にラム酒キャプテンモルガンの瓶が無造作に積まれている。その横には旧式の船上用の宙吊り式羅針盤、望遠鏡、巨大な黒光りした碇《いかり》、黒い帆柱に深紅の帆が張られた幽霊船らしき精巧な帆船の模型、木製の船漕ぎに使用するオール、髭鯨の髭を穂先に使用した釣り竿等が飾られている。硝子製の浮標《ブイ》が所々に置かれており、店内の角灯の灯火を反射させ、紺碧の海を航海している感じを彷彿させる色彩を醸し出している。他にテーブル席が幾つもあり、店の奥には全面硝子張りの海が一望できる席が設けられている。さらに、その窓の向こう側には広めのオープンウッドデッキがあり、ガーデンテーブルが所々設置されている。その一画には併設する茅《かや》の屋根のドリンクバーまでも設けられている。誰もいないドリンクバーを眺めていると椀に入れられたモズク酢を素麺《そうめん》のように啜りながら瑠璃が暖簾をくぐってカウンター越しに出てきてタケルの視線の先を追った。

「庭のカウンターバーは観光シーズンにあたる夏季限定で開店して、私が貝細工の片手間にドリンクサービスを行っているのよ」瑠璃はモズク酢を平らげると棚からグラスを手に取り冷蔵庫から取り出した赤い液体をグラスに注いだ。

「顔色悪いけど大丈夫？　ドライローゼルから抽出したお茶よ、飲んで」タケルは毒殺される覚悟でその液体を口にして緊張から渇いた喉を湿らせた。天を仰ぐと天井は剝がされていて剝き出しの交差する鉄骨に貼り付くように巨大なサメの剝製が三体飾られており、中央に鎖で斜めに傾いたアンティックなシャンデリアが蒼白い蝋燭を垂らした誕生ケーキのように吊されていた。タケルの抱いていた恐怖心は極限に到達した。ピシャ！　何かがタケルの背後で蠢きタケルは驚いて振り返った。背後には大きな水槽があり、伊勢海老が暴れたのだ。料理に使用するであろう海老や蟹や数種類の貝が生きたままストックされていた。蟹や海老のハサミは使用できないようにロープでグルグルに捲かれ閉じた状態で固定されている。タケルはロープでグルグル巻きにされた自分の姿を思い描き背筋が凍った。向き直るとそこには瑠璃ではなく白地の刺繡入りのキューバシャツとアダンで編んだパナマ帽がよく似合う男がカウンター越しのタケルに対峙し一服し佇んでいた。

「タ、タ……タケルです。お、お邪魔しています」タケルは、慌てて会釈し取り急ぎ自分の名前を告げた。蟹や海老のように手をロープで縛らなくても従順であることを示そうとカウンターに両肘をついて指を組み祈りの格好をして見せた。

「青尉だ、少し、店が落ち着くまで待っててくれ！」タケルの緊張を余所に青尉は淡々と嗄《しゃが》れた声でそう告げると短い暖簾を潜り再度奥まった厨房へと入っていた。暖簾越しに青尉の手元だけが覗ける。ガス台で近海海老をサッと素揚げして硝子皿に滑らすと、この島で精製されたラベルの塩を軽く振って皿に盛った。続けてルッコラと島豆腐でサラダをこしらえ、檸檬《れもん》を漬けたオリーブオイルをかけて隅に盛った。忙しく厨房に籠もって働く兄を気遣って瑠璃は店を手伝い始めた。独り残されたタケルは瑠璃が昨日湾岸道路で話してくれた店や青尉のことを今一度思い返した。

シャークは新鮮な食材と地域密着型のやり方で人気を博し、観光客から地元の漁師まで幅広い客層を持つ。漁協が営む魚市場で直接漁師から近海の魚介類を仕入れ、かつて鰹節ができるまでの行程の途中にあった調理場を改修し、そこで魚介類を料理している。漁師の女房は酪農に従事している者が多く、季節の野菜も魚と抱さ合わせで安くこの店に卸しているせいか魚だけでなく野菜も美味しい。最近では店の要望するハーブも抱負で香辛料の島唐辛子や葫《にんにく》等も漁師の女房たちは器用に作ってくるため、地元の海水から採れる塩や黒糖や島の味噌等を味付けに使用し全てこの島の食材で賄っていける地産地消を貫けるまでに成った。島の乳牛も好評で規模拡張のために、内地からの融資話まであるくらいバターや牛乳も足りている。瑠璃は島が経済封鎖されてもシャークは不滅と誇らしげに話していた。黒板にチョークで記された時季メニューには、白身魚のムニエル、赤身魚のカルパッチョ、島ダコとバジルのパスタ、渡り蟹のピザ、イカ墨のリゾット等のメニューが手書きで記されている。

「メニューに載せてないけど他に地元の漁師たちは地魚の塩煮や酢味噌和《あ》え、刺身を泡盛のつまみとして注文するの、枝豆の代わりに落花生を塩ゆでにしたつまみも好評で、島らっきょうと鰹節の和え物も泡盛に合うって好評なのよ」手が空いた瑠璃がカウンター越しにタケルの目線の先を追って補足を加える。

「島ダコを燻《あぶ》った薫製は人気を博したの。私たちのおじいは素潜り漁の名人よ。カクテルにもマンゴー、パパイヤ、パッションフルーツ等、島の果物が使われているの。紅芋《べにいも》と黒糖の手作りパイもあるのよ」

「シャークのシイラを使った白身魚のフィッシュバーガーと県産豚のカツサンドのランチメニューは地元の若者や観光客に人気で、他にもシャークの店名からサメのフリット等のサメ料理は観光客受けする食として珍重されているんでしょ」昨日、瑠璃と別れてから部屋で読んだ島の観光雑誌に記されていた内容をタケルが話すと瑠璃はさらに補足を加えた。

「豪州ではフィッシュ&チップスにサメの肉が使われているらしいけど、シャークでもフライ等にサメの肉が使われているのよ」

そんな瑠璃からの説明が施され、タケルは異彩を放つ店内を再度見回してみた。

小説を読み耽りながら県産のビールを瓶ごとラッパ飲みするヒッピー風の旅人か

ら、リゾートホテルを抜け出してきた洗練された服を身に纏ったフルーティーなカクテルを楽しむカップル、カウンター席で泡盛を嗜むやさぐれた地元の漁師、バーボンを独り煽る島の青年、息子の誕生会を催す部落の家族連れなど雑多な客で趣の異なる人種が集っているが何故か店内は融合している。巨大なサメの剥製が、若干アルコールが入りすぎた連中の突飛な行動も抑えつける効果があるのかもしれないなどとタケルは勝手な憶測を抱いた。瑠璃がカクテルの注文を受けて、手慣れた様子で瓶を選び傾け注ぐとシェイカーを振り、カクテルグラスに注いで、檸檬を飾りテーブル席にいるカップルの席へ運んだ。瑠璃はカクテルの説明を施し、逆にお勧めの綺麗なビーチを訊ねられた瑠璃はその席で観光ガイドを始めた。タケルは瑠璃が身振り手振りで何やら説明している様子を横目で眺めながら、昨日、車中にて瑠璃が語った青尉のもうひとつの顔であるシャークハンターについての話を回想していた。その話はあまりに稀有な内容だっただけに鮮明にタケルの脳裏に焼き付いていた。

青尉は島でシャークハンターとして名が知られている。飲食店を経営する傍らでサメを捕獲し剝製を制作し売り捌いている。青尉と瑠璃の家は祖父の代より鮫捕り屋という屋号を持っていて、祖父はサメから抽出できる主にランプの灯りに使う油を売って生計を立てていたそうだ。そんな鮫捕り屋の屋号を祖父より受け継いだ父は息子である青尉を跡取りとして相応しく育てた。青尉は幼少期からサメに慣れる訓練を父から施された。父は青尉を連れサメが無数に眠る場所を泳いで超え、磯穴に棲む漢方薬として重宝された海蛇を捕りに出掛けたりさせた。そんな風に青尉は徐々に父によってサメに慣れさせられた。父は幼い青尉にサメに襲われた際、回避する防御方法も鍛錬し習得させた。サメは攻撃するとき先ずは獲物の周囲を廻り始める。襲う時は目が白濁する。危険を察したら腰に差したナイフを抜き構える。手前で反転する瞬間食らいついてくる。かわしながら急所を突く。二本目のナイフを抜く。海岸で父と青尉は幾度も反復し訓練していた。そんな父子の様子を瑠璃は砂遊びをしながら眺めていたそうだ。瑠璃の話によると、今まで青尉はサメに襲われたことはないらしいが、一度だけ海亀と泳いでいた時に目が白濁したサメにぐるぐると輪を描くように取り囲まれ、襲いかかられそうになったことがあったそうだ。サメの攻撃は父の話した通りでナイフは反射的に抜いたが、瞬間小便を恐怖から漏らしてしまった。目を瞑ってはいけない。相手の動きをじっと見ろ。父の教え通り睨みつけたせいで目の前で海亀が喰われる瞬間を青尉は目撃し、それから青尉は海亀を守り神と崇めるようになった。近所に海亀の剝製を造るおじいがおり、兄妹でそこへ通ってはおじいが黙々とこなす妙技を寡黙に眺めていたそうだ。青尉はいつかこのおじいは呪われると予言し、青尉は海亀ではなくサメをいつか剥製にしてやると妹である瑠璃に話したそうだ。だが、青尉の亀の剝製を造るおじいへの予言は外れ、変わりに父がサメ捕り漁の事故で他界するという忌まわしい事故が起こってしまった。縁起の悪い船だと仲間の漁師が巫女を呼んで祈りを捧げ、船に火入れし燃やし親父を弔った。小さな漁港に燃え堕ちる船を見ながら、母が震えながら跪き、瑠璃と青尉を強く抱きしめ狼狽している記憶は今でも心に焼き付いていると瑠璃は悲しそうに語った。その日を境に兄妹はサメと完全に無関係な生活となったが、時は経ち運命に逆らえないと感じた事件が起こったと瑠璃は事件から現在に至るまでを淡々と語った。

発端はある海岸での若いサーファーがサメに襲われ死亡した事故が起こったことだった。当時、対策として市は緊急に鮫駆除対策を施した。事故の起こった海岸は遊泳保護ネットで仕切られ、他にも主要ビーチには監視員が雇われ常駐させた。その頃、青尉は今の店の前身である小さなショットバーを経営しながら昼は友人が営むマリン系ショップでダイビングガイドを請け負っていた。だが、市は鮫捕り屋の屋号を持つ青尉のもとにサメ駆除を委託してきた。青尉は長らく抑えていた衝動を活かせる良い機会だと捉えおじいの反対を余所に市の委託を勝手に承諾した。仕事を請け負うと、躊躇することなく海岸沿岸に延縄《はえなわ》を仕掛け、屋号の血筋という運命に加え、親族の長い歴史の恨み辛みの矛先であるサメを淡々と捕獲し殺しまくった。この頃、悪魔払いの勇者として海上保安庁、レジャー船、漁協組合等から青尉は崇められた。捕獲するタイガー・シャークは一本釣りの漁業に多大な被害を与えている有害水産動物でもあり、青尉は漁師からも尊ばれた。同時期に勃発していた魚場とダイビング場とで漁協と観光協会が揉めた紛争までも青尉は仲介し和解させた。そういった経緯から青尉は近海の制海権を得て自由に航海することが許されるようになった。海上保安庁の巡視船も青尉の船に遭遇すると船員たちは敬意を表した。

サメは駆除が目的であるが故に個体は塵に等しい。青尉はサメを丸ごと持ち帰っては剝製制作を試み、豊富な数を使って試作を繰り返し、その技術を培っていったそうだ。青尉が一番標的にしたかったのは全米を震撼させた映画ジョーズのモデルとなっているグレート・ホワイト・シャークだったが、沖縄近海では滅多に捕れない。事実、延縄に掛かるのはタイガー・シャークばかりだった。この時期に青尉は稀な一匹でも捕獲し剝製にしてみたいといった気負いを込め営む店名をペイント・イット・ブルーからグレート・ホワイト・シャークに改名し看板を掲げた。長い間、埃にまみれていた鮫捕り屋の屋号は白日に曝されたのだ。青尉は店を営む傍らでタイガー・シャークの捕獲と剥製制作を続け遂に納得いく作品にまで漕ぎ着けた。剥製は高額だが予想以上に売れ儲けたそうだ。最近、一トンに耐えうるとされているワイヤーを喰い千切られたことがきっかけで、剥製で儲けた金を注ぎ込んで専用の改良を加えたカスタムメイドの漁船も購入した。タイガー・シャークの尾鰭の力は半端なく、まともに喰らったら即死するくらいの怪力で、危険を伴う銛《もり》を打ち込んだロープに巻き込まれない危険回避策と魚体を傷めない状態での捕獲を行えるマグロ用の電気ショッカーまでも船に装備したそうだ。昼のうちに瑠璃はタケルに港に停泊されたサメの海賊旗が旗めく立派な船を桟橋から見物させてくれた。船体に記された船の名は「ぞうとらいおんまる」と記されていた。いかにも強そうな船の名だった。続けて瑠璃はタケルを鮫工房にも案内してくれた。

　鮫工房はシャークの裏手にあるガレッジだった。錆び付いたシャッターを軋む音を立てて瑠璃が開けるとそこは剥製工房となっていた。古びた医療用の診察台に制作中のサメが無造作に置かれていた。診察台は潰れた診療所からもらったものらしい。その真上には巻轆轤《まきろくろ》が天井のコンクリに打ちつけられており、油で湿った丈夫なフック付きの鎖がぶら下がっていてそれはまるで絞首台のようにタケルの目には映った。ここに吊し皮を剥ぎ臓物を剔《えぐ》り身を削《そ》ぐのだろうか？　タケルは要らぬ想像を膨らませ恐怖心を助長させた。他に革が破れ綿が噴いた旧式の散髪屋にある長椅子があたかも電気椅子のように置かれているなど何とも不気味な工房であった。床には高圧ポンプと硬質な噴水口が取り付けられた頑丈なゴムホースがまるで大蛇のように蜷局《とぐろ》を巻いて置かれており、床の側溝は幅広く塞ぐ銅板の網目は荒く造られていた。大きな解体屑も放水の水圧によって流し廃棄してしまうのだろうか？　タケルの要らぬ想像は割れる寸前まで膨らみ、恐怖心は頂点に達し足が竦《すく》みかけたが、瑠璃はそんなタケルの背中をおし、遂に作業場の奥部屋に誘った。そこは木材で棚が組まれており死体安置所のように完成したタイガー・シャークの剥製が数体並べられ保管されていた。その光景を目にした時、タケルはやばい兄を持つ娘に惹かれてしまった……と少し卑屈になった。そんなタケルの抱いた心情を余所に瑠璃はまるで博物館の案内人のように朗らかに剥製の説明を施してくれた。

「剝製は外皮と骨格を使用して製作されるのよ。骨格はしばらく土葬してバクテリアに骨だけにさせるの。その骨格を主軸に骨に数カ所ビス止めしたプラスティック素材の柔軟な板版で全体の造形を象り、模型飛行機のように、皮を張って最後はウレタンやエポキシ系樹脂で固めてしまう技法で制作されるのよ。日差しによる黄ばみなどの変色をさせない絵画の保護技術と三線に張る蛇皮加工技術等が応用されているの。削いだ皮が縮まない技法は企業秘密で兄しか知らないの。外国の蛇皮や鰐皮等の加工所を転々と渡り歩きその技術をヒントに試行錯誤して編み出したそうよ。他に内側にはエジプトのミイラに防腐剤として使用されたとされるシナモンをヒントに防腐効果があるとされる島の月桃《げっとう》の葉を乾燥させ砕き混ぜた漆喰が塗り固められてるの。サメが発する臭い消しと虫喰い防止効果も果たしているのよ。完成に漕ぎ着けるまでに丸三年を要したのよ」タケルは瑠璃に誘われ裏口から中庭へと出た。そこには物置小屋があり、瑠璃はその開き戸を開けた。そこには完成した数体のタイガー・シャークの剥製が吊されていた。コルクの壁に剝製がレストランや水族館に飾られている写真が掲載された記事が数枚壁にピンで留められていた。物置小屋の奥まった窓から鉄砲百合の花畑が広がりその先に小さな浜が見えた。浜にはサメの内臓や屑が無造作に捨てられていた。鉄砲百合が芳香しているために臭みは一切感じなかった。きっと潮が満潮になると勝手に海が魚屑を呑み込んでしまう仕掛けとなっているのだろう。浜沿いにある磯の横に佇む鰹節工場は今も操業していて同じように鰹の屑を捨てるらしく、魚屑を啄みに入ってくる大型魚を狙って釣りする島人が多いと瑠璃は釣り好きなタケルにこの浜を薦めた。

タケルがそんな感慨に耽っていると知らぬ間に青尉がタケルの前に佇んでいた。

「悪いな珍しく混んでやがる。後少しでラストオーダーの時間だ」青尉はそう言って笑った。笑顔が兄妹だけに瑠璃と似ている。不意をつかれたタケルは固唾を呑んだ。

「この島には流れ者がよく漂着するんだ。妹が拾って持ち帰ってくるなんて面食らった。全く、貝でも拾うみたいに男を拾ってきて馬鹿かって叱ったが、お前のこと相当気に入ってる感じだ。しかも俺の店で雇えって……あいつ昔から言い出したらきかないんだ。出逢って間もないくせに恋愛に関して電撃タイプとは兄の俺も今まで知らなかった……」瑠璃との関係も既に知られている。だが、いきなり殴り殺され、剝製にされるような最悪な予感はどうにか掠れたようだ。

「すいません……」タケルは頭を下げ真摯に謝った。瑠璃から聞いた話と工房を見せてもらい、さらにはこんな素敵な店を営む青尉への敬意も上積みされ、タケルはかなり萎縮していた。青尉の胸元には大きな黒光りした歯の化石のチョーカーが掛かっており、気になって目を凝らして見ていると青尉も話のきっかけを欲していたのかその化石を握りしめ化石について詳細を語り始めた。

「島の荒野をユンボーで開拓しキビ畑にしようとした時に今は亡き親父が偶々見つけ大切にしていたものだ。形見に身につけているんだ。内地の博物館で鑑定してもらった結果三百万年前のグレート・ホワイト・シャークの歯の化石だそうだ」タケルはそのサメの大きさを想像し、この島が珊瑚礁が隆起してできたとある説は事実であると納得した。青尉は何か思い出したようにボトル棚を探ると小さな紙箱をタケルに手渡した。

「妹が話していたけど魚釣りが趣味なんだってな？　発売しないでボツったルアーだ。ある奴が何か新しいルアー釣りを仕掛けようと、ジャイアント・トレバリーも実現させたから次はサメってな、標的をさらにでかくしただけの安直な思いつきがことの発端でな、ジャイアント・トレバリーの道具開発で稼いだ金、全て注ぎ込んで島に籠もってこさえたんだ。毎晩この店に足を運んであーでもねーこーでもねーとほざいては幾度も作り直してな。今頃奴はクジラを釣るルアーをどっかで創ってるんじゃないかなぁ」青尉はそう説明し笑った。察するに緊張しているタケルへの配慮であり早速、箱の中身を確認した。箱の中にはごつい釣り針がぶら下がったまるでたい焼きのような玩具が入っていた。たい焼きの中は空洞で細やかな穴が所々に開いていて、全体の触感は柔らかい造りだ。他におそらく釣り糸と結合するであろうワイヤー仕掛の先糸、その他に小児用水薬のような赤い液体が入っていた。液体の容器には血が薫る注入液とフェルトペンで記されている。推測するにたい焼きにあんこではなく赤い液体を注入し海中を泳がすと振動から少量ずつ針先で刺したような小さな穴からサメの食欲をそそる匂いを放つ仕組みだ。タケルが感心して箱の中身を眺めていると青尉は製品について説明を加えた。

「サメ専用ルアーでマジに釣れるらしい。サメからの距離が五十メートル範囲に落とせば九十九パーセント喰らいついてくる統計まで実証済みの代物だ。商品名はシャークハントベイトだ。無人島にひとつ持っていくならこれだ！　って宣伝広告の文句まで決まっていたが発売寸前にお蔵入りした。危険が伴うから注意事項と取扱説明書を作成したらそれが百科事典並みに分厚くなったことで滅入ったそうだ。やはり釣り人の安全を考慮し発売中止としたらしい。俺の場合サメに慣れてるからって試作品を特別にくれた。いや、シャークに捨てていったってのが正しい。だけどこんなもん真剣にこさえる馬鹿がいることに俺は感動した。奴がこの店で溜め込んだ酒代もチャラにしてやった。あまりの馬鹿さ加減に呆れるというよりも逆に奴に敬意を抱いた。だがこいつが発売に漕ぎ着けていたら互いに一攫千金を狙えるはずだった。広告用に俺の造ったタイガー・シャークの剝製の口にこのルアーを嚙まして全国の大型釣具店に相当量並ぶ予定だったんだが惜しいことをしたさ」アイスピックで氷を砕きながらそう呟くと青尉は煙草の煙に咽《む》せながら笑った。

「クジラを釣りに来島したらしいって冗談交じりに妹が話していたけど、この島で何がしたい？」パナマ帽を外し潮焼けした赤褐色の前髪を掻きあげながら青尉は端的に質問してきた。

「十歳頃からかな？　盆も正月も休日のない塾に缶詰にされ、学業に励み続けて、それで、せめてこの島で夏休みくらいは取り戻してやろうと企んだ訳で、夏休みであったはずの日数分釣りしまくってやろうと考えています。幼少の頃に父が失踪してしまって……失踪ってどんなもんか体感したいってのもあって……」タケルはあまりに幼稚な動機が恥ずかしく、思い浮かんだことをそのまま口にして補足を試みた。

「この島で陸からジャイアント・トレバリーを釣りたいんです。船舶免許の取得も目指します。それから回遊魚が水槽で飼えるかも調べてみたいし。何より海と多く触れ合って海のことを足下から少しずつ知りたいです。それから沖縄本島に移動して水族館で海棲生物の飼育に携わる仕事をしたいです。時期にはホエールウォッチングにも参加したいと考えています。いずれ、キューバでシイラやブルーマリンをトローリングで射止めて、ヘミングウェイが通ったといわれるバーを訪れてみたいです。それから先は……イヌイットの捕鯨に入門したいとか、環境保護団体のシーシェパードに属すとか、そんな漠然とした感じで……」結局、青尉への敬意からか緊張し明晰に伝えられず、逆に混乱させるような余計なことを喋ってしまった。

「貴方の過去をきかせて、この島に来るまでのことよ。店が終わってからでいいわ」

タケルの錯乱した返答から青尉が感じたであろう混沌の隔たりを渡すように瑠璃が助け船を就航させた。

「そうだな、妹とつきあうなら過去を明かしてくれないか？　可愛い顔してるし、まさか人を殺したとかではないとは思うけどな……」青尉に真面目な表情で言われタケルは頷いた。経歴書代わりに青尉と瑠璃にこの島にやってきた経緯を嘘偽りなく話すことを決めた。それは、青尉と瑠璃との出逢いが偶然ではなく必然であると感じたからだ。タケルは赤裸々に胡散臭い過去を少しでもわかってもらえるならと語ることを決めた。それは想定外だがタケルが島に逃げ込んだ理由を少しだけでも理解してもらえるかもしれないといった期待をこの兄妹に抱いたからでもあった。居残った酔い潰れた客を瑠璃が介抱しながら出口へと誘った。その間に青尉は淡々とグラスを洗い、最後に熱湯で果物を切る俎板を滅菌し立て掛けた。瑠璃は客を送り出すとデザートメニューにも記されていたシマバナナとアーモンドスライスのマフィンの残りとアイスティーのポットとグラスを持ってテーブル席に着いた。続けて青尉がバカラのグラスに琥珀色のバーボンウイスキーを注ぎ、瑠璃の横に座った。タケルは少し遅れカウンター席から二人の対面に座った。瑠璃はタケルの持ち込んだグラスにローゼルティーを注ぎ足してくれた。青尉が瑠璃にサメの歯が詰まった袋を無造作に渡した。

「剝製にしない分は工房で加工し売っているのよ。兄の下請け会社って感じかしら」

瑠璃は電車の中吊り広告のように吊されている工房のフライヤーを指差した。タケルは立ち上がってフライヤーを確認した。アトリエ瑠璃が彼女の仕事らしい。

「最近、以前は捨てていた肝油や軟骨もサメの抵抗力の強さに着目したサプリメント会社からの交渉で契約し売り捌いているんだ。こっちの下請け会社は瑠璃の会社と違って煙草代くらいは稼がせてくれるんだ」青尉は皮肉を込めて瑠璃を茶化した。瑠璃はそんな兄に構わずにテーブルに置かれた蝋燭の灯籠に火を灯しそれから店の電気を落とし戻ってきた。

「この雰囲気のほうが話しやすいんじゃないかしら？」タケルの泳ぐ視線から動揺を読み取った瑠璃は気遣って雰囲気を演出してくれた。青尉がオイルライターで煙草に火をつけ煙をくゆらせた。煙が舞い上がりやがて柔らかいベールに包まれた頃合いを見計らって篝火《かがりび》のような灯火をみつめながら淡く色褪せかけた記憶をタケルは徐々に呼び覚ました。そして記憶の断片を掻き集めながら出生から父が失踪するまでを簡潔に語り済ますと政経改革研究塾について述懐し詳細に語り始めた。そこにタケルが何故に単身でこの島にやってきた理由が集約されているからだ。

政経改革研究塾第一期生として卒業……タケルの最終学歴だ。

政経改革研究塾は迎える二十一世紀に訪れる少子高齢化といった人口構造変化に伴う国力衰退回避対策として教育時短縮計画法樹立を目指す文部省と関連する行政法人事業によって創設された試験的な教育制度である。

この制度は試験段階で詳細に関しては始動時にはベールに包まれていた。しかしながら教育問題に関し過激な論調を展開することで有名なフリーライターが週刊誌に研究塾を掲載したことがきっかけとなり社会を騒がせた。そのことが発端となり、国を背負って立つパイオニアの育成塾と題された煽《おだ》てたテレビ番組も制作され、公式にも認知されつつある。

入塾に際し筆記及び面談による試験が設けられており合格者は細やかな字で埋もれた契約書に保護者と本人が署名捺印し塾生生活が始まる。定員は試験的な段階にあり一学年三十名と少人数制で構成されている。塾生の大半はこの計画樹立を推進している委員会役員の子ども、その他官僚や企業経営者の比較的恵まれた家庭環境を持つ家柄の子どもが多く在籍していた。父が失踪し母が細々と働き育てられた家庭環境に加え、成績も最良でないタケルが極少であるはずの受験資格者として選抜されたのは何故か未だに謎が残る。だが、事実、母とタケルは学校長に呼び出され、塾に関する一期生受験資格者として選抜された旨を学校長より直々に伝えられたのだ。学校長は文部省推進の先端教育制度に我が校の生徒が選抜されたことは誇りだと感激を露わにし、乗り気でないタケルは仕方なく学校長から言われるがままに受験だけはする羽目となった。まるで手応えがあるような結果でもなく、タケルは不合格になったと確信していた。しかし何故か合格通知が届いた。母は親として肩の荷が下りたと歓喜し校長からは涙目で握手を求められ肩を抱かれた。否応なしにタケルは塾へと通わざるをえなくなった。

入塾式で文部省官僚がタケルたち生徒に対し訓辞を述べた。官僚は最初に英雄ナポレオンを例に挙げた。ナポレオンがかつてパリの陸軍士官学校の砲兵科を普通四年前後で卒業するところを開校以来の最短記録を叩き出し卒業した後に近代的法典の民法の基礎となる法典を導き出した軌跡を例にこの時短教育制度に込めた可能性を説いた。他にリンカーンのゲティスバーグ演説の革新的な歴史的スピーチ、ワットが蒸気機関を発明するに至った経緯等、政治経済の発展に貢献した歴史的功績を収めた歴史的偉人の業績を列挙し塾生への期待を込めた弁を述べた。そうして文部省官僚は最後に塾生はコロンブスの卵であって実行するのは至難だが柔軟な発想力で近々訪れる二十一世紀の創世において国家を牽引するような偉業を成して欲しいと訓辞を締めた。

塾生は十歳になる年度より国公立の小中学校へは通わずにこの塾に詰めて義務教育を併用した教育課程をこなす。義務教育終了時には高い偏差値レベルを設定した高校卒業程度の学力を身につけさせられる。他にも英語を軸に他五カ国語の語学教育も併用して受講する。義務教育修了時で既に三カ年分の教育課程は時短されていることとなる。その代償に忙殺されるような盆も正月もない怒濤の詰め込み教育に励むこととなる。

続いて、塾生が十六歳になる年度は大学で学ぶ一般教養全般を受講し、加えて必修科目である近代国際政治経済学及び別に自由選択した三学科の基礎概論を学ぶ。建築工学、海洋地球科学、自然科学といった科目をタケルは選択した。続いて、十七歳になる年度には国際的な視点を養い語学を飛躍的に伸ばす目標を掲げ米、英、仏、独といった先進国に三ヵ月の期間で巡る留学制度を展開し、近代における政治経済学を柱とした外国講師の講義を受け他の先進国側からの視点から学ぶことで、より国際的な政治経済の視野を拡げつつ、活きた語学力を磨く。そうして最終学年である十八歳になる年度へと塾生は到達する。

最終年度は世界を繋ぐように国際時事問題へと繋がる講義を包括的に学ぶ。厳選された一流講師による講義を多面的且つ集中的に受ける。それぞれ多岐に亘るのだが、塾が事前に講師に課しているのか、決まってどの講義も、毎回、この国が国際社会において優位と保身のために政治や経済をどう展開していくべきかといった疑問符が投げかけられ終了した。そんな反復的で洗脳ともいえる講義を浴び続け、初秋には集大成として三月中旬までに卒業論文を準備する期間が設けてある。つまり、洗脳された筋書き通り卒業論文はこの国が成すべき経済成長戦略へと誘導される仕組みとなっているのだ。塾生は提携先の大学の研究室等を渡り歩き、卒論に必要な機器や資料等を拝借させてもらったり、教授や院生に相談したりしながら年度末の卒業論文発表に向けて論文を纏めていく。つまり塾生は時短制度で一般より四年も若くして大学卒業証書を受け取ることができる絡繰《からく》りとなっている。さらに審議された評価が優良とあれば博士号を取得する権利さえ認めるといった優遇も設けられている。塾生は就労後も政治経済発展に尽力し、その功績が認められれば、模範生奨励金が支給されるといった制度までも設けられている。

他に塾の契約書からも抜粋すれば制度の主旨は塾生を時短教育によって早期に社会就労させ、我が国の膨大な高齢者を背負い支える財源を確保できるよう、戦略的な構想を持って国際社会の矢面に立って自国の産業振興及び経済成長を促すような人材育成を目指すと唱われている。違約項目には外資系企業への就職は卒業後十年間認められないとあり、その主旨は明確且つ揺るぎないものだ。他に研究塾が発行した季刊誌によれば、時短教育制度は実験的段階を経て確立され、そうなれば従来の教育制度が抜本的に変革される運びとなり、早期に自立することによって、婚期も低年齢化し少子化さえ防ぐとかなり傲慢な見解が盛り込まれている。さらに家計単位からも四年分の学費援助費を削減し、扶養者を納税者へと転換させる内需拡大の効果さえ見込むと豪語している。季刊誌には制度が樹立し不要となった大学校舎の有効活用までもが如実に計画されている旨が記されていた。雇用率の低迷するなか卒業生の優秀な論文から採用した新規事業を具現化する拠点として活用し国内の雇用拡張を図ると記され、研究塾は試験的段階においても経済発展のための施策を年ごとに継続的に発信し樹木の年輪のように分厚い芯の通った国策を束ねて高度経済成長社会をさらに発展させることに寄与するとまで豪語している。

だが、タケルはそんな塾の掲げる指針に違和感を覚え続け、それは鬱積していった。塾は微々たる偽善を楯として高密な技術力と経済力といった武器を巧みに扱って先進国を欺き、発展国の市場を独占し、発展途上国を枯渇するまで掘り起こす策略を企てろと唱《とな》え、この星が球体であるが故に何周も隈無く星を徘徊しあくどい痕跡を刻む術を見出せ！　とタケルは解釈した。だが、むしろ時代は欲深く業の深い価値観を改める時期にあり、また過去の乱開発を抑制しツケを清算する期に及んでいるはずだと感じているタケルにとっては馬耳東風となる。まるで真逆な発想を持つタケルにとっては釈然としない。それでもタケルは何とか塾の指針を受け入れる努力はした。けれど資源の搾取や食糧の生産を別の惑星に求めるとか突飛な発想にしか展望を見出せないと逃避や絶望に幾度も陥った。だが、受け付けなくとも詰め込まれる情報量は常に膨大で、司るタケルの頭はやがて支障をきたし、機能不全を起こし麻痺状態に陥っていった。

だが、塾生が精神疾患をきたした場合の回避策も塾は周到に付随させ用意されていた。短期間に凝縮した極度の詰め込み教育によって懸念される塾生の心身の弊害は実験用モルモットであるタケルたち、塾生の分析によって導き出されるのだ。心身の弊害回避策として身体と心のバランスと題したケースワークが設けられている。理学療法や運動療法のスポーツインストラクターが在籍する充実した設備のジムやプールや体育館がある施設が併設されており、そこで塾生は標準的な運動能力や強靱な精神力を鍛え磨く。他に道徳心を養うためのキリスト教倫理に基づいた礼拝と授業もあり参加が義務づけられている。その他、保健師や医師による健康診断及び心理カウンセラーや精神医学医師によるヒヤリング調査も定期的に受け、時短し詰め込む教育によって精神や肉体の発育の妨げや疾患発病が生ずるかを検証されるのだ。

実際に引き籠もりに併せて拒食症となり悩んでいた塾生が鬱病と診断され途中退塾したが、一般課程の教育制度に修正され自殺に至るような重症とはならなかった。精神的疾患等の発症率が義務教育制度とほぼ変わらない比率で推移するケア目標が設定されているが、この一例は特に問題なしと塾が発刊する季刊誌で処理された。だが、実際のところ大多数の塾生は約束された将来を得るために順応したふりをし、気丈に振る舞っていたが果たしてどうなのか各自の深層心理は不明だ。少なくともタケルは露骨に抱えた鬱積を露わにしていた。唯一同期生でヒロシだけはタケルに同調してくれたが、他の塾生からは白い目で見られた。タケルは塾の敷いた線路で幼少時代の自由な感覚を削り落とされていく喪失感に憤っていた。それは思春期に達した十六歳の時にタケルの中で爆発し遂に悪態を曝した。それは唯一、塾生の主体的発言が許されているキリスト教概論の授業でヒロシと共謀し授業を潰したことが原因だ。ヒロシと悪乗りし、馬鹿げた罪を告白し懺悔《ざんげ》することを繰り返し、授業を要らぬ方向へ逸らす遊びに没頭したためだ。タケルとヒロシは讃美歌を歌い着席すると、直ぐに挙手し真面目を装う演技で、授業中ずっと罪を交互に告白し続けた。

「便所の棚に便秘薬代わりに聖書を置き用を足しながら愛読しています。ある日紙が切れたが母は不在で仕方なく退屈だった頁を破って尻を拭き便器に流しました。僕は神を冒涜してしまいました。便所で聖書を読んでいるうえにさらにそんな罪を重ねたのです。屁理屈を捏《こ》ね紙を節約し森林の伐採を保護しているのだと神に許しを乞いました。そんな罪深き僕を神はお許しになるでしょうか？」他の塾生からの好奇の目など一切気にせず、誠実な初老の牧師に対しヒロシと交互にそんな馬鹿げた質疑応答を終業時刻までやり通すのだ。それでも牧師は真摯に話に耳を傾け熱心に忠告してくれた。

　そして、そんな授業は数週間続いたが他の塾生の密告により、タケルとヒロシは遂にカウンセラーに呼び出された。まるで『時計じかけのオレンジ』にあるような反抗的な態度を矯正するプログラムをカウンセラーから施された。タケルもヒロシも反抗的な態度は慎み従順に努めることにした。それは反社会性人格障害（サイコパス）の権威といわれるカウンセラーによる。いかさまな矯正プログラムの効果ではなく別に更正した理由がある。それは、ほぼ監禁状態の研究塾で月のうち第二と第四日曜日が研究塾から解放される貴重な休日となっていたためだ。カウンセラーが施した矯正プログラムはその休日を利用し施されるのだ。それは不快でならなかったからだ。タケルはこの息抜きの時間がなければ塾の怒濤のように浴びせられる授業によって溺れ死んでしまうと感じており、ヒロシにとってもそれは同様であった。休日は塾生にとって必要不可欠な貴重な時間なのだ。

タケルはこの稀少な休日の大半を百貨店に通い過ごしていた。百貨店の中で特に屋上がお気に入りの場所でそこでポケットに忍ばせたヘッドホンステレオで音楽を聴いたり、冒険小説を読み耽ったりしながら過ごすことが多かった。嗜好する小説や音楽は父の影響が色濃い。父が失踪し数年後にタケルは母に男同士だからという理由で父の部屋にある荷物の整理を依頼された。欲しいものだけ残して後は捨てて構わないとタケルに告げ、母は父の閉ざされた部屋に決して入ろうとはしなかった。そういったきっかけからタケルは父の部屋に入り浸った。幼少の頃より共有した釣り道具もあったが、それだけは思い出の宝庫で道具箱を開けたりしたら涙が零れそうで流石に触れられなかった。他にも本棚にはぎっしりと小説が並んでいた。タケルでも読めそうな冒険小説を好んで引っ張り出して持ち出した。他にも奥まった棚から箱詰めされた洋楽のレコード盤が大量に出てきた。タケルは奇抜なレコードジャケットを順に手にとっては眺めながらレコードを鳴らし、気に入るとカセットテープに録音した。父が影響を受け感化されていたであろう音楽や小説から、知り得ない父が失踪した真意を探ろうとしていた。だが、いつしか目的は逸れ、刺激的なその世代の小説や音楽に直に感化され没頭した。現代に生きるタケルの本意を炙り出し、時に代弁してくれ強烈な感銘を受け痺れたのだ。帰り際に楽器売場へ立ち寄り壁に飾られたギターを眺めては研究塾を卒業した暁にはギターを手に入れ鳴らしてみたいといった願望に駆られるまでにロックに痺れていたし、気に入った作家の小説は本棚にはなかった作品も購入しじっくりと読みたいと思っていた。タケルは塾の休日は、いつも気に入ったアルバムを収録したカセットテープをヘッドホンステレオに収め、父の本棚に陳列された本の中から、内容が易しい冒険小説を中心に選んでは、百貨店の屋上へと持ち込んで音楽に聴き入ったり読み耽ったりして過ごした。

タケルは百貨店で大切な人と巡り逢うこともできた。同じように休日を過ごす塾に属する同期生の瑠架を時折、百貨店で見掛けていた。瑠架はいつも本売場で本を読み耽っていた。ある日、瑠架は神妙な顔つきでアンネフランクの日記を手にし熟読していた。その姿は現在置かれた状況に異議を唱えるために、聖書を手に悶々と本意を炙り出し、反旗を翻す術を企てているようにタケルには見えた。タケルはそんな瑠架の姿に共感を覚え、思い切って声を掛けてみた。十五歳の秋だった。百貨店で過ごす他にもタケルは十六歳になると母には内緒で休日を利用しバイクの免許を取得し、さらにはバイクを購入し友人宅に隠し置かせてもらった。それはタケルにとって母の望む学業方針に従順に振る舞う反面、些細な反抗の証を刻むことで何とか思春期の均衡を保つ意味があった。中古のバイクに跨って、川沿いの街道を海へ向かって走るといった休日の過ごし方が追加され、時に百貨店で出逢った瑠架を後ろに乗せて走る日もあり、僅かで貴重な休日はより大切なものに囲まれ過ごせる充実した時間となった。だが、タケルは百貨店の屋上もバイクもそして瑠架までをも全て失い逃げるように島へと飛び立つ羽目に陥るのだ。それはタケルの度の過ぎた研究塾の卒業発表論文が原因だ。

研究塾の卒論発表会は格式ある高層ホテルの大広間の舞台で行われる。合否を決める審査員として各分野の学識経験者や大学教授が多数参加し、さらに特別審査席も設けられる。特別審査員席には時の環境大臣、文部大臣、一流企業代表取締役等の錚々《そうそう》たる人々が席を埋める。そうした審査員がそれぞれにランク付けを行い塾生を最後も容赦なく分別、格付けする品評会となるのだ。AとB評価は審議され博士号を取得できる権利も生じる。Cは卒業となる。Dは高校卒業と同等な扱いとなる。つまり、Dは時短されない普通の道へと戻ることになる。初秋に塾生に当時普及し始めたパーソナルコンピューターが配布される。パソコンには公表されていない試験的なプレゼンテーション作成ソフトがインストールされており、そのソフトに媒体を画面上に埋め込んでパッケージ化する。内容を図解や画像、要約した説明等を詰め、時間内で凝縮された完成度の高い論文を纏め上げていく。発表当日、舞台にはビデオプロジェクター対応の大型スクリーンが設置され、演台にはパソコンやスキャナー等が操作場のように置かれ、注意事項の説明によれば演台に水は厳禁となっている。

また、発表者を写すビデオカメラが数台設置される。画面には舞台発表のライブ映像と発表者の資料が分割された画面が大型スクリーンに映される。他に試作品や展示品等を発表の内容によって舞台上で使用することも可能で、後輩である塾生が集うアシストチームが結成されており、事前に段取りを伝えると手助けしてくれる仕組みとなっている。タケルも卒業論文に取り組み始めた当初は、折角ここまで頑張ったのだからと開き直り躍起に構想を模索した。十七歳で自主選択した建築工学、海洋地球科学、自然科学を活かして日本製の高密な最先端技術を組み合わせた革新的で、皆が度肝を抜くような開発を手掛け、世界に展開してやろうと目論んで課題に取り組んだ。具体案を着想したきっかけは建築工学のオーバーフロウを回避する都市の降水管理プランに関する図解を眺めていた時だった。その時閃いたのは、海水を取り込んで街に流し猛暑の都市の景観と冷却を試みる装置の発明で、その回路に湿地植物を移植する濾過装置の設置や運転する動力源をバイオエネルギーで百パーセント賄うといった大まかな構想を描いた。さらには海水を淡水に変換し飲料水等の水資源に変換させるところまで辿り着ければと思索した。この構想が実現すれば海水を淡水にすることで発展途上国にも貢献できて、先進国と生存競争とは無縁な場所で構想を展開できると考えた。海は世界中の大陸に隣接しあるのだから……。

先ずは大学の建築工学部の研究室へ通い詰め、計画当初に全体の大まかな構想図や設計図を作成し断面ダイアグラムを導き起こした。海水の取り込み口に大きな水槽があってそこに海水魚を泳がそうといった遊び心が働き、そういった景観を付帯しようと設計を加えた。だが本体装置を構築すべく試みるが幾度も壁にぶつかって停滞した。やがて本体装置の解析はバイオエネルギーで賄うための複合エネルギーが不足していた故に、回路に雑多な装置が並び、解析できない課題が山積みとなり、仕方なく付帯部分の水槽のほうから構築していった。水槽は耐震構造計算から硝子の強度まで緻密にこと細かく完成させていった。タケルは本体装置はしばらく放り出して癒される水槽に逸れ、画面上で水槽に泳がす一匹の魚まで創りだした。食することや動くことが可能なようにデータを打ち込んで魚を飼い始めた。好物はデジタルデータと設定し、消化したデータにより魚を成長させた。本体装置の難題に挑むも解決されずその失敗したデータを水槽に捨てると、ぎこちない滑稽な動きの魚が泳ぎ喰らった。その後も本装置は進展せずに、失敗作である餌をマウスを操ってその魚に餌を与え続けた。研究室で深夜遅くまで課題の構築と検証をこなす日々が続き、だが一向に主要装置は完成に至らずに、ただ、失敗したデータを喰らいすぎた滑稽な魚がクジラのように肥えて成長するだけだった。その滑稽な魚は時短教育で情報を喰らいすぎたバランスの悪いタケルを投影しているようだった。タケルは灰色の街を眠たい目を擦りながら縺れた足取りで家路へ向かう道中、聳える摩天楼の向こうから例えば画面に棲むデータ仕掛けの巨大魚でも現れ、いっそ何もかも全てをぶっ壊すことを願望していた。現にそんな惨事でも起こり得なければ、無意味な時間を費やす日々が続くのだろうと絶望した。万一発案した装置が完成に漕ぎ着けたとしても、より完璧な完成に向けてとめどなく未来を費やすこととなる。壁に飾られたギターなど鳴らす暇などないだろう。本当にやりたいことなら本望だが、果たしてそうなのだろうか？　タケルは自問自答を繰り返した。だが、結果やりたいことがない、もしくは見つけられないといった答えに至った。仕方なくタケルは構築と検証を反芻した。だが、いくらパソコンと向き合っても、もう既に爆発寸前の満タンな脳が制御不能に陥っていた。構想段階を完成に漕ぎ着ける前にきっと此方の脳がぶっ壊れると危惧した。長きに亘って蓄積され圧縮された膨大な情報という起爆燃料は鯨ぐらい軽くぶっ飛ばす勢いを秘めていた。そして遂に自身の制御装置がやられた。画面に棲むデジタル仕掛けの魚が囁く幻聴に悩まされた。

「まるで水槽を泳ぐ俺様のように膨大なデータを喰らい続けた結果お前は何がしたいんだ？」その晩、失踪した父が夢に現れた。父は最後の家族旅行で訪れたイルカが飼われていたであろう港で海を眺めながらただ佇んでいた。その風景に将来の夢に繋がる手掛りが潜在していたことをタケルはふと気付くのだ。だが、タケルは迷走しながらも惰性に任せ本体装置完成へともがき続けることを止めなかった。結果、廃棄するデータばかりで魚が肥えるだけだった。遂には水槽の状態を確認すると耐構造計算の再設定を要求するまでになっていた。タケルは一旦本体装置から水槽を切り離し、完成した水槽の部分だけを画面に置き水槽の強化を試みようとしていた。そんな最中、タケルの担当教員が途中経過を確認しにやってきた。

「沖縄海洋博で海水を淡水に変える装置は既存していた。沖縄が米国から日本へ返還された年だ。飛行機が空を飛んでいるのに飛行機を発明したといっているようなものだ、やり直せ！」確認した担当教員はタケルにそう忠告した。教員の忠告に愕然としたタケルは公立図書館へ出向き沖縄海洋博について調べてみた。確かに装置に関する記述があった。万博に関しては知っていたが、沖縄で海洋博があったことすら知らなかった。その時アクアポリスなる人工島のことも知った。タケルは装置を断念せざるをえなかった。人工島が頭の中にプカプカと浮かんで消えなかった。

幼少の頃に難解な設計図を熟読しながらこしらえた戦車のプラモデルを完成間近にひとつの部品を破損させたがために断念したことがあった。悔しさのあまり未完成品を爆竹でぶっ飛ばしたことがあったがそれは爽快だった。タケルは同じように画面上で巨大魚を都市で暴れさせ、都市を破滅する衝動を実行しこの構想を断念しようと考えた。苦労が水の泡と消えるならせめて派手に葬るのだ。

タケルは実際に都市の航空写真の画像を緻密な立体地図のように加工したものと、魚というよりクジラに近い巨大な魚が泳いだままの水槽と重ねた。するとビックリ箱が弾けたように画面が歪み凝り固まってしまった。奇怪な生物を街に産み落としたがためにパソコンは脳梗塞でも起こしたように麻痺し動かなくなった。この状況を回避しなくては新たな構想への着手すらできないと焦った。しかし、どのキーを叩いても、電源を再起動させても同じ凝り固まった画面が消えることはなかった。まさに発明家がするようにタケルは頭を掻きむしった。それからしばらくはその凝り固まった画面を眺めてはキーを叩いてみることを繰り返す日々が続いた。タケルは最後に調査した沖縄海洋博の資料文献に目を通しパソコンが動き出すのを待った。

偶然の産物は沖縄海洋博と混在しタケルの着想は再構築されていった。研究塾の方針を拒絶し沸々と湧き出ていく怒りに憤りながらも一方で洗脳された国の先駆者として機能していく立場を延々と植え付けられた結果、最高峰にある権威や王冠を手に入れられると勘違い甚だしい自覚が少なからずとも宿っていたのかも知れず、こんな大それた構想を産み落としたのかもしれない。タケルは恐ろしくて構想を封印しようとパソコンの電源を落とした。

卒業論文発表会までの期限は刻々と迫っていた。タケルは幾度かはパソコンを再起動したがその凝り固まった画面は消えることなくそのたびに画面を見据えざるをえない状況に陥った。やがて、水槽に棲む肥えた巨大魚は緻密な情報を喰い尽くしただけあって、神々《こうごう》しい面持ちでご馳走となるであろうありのままの失敗を投じなさいと訴えかけてきた。

そんな巨大魚は実際にいなくとも哺乳類史上最大の動物がまだこの現代にいることにタケルはトイレで聖書を読み耽った際に天地創造の章で気付いていたことを思い出していた。旧約聖書の天地創造によれば神は人類に生態系の管理を任され、人類に飼い慣らされる陸の哺乳動物を創造されたとあるが、海獣と鳥類や恐竜とは違う海に逃げ出た哺乳動物がいるといった自身の勝手な解釈に着眼した。約五千年前、陸上生活を離れ支配されずに海を目指した哺乳類最大の王様を街に掲げろと巨大魚はタケルに提案しているのだ。巨大魚は涎《よだれ》を垂らし、お前の失敗作となるであろう論文を喰らいたいとタケルに要求した。画面が凝り固まった日の夜に夢の中で父が佇んでいた港は、最後の家族旅行で訪れた港だ。港にはイルカが飼われていた痕跡があり、タケルが将来の仕事を漠然と思い描いた記憶が刻まれていた。偶然の一致は必然へと化けるのだと知った。タケルは遂に腹を括った。即興で謳ってやる。

その日から公立図書館で海棲動物に関する文献を片っ端から読み漁り着々と本番に備えた。タケルは研究塾の入学式の訓辞を思い返していた。蒸気機関を発明したワットが駄目ならリンカーンもどきで張ったりをかますのだ！　……タケルはそう決意し用意周到に本番前に実施された模擬発表ではパソコンの調子がおかしい故に修理に出したと嘯《うそぶ》いて、担当教員の前で一年前に纏めた経済成長を促す術と題された論文に手を加え発表した。

「内容が薄いな、残された期間、毎晩徹夜してでも肉付けしてから本番に挑め、今のままじゃ不合格だ」確認した担当教員は呆れた表情で退屈そうにタケルに忠告した。

「修理中のパソコンには綿密なデータが出来上がっているのに教員に見せられないのが残念です……」タケルは消沈した面持ちでそう嘯いた。肉付けの必要はない、発表はすり替えられたっぷり脂がのり肥えた王様が暴れまくるのだから……タケルは去っていく教員の背中に腹話術で呟いた。企んでいる衝動はもはや止むことはなかった。

教員の最後の確認も何とか乗り切ったタケルは早速準備に取り掛かった。先ず、父の部屋に忍び込み隅に眠っていた僕の成長の記録を父が映した映写機の埃《ほこり》を払い、戸棚に並べられた父が記録した八ミリフィルムの一番端にある背表紙を読んだ。それはこのところよく見る夢、最後の家族旅行が記録されたフィルムだ。背表紙には家族旅行記、イルカの棲む港にて……と父の特徴ある筆跡で記されていた。棚の上には未開封の一ダースのフィルムも記憶していた通り置かれていた。他にも棚の横には金属バットが立て掛けられており、部屋の隅には過去に玄関先に置かれていた埃まみれの空っぽの水槽が捨てられていた。そして床一面にタケルが散らかした数々のレコード盤は爆弾装置作成の設計書のようにタケルに訴えかけていた。中でも奇抜のピンク色のレコードジャケットはぶっ壊したいならパンクだ！　とタケルに囁いてきた。タケルはそのレコードジャケットを手にして、目に焼き付けると映写機と未開封のフィルムを水槽に入れ自室に運び込んだ。続けて父が素振りの練習を幼い頃のタケルにさせていた金属バットを取りに戻った。自室へ向かう廊下で偶々母と出会《でくわ》した。金属バットを握りしめ歩く不審なタケルに母は怪訝な表情を浮かべた。

「勉強のやり過ぎで狂って親を殺すつもり？　ありがちな事件ね」と通り過ぎる際に母に皮肉られた。タケルはそんな母をすり抜け自室のベッドに金属バットを投げ入れると階下へ降り、キッチンへ立ち寄るとビスケットを一欠片ポケットに突っ込んで爆弾造りに足りない部品を仕入れるために百貨店へと出向いた。

百貨店に到着すると順にタケルは必要な部品を物色した。タケルは捕鯨ドキュメンタリー等のクジラに関する映像集を購入し、続いて玩具売場を年甲斐もなく覗き、先ずは隅っこに埃まみれで埋もれていた東京タワーのプラモデルを選んだ。他にも船とヘリコプターのラジコンを購入した。

タケルは最後に屋上へと出向き、ペットショップでナマズと瓢箪《ひょうたん》池を購入した。レジ打ちの間に店員の目を盗んで、白い子犬に近づきポケットに詰め込んでおいたビスケットの欠片を与えながら、ことが済んだら迎えに来るからと約束した。帰り際にドラッグの売人でもある屋上の守衛からアンフェタミンの錠剤を買った。

　そうしてタケルは自宅へと戻ると、早速、水槽にナマズを放ち、テレビ画面にクジラの映像を流しそれを八ミリカメラで複写した。それから壊れたパソコンの画面にある水槽設計図とデジタル仕掛けの巨大魚と街が重なった画像を写した。タケルはそれらの映像を映したフィルムを蛍光灯に透かし、継ぎ接《は》ぎし貼り合わせて一本に仕込んだ。既に公立図書館で読めるクジラに関する文献は制覇した。そして開け放った窓辺に夜風で揺れるカーテンをスクリーンに造りだした映像を映写機で繰り返し映し出し、東京タワーの模型を組み立てたり、ラジコンを操作したり、瓢箪池にナマズを放し捕獲の練習をしたりしながら謳うべき論文が降りてくるのを待った。数日、玩具に囲まれて過ごしただけでタケルは少しだけ封印した幼少期の感覚が戻りかけていた。それは研究塾の長きに亘る洗脳教育がもたらした嘘を露呈させた。その塵は床に散らばって積もった。その塵を掃き捨てずに収集し起爆剤として胸に秘めた爆弾に詰め込んだ。オンボロな爆弾はそうして徐々に形成されていった。

　そうしてタケルは卒業論文発表当日の朝を迎えた。

　タケルはビートルズがデビュー前ハンブルグのクラブで連夜通して演奏するために、他にも大英帝国チャーチルが演説の際に服用していたとされるアンフェタミンの錠剤を噛み砕きながら微量のウォッカを氷と檸檬水で割り飲み干すと、即効性のあるパンク、反逆の使者セックス・ピストルズのシド・ヴィシャスが歌うフランク・シナトラの名曲「マイ・ウェイ」をフルボリュームで何度も聴いて気持ちを高揚させ場に挑んだ。

　ひとつの塊となろう爆弾の形成を待ったが纏まらずに曲の如く破滅を促していた。ただ黒く大きな塊だけは悠然と頭の中を泳いでいた。タケルはそいつを見据え惚《ほう》けた妄想ながら本気で純粋に実行できるはずだと己に暗示を掛けた。百貨店の楽器屋に飾られたギターは硝子のように透明だがタケルの肩に掛けられていた。先人への敬意と僕らの未来のためにそれしか謳うべき論文はないと、微かに震えながら本番で凝り固まっていくだろう予感だけは蠢いた。かつてシドたちが提唱した俺たちに未来はない！　を覆すのだ。「マイ・ウェイ」の音楽映像でシドは最後に会場に向けて散弾銃を撃ちまくる。タケルに散弾銃はないが信頼できる玩具だけはあった。原稿など近々ゴミの島で風に舞う紙屑でしかないのだ。屑はパソコンに棲む巨大魚に呑み込まれる運命なのだ。

　クジラを空に泳がす！　といった一言で済むことに屁理屈を捏ねるだけなのだから。楽曲「マイ・ウェイ」がギターの弦をピックで引っ掻き加速していく。己の道を信じるままにゆくのだ！　海に嵐を呼び起こせるだろうか？　舞台裏の控え室に置かれた水を一気に飲み干すと荒れた胃袋が事前の投与物で刺激され湿り、若干生き還ったような錯覚を掴んで、タケルは舞台へと歩き出した。緻密で精巧な模型に混ざって、自作のポンコツなガラクタの塊のような模型が目に留まり、勇んだタケルを少しだけ緩ませてくれた。

「発表者が所有するパソコンの水没事故により資料が損失しました。八ミリ映写機によるフィルムを映像として代用しスクリーンに映します。従って映写機による映像と会場のライブのみとなりますのでご了承ください」タケルが舞台に登場すると後輩の塾生が打ち合わせた通り場内放送が流れていた。

重たい題材を謳う重圧と不眠続きで目蓋は腫れ頬は痩せこけていた。夜半に墓場から這い出て、十字架を杖に蹌踉けながら歩く化け物が演台の前に立った。その無様さは皆を黙らせる威圧感だけはあった。水を打ったような静まり返った会場でタケルはせめて丸まった背を伸ばし胸を張った。タケルを捉える照明が対面より焚かれ、映像カメラのレンズがタケルを捉えた。だが、そんな緊迫した状況を嘲笑うかのように古臭い映写機のモーターが呻《うな》り、フィルムがカタカタと鳴り響くとピント外れな映像がスクリーンに映し出された。慌ててアシスト役の後輩の塾生が映写機を前後に移動を繰り返し、必死にぶれた画像を調節した。タケルは振り返らずともスクリーンに箱の中に産み落とした海洋都市とデジタル仕掛けの巨大魚の映像がしっかりと浮かび上がっていた。タケルはシドが歌う「マイ・ウェイ」さながらの惚《とぼ》けた調子で論じ始めた。いや、気分は謳っていた。肩に掛けられた硝子のような透明なギターを掻き鳴らしながら……。

「巨大なクジラが泳ぐアクアモニュメントが国の象徴として聳え建つジェントルアイランド構想を卒業論文として発表します。先進国の風化と没落を抑え、慣わしであろう栄枯盛衰を阻むといった奇跡への挑戦を成すのだ。今世紀末の文芸復興はこの国から発信されるのです」そんな一説から始まった。タケルは筋書き通り吠えた。だがここまでだった……次の瞬間、タケルの頭の中が真っ白になった。汗だくの手に握りしめた紙を広げ目を配ったが既に霞んで読み取れず、ただ天然色の斑点模様が渦巻く白紙になっていた。タケルは実際にギターが弾けて謳えたらと悔いた。タケルは目を瞑り脳裏に焼き付けたクジラの泳ぐ新興都市に入り込んだ。繰り返し目に焼き付けたクジラが泳ぐ新興都市だけはぶれずにあった。タケルはそんな街角の道端を舞台にし即興で謳った。

「この星の王様を空に担ぐ計画だ。それは聖書の天地創造に対する穿《うが》った持論に起因する。天地創造によれば神は人に生態系の管理を任された。飼い慣らされる陸の哺乳類といったことも聖書には記述されている。だが飼い慣らされずに進化を遂げ海で悠々と遊ぶ哺乳生物がいる。反逆し自由を謳歌する哺乳生物であるクジラを空に飼い慣らせば神の思し召す真の天地創造が実現できると仮説を立てます。この国が培った技術と英知を惜しみなく集中注入して反逆の王様を担ぎ崇めようという事案だ。バベルでは天に届く塔を建設したが人間の傲《おご》りが神の怒りに触れ崩れてしまった。バベルの塔は権威の象徴故に崩れたのだ。繁栄したこの世はいかがなものか？　人の営みは既に神の怒りに触れる過ちを露骨に繰り返し世界は軋み揺れている。核の増産より人喰いザメの養殖をと今は願う。我々人間は喰われたほうがマシな業の深い有害生物に成り下がったと自覚すべきだ。神は近々罪深き世界を恐慌に貶めノアの方舟を就航させるだろう。ならば回避すべく贖いの意味を込めて天に反逆の王様を掲げて神の許しを乞うのだ。巨大なアクアモニュメントを梃子《てこ》に世界に愛と平和を発信するのだ。経済大国など自画自賛の勲章でしかない。経済大国日本も国際社会からいずれは泡のように葬られる運命だ。ただ飛躍的な技術革新による繁栄を遂げた事実が今辛うじて潜在している。だが、今後培った技術力でさえ国外に流出、漏洩し衰退する結果を招くのだ。ならば培った先進技術と英知を一極に集結し国民の意思統一を成し、過去を葬ると同時に国興の象徴を一気に築くのだ。つまりアクアモニュメントと臨海都市計画は現在の繁栄に至るまでの技術革新の記念碑でもあり墓石でもあるのだ。完成した暁には国に降って湧くであろう富と繁栄をもとに次世代へと繋ぐ人類の罪を償っていくことがこの国の指し示す行方だ。計画が筋書き通りの繁栄をもたらしたなら、やがて泡と消えるような浮かれた過ちは繰り返さない。例えるなら果実が実る一本の木を植樹するなど有効的に利用していく。これ以上自然の枯渇や搾取は止めにしましょう。むしろコンクリートを剥がし自然を再生するくらいの手を加えるのだ。時に躊躇せずに過去に回帰する勇気ある方向すら厭わない。海洋投棄された生態系を乱す虞《おそれ》のあるプロトニウム等の核廃棄物の処理について一掃する議論を交わそう。原子力潜水艦も危険因子を除去してクジラのオブジェとして装飾してしまおう。クジラの水槽稼動に新エネルギーの研究開発を惜しみなく極め、原子力発電を脱する未来を築こう。かつて捕鯨国として栄えたこの国はクジラを射止め、殺した状態での捕獲はできた。今、全ての英知を絞ってこの国の持つ先進的且つ信頼ある技術力を集約しクジラを生きたまま捕獲し飼い慣らすのです。かつて米国は国際会議において商業捕鯨の禁止を唱えベトナム戦争から世界の目を逸らす政治的戦略として、カリスマ的生物の偶像としてクジラを利用し環境保護団体を束ね世界の世論を操作した。それは皮肉にも今日の捕鯨における日本バッシングに繋がっているのです。ブルーギルは戦後、米国が友好の証として食用に贈呈したものだが、繁殖し今では古来種の魚に脅威を与える外来種として駆除対象魚となってしまった。他にもブラックバスはこの国の野池でアメリカザリガニを補食して悠然と暮らしているのです。それが今の日米関係としましょう。しかしながら僕は無邪気にブラックバス釣りをして楽しく遊び、昼飯はハンバーガーとコカ・コーラを美味しく食し満喫したのです。お礼に米国にお礼品を贈呈したいぐらいなのです。僕たちは高性能な月ロケットの開発ではなく、クジラが泳ぐ高い技術力を駆使した神輿《みこし》を担ぐのです。愛と平和と自由を訴え王様を天に掲げましょう。硝子細工の壁と巨大生物で自国を守ろうとする気の触れた国が発するメッセージが世界に核廃絶核軍縮へと繋ぐものとなり、さらには米国の翳《かざ》す核の傘から出るだけでなく、友好関係にある米国に傘を畳ませるくらいのどでかい意気込みで新たなる世界秩序を構築するために動くのです。世界中の誰もが予測不能な、新たなパワーゲームを勝手に遊び始めるのです。軍事力ではなく鯨力です。核の抑止力ではなく鯨の抑止力です。軍事力のパワーバランスは世界的に貧弱でも鯨力のパワーは最強となります。万一、他国が攻撃をこの国に対して仕掛けようものなら、クジラを延々と捕獲し続け、加害国の首都や軍事基地に爆弾として投下し壊滅させる攻撃措置を講ずると宣言します。平和主義の我が国に対して加害した国を人間ではなく有害生物と指定し、惜しみなくクジラを投下し続けて破壊させると謳います。クジラ爆弾です。業の深い人間の格好をした悪魔の支配者をぶっ潰すまで投下すると宣言し威嚇します。ミクロなウイルスや細菌を使用する卑劣な生物兵器を皮肉る意味で真っ向から堂々とクジラは時に兵器となると謳いましょう。クジラは環境に優しい生物兵器です。核兵器と違い海や土に還る地球に優しい爆弾です。生き残って這って海に還るかもしれない爆弾です。気の触れた科学者が創ったものではなく自然の産物なのです。敢えてもう一度謳おう。核兵器の増産よりも人喰いザメの養殖を！　つまりこれ以上、戦争や環境を蝕む過剰な開発行為を続けるなら人間は有害生物に成り下がったと自覚せざるをえないのです。だが、我々の兵器は違う。いつか地球を保護するベールが破れ太陽が焼き付けて南極の氷を完全に溶かしたとしても、島は海に浸水され土台となって沈むが、やがて水槽の水かさを越えた時、飼われたクジラは自然と青く丸い星へと逃げ失せることができるのです。人類の恥ずべき過去、大日本帝国の真珠湾攻撃や神風特攻隊、米国が広島と長崎に投下した原爆等々近代に至るまでの脅威且つ悲惨な負の遺産映像を有効にクジラモニュメントとリミックスさせより抑止力を高める広告を世界に発信します。狂気な過ちとして葬るのでなく忘却、風化させないように混在させた広告です。

無論、クジラ爆弾投下など発動しないイメージの威圧に過ぎませんが、事実に目を背けず、悲惨な歴史を重ね脅威を増す抑止力を広告に込め描くのです。人間はこの地上の生物の頂にいながら、戦争や乱開発によって枯渇や飢餓や貧困を生む愚かさを世界に問い、平和に徹する意向を示し秩序ある国となるのです。世界唯一の被爆国であるこの国は攻撃できない無意味な軍隊を持っている。自衛隊や海上保安警備隊を普段はクジラの警備隊として編成し海洋公園に駐在させるのだ。湾岸警備隊改め鯨警備隊となるのです。機関銃も拳銃も水鉄砲にして普段は観覧する子どもたちを威嚇射撃し遊園地を盛り上げましょう。軍艦も普段はクジラの周りをぐるぐると遊覧船として稼動し、ヘリや飛行機も空からのクジラの観覧に稼動させましょう。毎年一度は世界中のクジラが泳ぐ海で捕獲と搬送及び投下演習を真摯に実演し、その鯨力を放映し他国を牽制します。キャッチ&リリースを迅速且つ巧妙にやってのけ、有事の際にはいつでも鯨爆弾の投下が可能である技術力優る国であると誇張したパフォーマンスで世界を威嚇します。核実験ならぬ鯨実験です。神風特攻隊改め鯨波爆撃隊として脅威を誇示するのです。無論、張ったりであり、そんな攻撃を実行する事態に陥ることはほぼないと仮定しながらも世界に向け発信するために軍事訓練のように演習を真摯にこなすのです。そうすることによってクジラを容易に飼い慣らし、自在に捕獲し投下できる先進的技術を保有する国であることを世界に誇示すると共に非核宣言を発信し続けるのです。かつて冒険家マルコ・ポーロがジパングは金の国だと例えたが、改めクジラの国と称される国となります。米国の自由の女神、エジプトのピラミッド、ナスカの地上絵、同じように日本のクジラと称されるのです。ピラミッドに倣ってライオンと人間の混血であるスフィンクスのようにクジラと人の混血した巨大像も創りましょう。我が国の自由の女神は有事の時には暴れ戦うゴジラにもなるのです。万国博覧会やオリンピックのような単年度に終焉してしまう事業でなく、市街地で行われるモーターレースより奇抜で、この世にあるレジャーランドやアミューズメントパークを全て超越できる歓喜を演出できる可能性を秘めています。かつてパンダが初めてこの国の動物園にやってきた時のような熱狂的な感動を子どもたちに贈与しましょう。都心のオフィスビルで勤勉に働く人々の稀少な憩いの時間に屋上から癒やしある極上の景観を演出するのです。公園のベンチに座り背を丸め項垂れる老人に、病床に伏す死と向き合う病人の窓辺から、生命の躍動と息吹と神秘を享受していただき、心を緩和してもらいましょう。都市が稼動する排煙で隠された空ならいっそ海を浮かべてしまうのです。国を挙げこのサーカスショウを成し遂げれば人類史上アポロ十一号が月面着陸したに等しい革新的な出来事として歴史に刻まれるでしょう。英知を集結し国策として実現させ、先鋭的な技術を称えるこの国の指針を示す象徴をぶっ建てましょう。序章はこのくらいにしておきましょう。純粋に世界一大きなクジラを空に泳がすという青き夢物語を語っているだけなのですから」

映写機が繋ぎ目を廻し、フィルムが凸凹道を通るような音を立て設計図面からクジラが優雅に遊泳する映像に切り替わり、タケルはそのタイミングで具体的な内容へ展開した。

「泳がせるクジラはシロナガスクジラにします。英名はブルーホエールです。太古に存在した最大の恐竜ディプロドクスよりも大きく地球上現れた最大級の哺乳類動物とされる神秘的なクジラです。そう、まさに地球の王様に相応しい生物です。他国に抜かれない記録としてアクアモニュメントを成立させるためにこの種に拘《こだわ》りたい。遡ること一九七二年にストックホルムでの国連人間環境会議にて商業捕鯨の向こう十年の全面禁止が発令され一九八二年国際捕鯨委員会が商業捕鯨の一時停止に踏み切った。断固たる姿勢で捕鯨禁止を主張する国々が動物園的な個体の確保と観測による生態学的生物学的研究であることを納得されない状況であります。故に、個体数の減退時に種絶滅の危機に備えた保護実験であることを主張し実行します。一九四〇年から一九六〇年後半、ブルーホエールの南極での捕獲頭数は毎年千六百頭に上り、二十年足らずで絶滅の危機に追い込んだとされる過去に比較すれば、一頭の保護目的を提唱した捕獲なら対外的な感情論を沈めることは可能だろう。かつてブルーホエールは時速五十キロで泳ぐことや手投げの銛が刺さっても船ごと引っ張れる怪力で捕獲より逃れていたが、やがて銛銃が発明され大型で高速の捕鯨船が導入されると、巨大故に鯨油の生産量の多さは格好の標的とされてしまった。一九八〇年には乱獲後は千頭近い個数にまで減少したと目測されています。海中渓谷深さ四千メートルを潜るともいわれ、夏には高緯度の寒冷水域である北太平洋でたっぷりの皮下脂肪を蓄える豊富な餌を摂取し、冬には温暖な海で繁殖するとある。つまり、地球上最も巨大であり回遊範囲も広いのだ。果たしてブルーホエールを飼い慣らす水槽を造れるのか？　さらにはこの国の気候で飼えるのだろうか？　餌付けに成功すれば小動物のように人間と友好的関係を築けるのか？　といった様々な疑問が生じます。個人的な見解を述べれば、世界中の昆虫や魚や爬虫類等は今やペットショップで陳列されています。水族館では飼えない動物や魚はいないくらいに研究され、飼育技術も進歩しています。勿論イルカやシャチ等のクジラは既に飼育されています。つまり大きさの問題だけで可能かもしれない？　と考察できます。世界中の動物はどうでしょう？　寒冷な地域から温暖な地域まで網羅した世界中に棲む動物が、同じ動物園で飼育されています。もう一度提議を復唱します。果たしてブルーホエールを水槽で飼えるのだろうか？　その答えは誰も飼ったことはないためにわからない。そう、それが現在ある答えです。クジラは魚ではなく哺乳動物であります。生物史では氷河期に滅んだ恐竜とは違いクジラは生き延びた種ということになり、それは環境への適合能力に長けていると推測されます。もう一度復唱します。聖書の創世記で神は哺乳類は人間が支配すると言及なさっています。例えば、雄と雌の二頭を水槽内で飼育し繁殖に成功すれば更なる歓喜を得られるでしょう。種の保存に関しても満たされます。しかし先ずは一頭で良いと計画しています。十年この一頭を飼い慣らした後でアクアリウムの再考を行えばいいのです。ブルーホエールは百年程度生きるとされているので一頭を約一世紀に亘《わた》り飼うということも可能です。他にも餌付けによって水槽から近海に放し飼いが実現できたらさらに素晴らしい関係性となりますが、まぁそれはさらに話が飛躍してしまうので止めにしましょう」

映写機は図面とブルーホエールを交互に映し出す映像へと変わり続けてタケルは巨大な水槽について説明を施した。

「続いて神輿の土台です。祭りとはいえ安全性を求めます。だが危険要因があるが故に核兵器や核エネルギーと等価交換するに値するといった意味合いも孕んでいるのです。本来なら都市の中心に聳えるように構築したいですが、安全を考慮した場合に都市再生のための海洋空間を利用するのが賢明かと思われます。そこに期待される都市機能補完型海洋建築技術を用い、超大型浮体式構造物の巨大人工浮島を利用し湾内に浮かべる方式の水槽を提議いたします。既に海洋上にて接合可能とされ洋上空港等の利用も検討されている技術で、将来は沖縄の米軍基地の滑走路移転にもこの技術が期待されている。遊泳力のあるクジラの泳ぐスペースも確保できる土台となり、また、万一の破損に備え大量の海水の逃げ道を確保できる。容積から確実に津波となり押し寄せる海水を逃がし、受け止める関堤防もダムや港を設計し構築した技術や津波を避ける護岸技術を応用します。計画が万一実行されるとなれば実際に破損を想定し、クジラを泳がす前に強化硝子を開閉して大量の海水を逃せるかが実験を行い安全性を検証する。この技術で浮島構造にできれば万一の天災やテロなどの危機想定においての回避が可能で安全性も高まる。クジラは地上より高い位置に置くことには拘りたい。即ち、ある海の一画を仕切って周りを窪地や地下として成立させることはできれば無しとしたい。あくまでも、現段階では担ぐという発想に着眼して構築していきたいのだ。それは日々の生活の中で富士山を拝むような感覚で誰の目にも平等に目にできる位置に置きたい。世界へ向けて平和を誇示する発信塔でもあるのだから。水槽の高さは観測される飛躍する最大値の倍に設定し、ダム管理と同様に雨天時の水面の水かさの安定ライン制御装置を設ける。水槽の管理に関しては原子力発電所クラスの管理抑制機能が必要となります。だが、原子力エネルギーは要らない。動力は自然エネルギーで賄うことを目標とする。ここに国家予算と日本企業の高い技術の束と優秀な学者を投じ動力を賄う努力を惜しまない。アメリカ航空宇宙局、略してＮＡＳＡと同じく日本鯨海洋局が創設されるのです。海洋に関して世界一の崇高な研究開発機関を目指す。巨大なアクアモニュメントを完全なる自然エネルギーで稼動していきます。風力、波力、太陽光、海洋温度差、潮の干満差、バイオマス他新燃料等を複合的な極みで賄いエネルギーについて戦争の要因となっている化石燃料ゼロと危険な核エネルギーから脱することを目指す。運転費用をできる限り下げることによってアクアモニュメントがもたらす国益をあげることを目論んでいるが、平和を訴える塔として戦争の要因となっている化石燃料の奪い合いをなくすのも命題なのだ。そこで培われた複合エネルギーが未来には世界の主要エネルギーとなることを目論み、加えて核エネルギーに頼った人類の過ちや化石燃料を奪い合う戦争さえも排除するのだ」

タケルはスクリーンを振り返り一息ついた。親子のブルーホエールが補食する映像に切り替わるのを計って餌について語った。

「クジラは一口で一トン近い食べ物を摂取するといわれています。プランクトンや甲殻類、小魚等を夏に大量に摂取する。餌を安定供給することも大きな課題となる。栄養塩類が豊富な餌場を創造しその摂餌生態を満たす環境を創る。摂食期間とされる時期に限り、一日三千五百キロのオキアミ等を提供しなければならない。しかし野性の回遊型は採食期間以外は一切補食しない。定住型を目指す我々は人工餌と生餌の混合餌で安定的に供給し新たな補食パターンを確立してしまいます。固形餌は魚や甲殻類をブロックに固めて乾燥固形餌の開発を行いつつ、継続的に養殖による自給自足が望ましいことから、餌が孵化を繰り返す養殖場が求められる。具体案は人工河川部分を太陽光を主力とするエネルギーでマングローブ林や沿岸の湿地帯を人工的に造る。湿地帯に甲殻類及び小魚等、餌の養殖地を盛り込んで確保し水槽に直接流せるシステムにする。また、別に温度管理なしでも行える養殖所も造り、複合的な組み合わせで補う。乾燥固形型餌も養殖所からの余剰分から製造する。そのように養殖場で栄養価が高く、養殖可能な餌をクジラが摂取する量だけ確保できるように造りあげていく。クジラの餌場は将来この国の食に関する国内受給率を高めるための養殖研究へと発展させるのだ」

タケルは信頼できるリズム隊を指揮するように背後の映像を振り返った。タケルに応えるように映像は捕鯨船がクジラを捕獲する場面へと替わり、タケルは捕獲に関する考察を述べた。

「産まれたばかりのブルーホエールは全長七メートル程度、重さは二千五百キロ程度でこの時期なら生きたままの捕獲と水槽への移動等が容易と想定されるがそれでは問題が生じる。人工授乳が可能かどうかは今僕の調べた範囲では一切の事例がない。とはいってもこの先の展開にも事例はない訳で、この時期に人工授乳が可能なら計画を変更して構わないと考える。あくまで仮定だが持論で話を進めていきます。母クジラと生活し母乳を約四千五百リットル飲み、日々百キロずつ成長し、半年後、親離れする時期には十四、五メートル、体重二十トン程に成長するといわれている。ならば、離乳直後の捕獲が適切と考える。捕獲時期はこの頃で、それだけの大きさの生きたままの捕獲技術、重量に耐えうる運搬輸送技術が必要となります。海面で補食する場所や時期を特定しヘリで近づき補食と同時に経口性麻酔カプセルを落とし呑み込ませる。傷つけることなく眠らせる方法である。体重と移動時間及び入水までの時間を獣医が算出し完全に眠らせる。体積の比較からある程度予測した分量で睡眠導入も移動や捕獲なしで実験と調整を繰り返し睡眠時間を安定させます。定められた時間眠らせてその後通常の状態に戻れば成功です。クジラは魚ではなく僕たちと同じ哺乳類であるが故にこの方法は可能だと安直に仮定した。だが、今後生物学や獣医等の専門家との再考が必要であります。他にも実際に小型クジラを水族館まで運んだ経験者からの意見等も踏まえた再考が必要なところです。もし眠らせて捕まえる方法を採るなら次の方法で捕獲及び運搬を実行します。海上自衛隊の軍艦船二隻を捕獲及び搬送用に改造を施します。二隻の間に強固な捕獲用ネットを張りそこで捕獲します。併走し移動して最後は軍用機で網ごと吊り上げ水槽に入水させる。捕獲用ネットは間違いない強度と体を痛めない材質が求められます。特に搬送時の進行方向側の体を痛めない配慮と引き揚げた時にその体にかかる圧を押さえる術が必要となります」

透明のギターに張られた弦をピックで削り滑らせ、演台に設置されたマイクにより近づき謳った。スクリーンの映像は捕鯨場面から再び優雅に泳ぐブルーホエールの映像へと切り替わった。時折、サブリミナル効果のように設計図面が映像に入り込んでくる仕掛けとなっている。時折、フィルムが重なった厚みに躓き、映写機のモーターが不協和音を奏でたりと、映像自体が途中不定期に一時停止したりと辿々《たどたど》しい映像が流れた。

だが、タケルは動ぜずに謳った。つまり、ハウリングを消さないで残しミキシングしトラックダウンした音源なのだから。そう全てが計算された演出なのだ。タケルは一気に加速したように謳った。

「これだけ巨大な構想であるが故に国策として行政も鯨事業促進局を各省庁の上に創設し動かす。巨額の投資を注ぐ前に先ずは鯨類の調査費分全てを注ぎ、当初予算として計上し計画段階をこなします。環境学者、科学者、海洋学者、海洋生物学者、工学者等が集い学会も結成する。様々な角度から検証し研究結果をより綿密に探求し、完璧なアクアモニュメントと臨海都市の完成図を描き、縮小スケールで模型を作成する。この模型はクジラ以外全てをリアルに再現する。勿論、動力装置等も含めて実験を綿密に行い検証を繰り返す。企業ごとに専門性に長けた最先端の技術を競って提示し、詳細に構成し固まった段階で束ね、具体化する方策を打ち立てていく。無駄とされる公共工事を見直した削減分、及び都市計画費、湾岸開発費等を投じ推進する。地方の建築土木業者も移民族の如く、重機を象やラクダに見立て跨って中央へと集結し、かつてない最大規模の公共工事に着手するのだ。扶養する家族に最高の景観を贈与する明確な目的を果たすために、精魂込めて汗を掻き、苦楽を共にし、国の連帯感を深め、達成感をできる限り多くの国民の参画を以て共有しクジラを担ぎ上げるのだ。有人飛行計画はしばらくは米国に任せ、島国らしく新興の震源島を完成させるのです。引き籠もりが流行り出した時代です。月旅行よりも先ずは閉じたカーテンの隙間から眺められるクジラです。クジラを空に掲げることができたなら、世界中から野次馬は挙《こぞ》ってこの地へ集結するでしょう。その事象は観光収入を増収させ景気振興を刺激し経済成長戦略となる。やがて景観を堪能できる一等地は世界中の富豪によって競買され、富に満ち成功を成した人々の坩堝《るつぼ》となり、地価も高騰し、臨海都市は息を吹き込まれるのです。その効果は豊潤な資金を波及し循環する。繁栄を梃子に既存の情報と物流の拠点を緑化して染め上げていく。蔦と導線は絡み合い、無機質なビルは緑の丘となる。雄大な生命神秘の象徴による波動を直に受けることによって、都市圏に生きる人々の心を癒やし、逞しい生命力の躍動を放ち、波動に呼応し鍛錬された新文化は自然と発祥するでしょう。海洋核廃棄物の処理や、護岸工事による自然破壊の修復等を行いつつ、全て環境に優しい配慮や規制を盛り込んだ都市計画に基づき、高級リゾートホテルやコンドミニアム、テナントビル、博物館、老人ホーム、ホスピス等が建築されるのだ。それぞれの窓からはクジラが優雅に泳ぐ景観を堪能でき、最先端の建築技術を駆使した設計の建物が乱立し復興を成す。雇用の創出も都市計画考案及び建築期間の行程時に絶大な効果が見込め、クジラが躍動し波動する震源から、その後も観光需要をもとに未知数の開拓が見込まれます。バブル経済にもう一泡吹かすのです。過剰となった収益でやがて森や林の再生を施し、森林放牧の動物公園が都心と隣接するのです。さらにはコンクリートで固めた護岸を剝がして緑地化する息を吹き込む。地球をより地球らしく変えていく新創世記の時代を迎えられるのです。クジラを空に掲げれば、成し遂げた自信を糧に国民は誇りを持ってこの国は更なる復興を成すと考えます。重機に跨って神輿をこしらえた父親は、空を泳ぐクジラを眺め感激している息子にその武勇伝を語るのです。そうして数年後には国内で第二のアクアリウムモニュメントを苦難の歴史を背負い、過重な負担を強いられてきた沖縄の基地周辺の湾に構築し、恒久的な平和を祈願する戦争反対の楯とする。東京のモデルが成功すれば自ずと基地跡地の有効利用及び経済振興も見込まれると憶測できる。本体は浮遊型ですので滑走路の移転検討地としてあった湾に浮かべ、大陸に濾過河川と養殖場を始め付随する施設建築及びクジラの警備隊となった自衛隊や海上保安庁を常駐させるべく整備します。そうして拡張のために軍用地の返還を迫る。軍用基地反対の象徴として平和運動を展開していきます。被爆地である広島や長崎にも守護神を祀る目的でクジラを掲げられたなら完璧です。ブルーホエールがジェントルジャイアントと呼ばれているように品位ある島国として始動します。些細な調査捕鯨と偽って商業捕鯨と欺いている疑惑等の小さな他国の感情など勿論矯正できる。世界が認める愛と平和の塔を築く憂国へと生まれ変わるのです。そして真の目的である世界平和へ向けての運動を始動し世界へと展開していきます。先ずは深い友好関係にある米国に基地返還を交渉しながら同時にクジラ平和運動への加担も交渉するのです。日米安全保障条約の友好関係の証に、尽きない正義という名のもとでの戦争により疲弊している米国の核施設や軍事基地をアクアモニュメントへ変換していく核軍縮を打診し促すのです。かつて原爆を落とされたとはいえ長きに亘り米国の軍事力に守られ、ハンバーガーやコカ・コーラを食させてもらい、巨大アミューズメントパークで遊ばせてもらったお礼にクジラ入りの水槽を米国に贈呈し真の友情関係を築くのです。米国が翳す核の傘の柄に手を添えて折り畳むよう説くのです。クジラ警備隊を編成し持て余した兵器は全て子どもたちの玩具となります。全ての銃は水鉄砲に戦車の大砲も改良し銀貨で乗れる遊園地の乗り物にしてしまうのです。空母艦を巨大カジノ会場とし、プルトニウムやウランを精製するアルミを溶かしコインに、砲弾をバラして火薬を遊園地を彩る打ち上げ花火とし打ち上げ真鍮は土産品のネックレスにし巨大遊園地の出来上がりだ。そして全ての兵器を遊具にできたら米国産の月ロケットの燃料が核廃棄物であるウランやプルトニウムで動くように改良、量産し宇宙の果ての果て、もしくは太陽に向けて飛ばしてしまう記念日に向けて準備を進めるのだ。一緒に遊ぼう！　とポップな絵柄で包装し、リボンを掛けたクジラ入りの包みを持って、米国の独立記念日等の祝日を選んでは、幾度でも出向いて、遊ぼうと誘うのだ。外来種であるブラックバスに、本物の餌に優る精巧な疑似餌を開発し喰らいつかせたように、核をクジラにすり替えた大仕掛けの遊園地に米国を喰らいつかせるのだ。米国が受け取ってシャンパンを抜き、甘くとろけるケーキに立てた蝋燭を吹き消し、受け取った贈り物に結んだリボンを紐解いたなら一気に米国を拠点とし核施設をクジラが泳ぐ遊園地に代替する非核運動を全世界に向け発信するのだ。世界条約を締結し樹立させるべく展開するのだ。反対国が攻撃を日米に仕掛けようものなら日米共同鯨条約により結託しクジラの捕獲及び投下攻撃を行使し闘うのです。加盟国が増せば核よりもクジラが多くなり鯨加盟国が優位になっていきます。クジラをよりストレスなく安全に消費エネルギーを削減し肥やして飼い慣らす技術力の高さが新たな国力の指針になるのだ。富国強兵ならぬ富国強鯨です。外交において鯨加盟国の首相同士が遠い昔、戦で騎馬の強靱さや保有する数を競ったように、各国の保有するクジラの数や大きさや美しさを誇り誉め称えながらグラスを交わす晩餐会を夢見ます。万一、世界中の核兵器がクジラに変わるなんてことが叶い、世界各国の信頼醸成を成した暁には鯨解放記念日を設け水槽を取っ払う儀式を世界同時に行いクジラを海へと還し枯れた巨大な水槽装置だけが歴史遺産として残るのです。祝典では花火は核廃棄物を積んだ幾千もの米国産ロケット花火が宇宙の果ての果て、ないし太陽へと向け飛ばしてしてしまうのだ。新たなる世界秩序を勝ち得るには一世紀丸ごと費やしかねない壮大な構想であるのです。この国は近々訪れる二十一世紀に向け文芸復興の震源地となるのです。真の創世記は神が理想とする真の平和であり、それは日出ずる国より実現されるのだ」

タケルの喉は渇き切り、発声は嗄れ割れつつあった。映写機のモーターが不快な音を鳴り響かせ熱を帯び噴煙し引っ掛かったフィルムを引き千切った。切れたフィルムの末端が空廻ったまま床板を叩き続けた。パンクロックはオルタナティブロックへと進化し音色を歪ませ変貌を遂げたのだ。高度成長期への序章に活躍した傑作は役目を完全に終えた。そう作為的に引っ掛かるように細工しモーターの破損を誘ったのだ。もうこれ以上延命などしては映写機に対して失礼にあたる。ましてやいなくなった父が撮った幼少期のタケルが遊ぶフィルムなど懐かしみ観賞などしてしまったらきっと涙が止まらずに一瞬で枯れ朽ちてしまうだろう。

タケルは映写機が葬られたきっかけで舞台袖に指示を送った。援助する後輩の塾生が壊れた映写機のコンセントを引き抜き、同時にタケルの用意した海洋モニュメントのしょぼい模型を舞台袖から滑車で引っ張って打ち合わせ通りに配置した。卒業生に在校生が一輪の花付きの胸章でも飾るように後輩の塾生はタケルにワイヤレスマイクを付けようと近づいてきた。暴走はここで阻まれるかもしれない、おそらくこの塾生は塾の創始者の遣いだ、タケルは身構えた。予想した通り遣いはタケルの耳元に何かを告げようと顔を寄せてきた。

「さっきまで眠たくて仕方なかったけど、まるでサーカスショウでも観ているような気分で楽しませてもらってます。いっそ、模型を演台近くに設置し、機器類をぶっ壊して退屈な時間ごと始末しちゃいますか？」遣いはタケルにそう囁いた。タケルの予想は見事に欺かれた。規格外の異端に後輩が賛同の意を述べてくれたことでタケルは僅かな勇気を授かった。そして時短教育制度なる愚行はタケルが手を下さなくとも近々破綻する運命だったのだと確信した。後輩から寄与された勇気を胸に演台を離れると最後まで成し遂げるために模型の前に移動した。タケルを映していたカメラがセットに寄って水槽で泳ぐナマズがスクリーンに映し出された。今までの演説と比べてあまりのもしょぼい模型の登場に場内は失笑で溢れた。だが、それすらタケルの思う壺だった。玩具しか誇れる武器は僕にはないのだから……タケルは胸の内を再確認した。

「再現した全てをご覧ください！」タケルは叫ぶようにそう吐いた。最後の遊戯が始まった。クジラはナマズに化けた。ナマズは百貨店屋上のペットショップで購入しておいたレッドテールキャットという種だ。東京湾を庭に埋め込む瓢箪池とした。池には満水の水が張られている。その池の端よりに浮き球を結び連ねた浮遊物を浮かべた。浮遊物は沈めた錘で池底に固定されている。その上に水槽が置かれ八分目まで水を張った硝子製の水槽が置かれている。池の周囲には防波堤に見立てたプラ板を内側に湾曲させた関が張り巡らされている。プラ板の張られている横に大陸を示すために東京タワーの模型を置いた。タケルは捕獲を始めた。二隻に船は同機種のためひとつの操縦機に同じ反応するので二隻同時の誘導が可能だ。玩具のラジコン二隻の間に網を張った囲いで、ナマズが網内に収まるように船を誘導する。練習した通り上手く収めることができた。後側の網を通した紐を手動の滑車で巻き上げて包囲する。そのまま、船で池を操縦機で一周させ水槽前に船を泊めると、ヘリ用の操縦機に持ちかえる。網全体に通る一本の縄を手動滑車で引っ張ると網は完全にナマズを包み込んだ。中心に空中静止させたヘリに紐で吊したキーホルダーから外したフックに繋ぐ。網ごとナマズを引き揚げて水槽に限りなく近づき落とす。絞られた網を絞る綱を鋏で刻み、破れた網屑を回収する。しばらくすると元気にナマズは泳ぎ出した。会場の皆が唖然としている。薬が過剰に効いてきたようで、熱く火照って掻いた汗が遂に氷のように冷たく体中に貼り付いていた。タケルはその氷の鎧を叩き割らなくてはならないといった衝動に駆られた。頭の片隅でずっと鳴り響いて止まなかったシドが謳う「マイ・ウェイ」を掻き消した。演奏の最後にシドは観客を射殺するのだ。それはいただけない……。不協和音が轟くなか呼び起こしたクラッシュの「ロンドン・コーリング」のイントロダクションが高鳴る鼓動のように刻まれ、ベースギターを床に叩きつけるアルバムのジャケット写真を思い浮かべ金属バットを握りしめた。

父は男の子なら野球ぐらいはできないと困るとまだ幼いタケルに野球を教えてくれた。そんな思い出の品である金属バットを暴力的な行為に使用する罪悪感に嘖まれたが、どうせやるのなら、せめて打った球が父まで届くように教わった通りに真剣にバットを握り構えた。かつて玄関先で家族の幸福な時を見守り、今は空となってしまった水槽を睨みつけた。今、僕にはもっと巨大な水槽が必要なんだ。

「氷河期がきて太陽は迫りくる。核施設の放射能は漏れ、穀物も不作だ。エンジンは停止、でも俺はビビらない。ロンドンは水没寸前、俺は水際に生きている」クラッシュのジョー・ストラマーの腹を括った尖った歌詞が耳を劈《つんざ》き、それは丸まって躊躇してしまいそうなタケルの背中に鋭く尖った玩具のジャックナイフを突き付けた。タケルの覇気を察したのか、ナマズは日本の国旗のようにより安全であろう水槽の中心に丸く留まった。タケルはそんなナマズを傷つけないことだけを念じ、粉々に打ち砕くために日の丸を目掛けて金属バットを振り打ち砕いた。水槽はユニオンジャックの国旗のようにヒビ割れて散り、同時に抑制された自身の躰に貼り付いた強張った氷も割れ自由を取り戻した。破損した水槽の硝子がキラキラと輝きながら水中に沈み、行き場を失った水の塊は津波となり池の砦で完全に打ち返した。壁から解かれたナマズは池を回遊し、やがて隅のほうでじっと留まり、真っ赤な尾鰭だけがパンクロックのモヒカン頭のように鋭利に張った。モヒカン頭がピストルズのゴッド・セイヴ・ザ・クイーンをリクエストした。女王様、万歳！　ファシスト政治はお前を低脳にしちまった。有効な水素爆弾さ！　俺たちに未来はない！　時を越え反逆の旗手がタケルに囁いた。かつてセックス・ピストルズが女王にそんな風に問い掛けたように、頭が赤いモヒカンでないタケルは謙虚に放言した。

「生物学にお詳しい陛下にもクジラ計画の実現に向けて賛同を賜りたい！」そして終末への秒読みを刻むような薄れ逝くビートに乗せ挑発的に叫んだ。

「僕らがよく遊んだ玩具で成功しました。つまりこの国の技術は玩具ですら精巧であることが実証された訳です。僕は戦車の操縦をしたことがなければ、機関銃を撃った経験などない世代として産まれ成長してきました。つまり水鉄砲で撃ち合い、戦車や戦闘機のプラモデルで戦争ごっこをして遊んだだけの僕たちには武器などはないのです。戦争などは一切存ぜず、只々、遊ぶことだけを得意とする世代です。玩具で捕らえたクジラを飼うために、日曜日に百貨店へ一番大きな水槽を買いに出掛けましょう！」沈黙は失笑へと変わり、沢山の波紋が津波のように騒《ざわ》ついた。だがタケルはもはや怯むことなく終章を謳いあげた。

「幼少の頃、雨が降ると砂利道に水溜まりができて何処からか水馬《あめんぼ》がやってきた。傘の柄と長靴で水溜まりと水溜まりを溝を掘って繋げ水馬を渡し、道端に茂る笹の葉をもいで船を作って浮かべた。おそらく神はそのように純粋にこの地球を創ったのでしょう。いつしか見た目は綺麗な舗道になって水馬は来なくなった。オタマジャクシや蟹や雷魚が棲む水路もいつしかコンクリートの溝川に整備された。多摩川で銀鮒を釣って、近所の溝川を石積みの壁で囲って放った。翌朝銀鮒の様子を観に出掛けると銀鮒に無数のヒルが集《たか》り体は白く濁り悪臭が鼻を突いた。僕はその時既に人の営みは間違っている方向へ進んでいるかもしれないと微かに気付きかけていた。水銀に汚染された魚を食し人々を不自由な躰にしてしまった時、その罪の重さをもっと深刻に悟るべきだったのだ。だが、戦後焼け野原から先人が豊かで恵まれた国を創ろうと汗水流し重機に跨って繁栄を目指し幼子を育て働き築きあげた末路に誰が罪など問えましょうか？　ならば、いっそ暴走の果てに到達しうるであろう最高峰の頂まで到達し叫んでみようではないか！　青の頂より山びこのように反響する答えはイエスなのか？　幼少の頃に小さな川に錦鯉が捨てられ泳いでいた。近所の子どもたちや大人たちが車一台通り過ぎるのがやっとの煉瓦造りの眼鏡橋に溢れんばかりに集まった。きっとクジラを空に担げたら世界中の人々が挙ってこの国に集まるだろう。キリストが十字架にかけられ人間の罪が赦されたように天に掲げられたクジラを眺め人々は何を想うのでしょう？　その騒ぎに気付いた神は何を警告なさるでしょうか？　クジラと溢れかえる人の群れの重みに耐えかね海へと今にも沈みそうな列島に神はノアの方舟を就航させてくれるでしょうか？」一呼吸置いてタケルは締めくくった。

「この計画は平和に徹し、勤勉に働き、沢山の玩具を僕に買い与え遊んでくれた、優しかった父へ敬意を込めた贈り物です。父は今何処にいるか？　生きているかさえ判りませんが、もしも何処かで生きていればきっと、空を泳ぐクジラを観覧しにやってきて、僕の頭を撫でてくれるはずです。これは僕個人の話で、広義には戦後廃墟から復興を成した先人たちへの敬意を込めた記念碑です。愚かな過ちをこれ以上犯さないために、ポップな箱に詰め込んだロックな贈り物を世界に向け発信したい気持ちで一杯です。最後にこの論文は未完成です。計画の主旨を地球の王様であるクジラに問わなければならない使命が僕にはあります。核を撲滅し、偉大なる海を今後汚さない代償に、僕たちの傲りを矯正する祭りで、十字架にかけられた神のように硝子ケースに生け贄となってくれるかをクジラと交渉するため、クジラを捜しに僕は旅立ちます」

会場は静まり返った穏やかな海でタケルは次なる地へと泳ぎ出した。一礼し、舞台を降り、狭い通路を真っ直ぐ出口へと向かうタケルは都会に掲げられたくじらだ。蔑みの視線に曝されながらタケルは孤独に泳いだ。卒業生の一席に座る瑠架の姿が先ず目に飛び込んできた。瑠架は沈痛な面持ちで俯いたまま微動だにしない。映画、『禁じられた遊び』の男の子は、ただ戦火で傷ついた女の子を喜ばすために、十字架を盗み集め水車小屋に飾った。タケルも同じことをしたのだ。少子高齢化に伴う時短計画だのほざいた制度に対しての反逆だ。僕たちは成長ホルモンを打たれた家畜じゃないし遺伝子を組み替えられた野菜でもない。実験用モルモットではないんだ。僕は研究塾の博士の目論みを裏切る成長を遂げた。例えるならワクチンを攻略した新型ウイルスを持つ種のラットだ。体制に抗《あらが》い反旗を翻し勇者になるべきなのだ。喰い散らかしたのは僕たちだろう。地球の歪みや塵屑は僕たちで修復すべきだ。そう僕の構想は僕たちに課せられた過ちを矯正し一掃するんだ。あのパソコンの巨大魚と同様にクジラは地球上の塵を全て喰らうのだ。タケルは自身を腹話術の人形に見立て独語を嚙み潰すように呟きながら冷たい視線の痛さを腹話術の人形を楯に遮蔽しながら歩んだ。だが、出口付近でタケルを担当した講師が通路脇で舌打ちし、屈辱的な言葉を浴びせ侮蔑し、思わず立ち止まって拳を握りしめてしまった。まさに振り返り飛びかかって拳を見舞ってやろうとした瞬間、道を挟んで講師の座席隣から誰かが立ち上がった。目を隠すぐらい鳥打ち帽を深く被った髭を蓄えた紳士は膝に折り畳んでいたフロックコートを翻して着るとタケルの前に立ち塞がった。森に潜む老い耄れた梟のように毅然とタケルが選ぼうとする棘道《いばらみち》を封鎖した。タケルはその迫力に圧され阻まれることに従い、向き直り再び出口へと向かって歩き出した。途中着席していた初老の牧師がタケルに話し掛けてきた。タケルは歩を緩め、かつて迷惑を掛けた牧師の言葉に耳を傾けた。

「キリスト教について浅はかで利己的な解釈をしている……残念だ。何故に君はそこまで斜に構えるのだ？　キング牧師のように堂々と正面からその夢を語るべきだった！」

タケルは牧師の評価に一礼し歩を進めた。続いて緊迫した空気を察し同期生のヒロシが走り寄ってきてタケルに並んで歩きながら話し掛けてきた。

「見切り発車も甚だしいなぁ確信犯！　無茶苦茶な論調を展開しやがって、学友として恥ずかしい限りだ。キリスト教の授業で牧師を困らせたような不謹慎なこと、こんな大舞台でやるか？　だがな犯行声明を俺に提唱したら揺るぎなく怯まずに志願したぜ！　何故誘わなかった？」

「ヒロシは百貨店をしっかりと継げよ……」タケルは小声でそうヒロシの耳元に呟いた。

「百貨店？　継ぐ前に潰れるだろうな、奇しくも専攻し極めた経済経営学が見事百貨店の破綻を予測しやがった。論文こしらえてる時期に父から嫌な知らせもあってな、実は俺も途中まで毒をばらまいてやろうって企んでたんだ。泡のような経済に浮かれている馬鹿どもに資本主義社会で野望に駆られ暴走した果ての恐慌と荒廃を身の毛もよだつ怪談話に仕立てて酷評してやろうってな、だが勇気がなかった……だけどお前がこんなもんを投じたなら前座として撹乱し場をあたためてやったのに……。それよりタケル、どっかに消えちまうんだろ？　ラジコンとか割れた水槽とか映写機なんか破棄していいのか？　俺が引き受けてやろうか？」

「ナマズだけは海へと続く川に逃がしてくれないか？　後は全部棄ててくれ！」タケルは萎縮し丸まった背中を少しだけ伸ばし、悲愴であろう面持ちを無理に綻ばせヒロシに嘆願した。後に沈痛な面持ちだった瑠架に依頼しなければならない面倒な用事もヒロシの心遣いで済んだ。重厚な扉の前に到達すると会場警備員がタケルに白手袋をはめた手で扉を開け退出を援助してくれた。「もしこんな塾に拘束され勉学漬けにされてなかったら、楽器を手に入れてタケルと格好いいロックバンドを組みたかったな！　前座じゃなくて一緒にやれたら良かったってことさ……」ヒロシは照れ臭そうにタケルにそう言ってくれた。

「こんなまわりくどい演説をダラダラと宣《のたま》うくらいならヒロシとバンドを組んでこの場で演奏し叫んだほうが間違いなく爽快だったな」タケルもヒロシに賛同し、警備員に一礼し退出した。一度だけ振り返ると扉の隙間から心配そうに佇むヒロンに感謝の意を込めありがとう……と腹話術で呟きながら手を大きく振った。エレベーターに乗り込み、階下へと降り、会場となったホテルを出ると雑踏の中に紛れ込んだ。行進は止むことはなく誰も空を見上げたりはしない。異端を演じ描いた空想など空に描かれることはなく、ただ背教者のレッテルを自ら貼っただけにすぎないことをタケルは自覚した。

そんな自身の羞恥心から飲食店の排気口からの煙で咽ぶ路地裏に隠れるように折れた。途中、自動販売機でカラカラに乾いた内臓にコカ・コーラを一気に流し込み、薬の効用で感覚なき喉を火傷し帰宅した。

それから逃走劇を謀るうえで必要な足を確保するために自動車免許取得に向け教習

所に通い詰めていた最中、自宅に郵送された卒論の結果は何故だか予想を裏切ってCランクの卒業となっていた。望んでいた結果はDでそれなら普通の道を歩め、さらには塾の干渉を受けなくて済むのだ。落伍者を出すことは、計画推進の妨げになるといった懸念を払拭させるために全員を卒業とした？　がタケルの推測だ。それから島に飛ぶ前に瑠架とは一度だけは逢った。一緒に行こうと誘ったが待ち合わせた場所に瑠架は現れなかった。タケルと瑠架が仲良しなのは塾では公然だった故に卒業発表会の慰労晩餐会で多くの塾生が瑠架の前でタケルのことを塾生らしからぬ気の触れた夢想家と酷評したそうだ。蔑んだ視線を向けられた瑠架はおそらくタケルを恨んでいるのだろう。勿論、就労斡旋説明会等は参加せずに、続きを追いかけると卒論発表会で宣った通り密やかに旅立ちを謀った。それがタケルがこの島に飛んだ経緯だ。

暫し沈黙の時が流れ、グレート・ホワイト・シャークの店内は凪いだ海に浮かぶ船内のような静寂に包まれていた。やがて薄らぐ蝋燭の灯籠が完全に消え回顧談も闇に葬られた。それでも、その回顧談の余韻は漂っているのかタケルには吊されたサメがクジラに見えていた。タケルは暗闇で渇いた喉と消耗し困憊した気分を潤すため残ったローゼルティーを一気に飲み干した。火傷した喉は今も少し違和感がありその嘘のような話が現実に起こった事実であったことをタケルに知らしめ、例えるならまさにクジラぐらいの重みがのし掛かってきた。とんでもないことをやらかしてしまった……嘘か夢であって欲しい！　タケルは絶叫し跪きそんな罪を懺悔したい衝動に駆られた。だがタケルにとってそのクジラのような重みこそが絶望に噴まれた世界の一縷の希望なのも事実なのだ。その無茶な重みを担ぐことくらいしかタケルは希望を見出せなかったのだ。発表当日も混濁していたうえに、重ねてタケルにとっては故意に葬ろうとしている嫌な記憶だけに、果たして青尉や瑠璃に伝わったのだろうか？　タケルは伏したまま視線だけを瑠璃と青尉に向け洞察した。目が暗闇に慣れやがて青尉と瑠璃の顔が浮かび上がってきた。青尉と瑠璃は鳩が豆鉄砲を喰らったような兄妹だけに似通った視線でタケルを見据えていた。だが、次の瞬間二羽の鳩は羽をばたつかせ笑い転げた。追い詰められノイローゼ気味でまさに別の塾生に指摘された通り冷静でなかった。だからそんな馬鹿なことを宣ってしまったんだ……まさに用意していた言い訳を口にしようとした時、青尉がタケルより先に口火を切った。

「山羊汁を鍋ごと喰らったくらい胃に凭れる話だな！　だけど君が置かれた状況を察するに俺も夏休みくらいは取り戻したくもなるかもな……しかし君は大逸れた馬鹿者だ……だが、政経改革研究塾ってのはマスコミ報道の通り未来を担うフロンティアを育成する教育制度って訳じゃないんだな。ちょっと待ってろ！　見せたいものがある……」青尉はそう呟くと店の灯りを点け戸外へと消えた。残された瑠璃は最初長い溜息をついて、それから犬が伸びをするように両腕をテーブルに滑らせながら話し始めた。

「かつて私が通っていた保育所に『いやいやえん』って児童文学の本があってね、主人公の男の子が積み木で造った船でクジラを捕まえにいくって話があるの。男の子の昼寝時間の妄想なのよ、私が一番好きな童話よ。その物語中に登場する積み木で造った船の名前、ぞうとらいおんまるっていうのよ、私ね兄貴の船にぞうとらいおんまるって名付けたくらいに好きなの……だから、あなたの話、意外と好きかもね」タケルの消沈な姿に気を遣ってか優しい口調で瑠璃は尚も補足を加えた。

「壮大で凄味のある構想だわ……万一実現に漕ぎ着けたら今世紀最強な革新的なものになるかもしれないわね。でも同時に歴史的な惨事を巻き起こす可能性だって否めない。例えば、あなたの描いた構想通りことが進まなかったら、逆に今世紀最高の愚者としてこの世に名を馳せるでしょうね。だって凶器にもなりうるでしょ、そんな巨大なペット……」瑠璃の指摘の通り一歩間違えば歴史的汚点だ。前代未聞の戯言《ざれごと》を実行しようとはならない笑い飛ばされる構想だ。だがそれで良かったのだ。あの街で塾の目論む制度に組み込まれるくらいならタケルはその巨大な弾丸を撃ち込み、皆が凝り固まって我に返る前に煙に巻き消えるといった運命を選ぶに至ったのだ。そう、あの構想は自身をぶっ放すガラクタで創りあげた地雷爆弾でしかないのだ。

「当たり障りのない媚びた論文でもこしらえて、きちんと就職すれば良かったのに……かなりもったいない話ね。高給取りのエリートになって、せめて短い休日を避暑地で贅沢に過ごそうなんて感じで島を訪れれば良かったのに……でもそれならきっとあなたは東京の彼女と結ばれたままで島に一緒に来ていたわよね……そして、私があなたに惹かれることはなかったでしょうね。傷ついた血の匂いがあの浜でサメを呼び寄せたように、私もあなたの傷心した血腥《ちなまぐさ》い臭いに釣られたのよ。馬鹿ね私も……きっと兄は私たちの交際を認めないかも……」瑠璃はそう言うと黙り込んだ。

やがて青尉は悪化したケロイドのように皮が剝がれた剝製を担いで戻ってきて、そいつを無造作に隣のテーブルに置いた。それはサメというよりむしろ古代魚の化石のようであった。

「俺が具現化した最初の作品だ。未熟極まりない駄作だな……君の構想も俺の初期作品と同じく穴だらけだ。海を知らないと穴は埋まらない。いや、知っても埋まらないだろうが……クジラ入りの海を削ぎ取って空に貼り付けるなんて到底できやしない。

剝製ならまだしも……海を相手にする君の計画にはたとえ一ミリでも穴があっては漏れてしまって駄目なんだ」青尉はタケルの馬鹿げた構想に対して真剣に熱く語ってくれ、それが嬉しくタケルは涙腺を刺激され耐え凌いだ。青尉はタケルの感極まった感情に気付いた様子でその崩れを止める言葉をくれた。

「だがな……発想は自由だ。君の構想を聞いていてクジラが空を泳ぐ姿が思い浮かんだ。思い描けることは未来に叶えられる可能性を孕んでるってことだ。俺もサメを剝製になんて始めた初期の頃、馬鹿扱いで皆から笑われたが、今じゃ島の観光協会から特産物の優秀賞で表彰されたしな。そうそう、ＧＴをどでかいルアーで釣ろうなんて考案した奴もきっと馬鹿扱いされたに違いない。だがな、悪いが君の壮大な構想は架空の夢物語であるべきだ。君を島にぶっ飛ばす爆弾だったのだと処理したほうが賢い。経歴に目を通した俺としては君を缶詰にした制度に対して、一世一代の大舞台で馬鹿を承知で発表し尻捲って叩いた勇気を汲んで採用を決めた。妹が初めて俺に紹介した彼氏だ。俺の妹だけに彼氏が奇天烈な奴で面食らったが、鯨と鮫、気が合いそうだ。正直、面倒な奴を拾ったな瑠璃？」

瑠璃は青尉の問いに陽気に笑って頷いた。

「彼氏は俺が預かる。報酬は島の飲食店従業員の相場だ。その代わりに爺さんの家にある空き部屋を無償で貸してやる。家賃や高熱水費や食費を浮かせて、いざという時に必要な金として蓄えておけ」タケルの仕事は呆気なく決まった。そして、青尉は照れ臭そうに話し続けた。

「万が一、君の構想が奇跡的に実り、例えば飼ってるクジラが死んでしまうような事態に陥ったら俺が立派な剝製にして君の大罪を軽減してやる。今世紀最大の馬鹿が飼ったクジラって博物館にでも残せばちとはマシなことになるさ」タケルは青尉の心意気ある言葉にまた泣きそうになった。

「トラックを貸してやる！　不動産屋で借部屋の精算を済まして引っ越しらまえ」青尉は硝子越しに見えるクリーム色の国産トラックを指差しサメの歯で造ったキーホルダーに吊した車の鍵を渡した。タケルが躊躇していると瑠璃が受け取って千を引きトラックまで誘導した。

「トラックは普段サメの霊柩車として兄貴が使用しているのよ！　死臭の漂う今のあなたにはお似合いよ、この島で生まれ変わればいいわ！」瑠璃は皮肉りながらも前向きな未来を沖縄の三線が奏でる音階のように明朗にいってのける。

ノアの方舟でも黄色い潜水艦でもなくタケルはサメの霊柩車に乗り込むこととなった。

Chapter 4　The old man and shark hunt house

畳に敷かれた茣蓙《ござ》に座布団を二つ折りにした枕でタケルは仰向けに眠っていた。引っ越しを済ませた疲れから暫し仮眠をとったことを少しの間を置いて何とか思い出した。

恐る恐る開眼し最初に目にしたのはぼんやりと霞んだ黒ずんで枯れた杉板に黒いソケットの裸電球がぶら下がっている天井。足先から吹く風は軒の低い家の半開きのアルミ窓に揺れるカーテンが風量調整し、丁度心地よい優しい風が足先からタケルの躰をつたって開け放たれた引き戸に抜け去っていく。

タケルは両腕を上げ足先まで伸びをし、瞬きすると乾いたコンタクトレンズを湿らせた。ピントの合った視界に出窓に置かれたジャイアント・トレバリーの稚魚が泳ぐ水槽が目に飛び込んできた。隅っこに潜む魚影も窺うことができた。水槽越しの窓から覗く屋敷内の庭は琉球石灰岩の石積みの塀で囲われ、塀の角には立派なフクギの木が根付いており、涼しげな木陰を庭の隅に演出していた。フクギの木の木陰が途切れるところには小さな楕円形に石積みされた花壇があり、剪定の施された赤いハイビスカスや紫のブーゲンビリアが咲き誇っている。雨水を溜める石臼のような桶にはその花弁が浮かんでいる。他にも隣向かいの掘っ建て小屋から鼻先だけを突き出し、山羊が草を食《は》む光景も見え、牧歌的な風情ある窓越しの風景はタケルを癒やした。

寝返るとそこは襖で仕切られており、襖と襖の隙間から老人が畳間に胡坐《あぐら》をかいて寡黙にアダンの葉で草鞋《わらじ》を編んでいる姿が覗ける。白い上下の肌着から、憶測する年齢に似つかわしくない浅黒く日焼けした筋肉質な腕と足と首が伸びていて哀えた感じの欠片も見あたらない。唯一額から頭頂部にかけては禿げあがっているが、重ね重ね日焼けした地肌がそれさえ自然に見せる。白髪の眉毛は梟のような表情を一層際立てている。老人の横で瑠璃が工具を巧みに操りサメの歯と革紐やビーズで何かを作っている。

タケルは瑠璃と青尉の爺さん宅の一室を間借りすることを青尉に勧められたが迷っていた。偶然にも引っ越しの返答を迫られた前夜、湿気を好むヤモリが冷房の基盤に入り込み感電死し、冷房を故障させた。滴る汗に魘《うな》された一睡もできない熱帯夜が明けた朝、おそらくヤモリが引っ越せとタケルの背中をおしたのだとそんな流れに身を委ねるのだと方位磁石の指すほうへと向かうことに決めた。親切に対応してくれた老夫婦には申し訳ないが引っ越す決心をタケルは固めたのだ。だが、人見知りが激しいタケルはその決断を少しだけ後悔していた。それでもタケルは湧き上がる遠慮を払って起きあがると、襖をゆっくりと開け、平然を装いそんな二人の対面に卓袱台《ちゃぶだい》を挟んで座った。瑠璃が手を休めタケルに微笑みかけると檸檬グラスを煎じたお茶を琉球硝子のグラスに注いだ。すると、おじいが席を立ち台所から酢味噌で漬けた刺身と苦菜の千切りを一緒に小鉢に盛り戻ってきた。

「旅の青年、遠慮せずにお食べなさい」タケルは素直に頷いてはみたものの、恐縮する言葉が喉元で絡まった。だが、おじい、お世話になりますと言い換えてタケルはおじいに頭を下げた。

「青年、遠慮は一切いらん……おじいを看病してくれれば逆に有り難いさ。孫の青尉はワシが名付けたからか奇天烈《きてれつ》で忙しい男に成長してしまったから、瑠璃と一緒に青年がおじいの面倒を見てくれ、おじいは近々寝たきり老人になるはずだ」

「青尉って素敵な名前ですね？　命名した由来は？」タケルはおじいに問うた。

「軍隊の階級で少尉とか中尉とかあるさ……そう、坊主には島の海のような青い階級であって欲しいと願ってな。心に青い勲章を着けて生きて欲しくてな」おじいは刺身にたかろうとする一匹の蝿を払い除けながら豪快に笑った。青武鯛《あおぶだい》の鱗模様に最初、刺身を口にすることを躊躇したが、タケルも少しは青く成れると暗示をかり、思い切って食してみた。すると酢の酸味が舌に響き、刺身はするりと喉元を過ぎ、舌に残る味噌の香ばしさが残った。

タケルは刺身を食しながら部屋を見渡した。仏壇には位牌が幾つかあるが写真はなく、コップ水と泡盛の一升瓶が手向けられている。漆喰で塗り固められた壁には額に入った海亀の剥製が飾られ額を固定する二本の釘の片側にハンガーが吊りさがっており、そこに白い開襟シャツが掛けられている。古びた小さな箪笥の上には木製の水中メガネと甲イカの甲羅、農協の帽子、夏祭りの団扇《うちわ》、箪笥と壁の間には三線と一本針の銛が立て掛けられている。卓袱台の上には処方された診療所の薬袋、市議選のチラシ、セイコーの腕時計と鼈甲の縁取りの老眼鏡、シャコ貝の欠片を灰皿代わりにしているのか丹念に消されたであろう圧縮して曲がった煙草の吸い殻が数本捨てられている。おじいはピルケースから血圧の薬を出し、飴玉のように口に頬張ると安っぽいグラスで飲み干した。

「彼、魚釣りが趣味なの。いつかクジラを釣り上げたいって相当な変わり者よ」瑠璃が含み笑いでタケルの趣味をおじいに教えた。

「青年、さっきから目をパチクリして目が悪いのか？　島ではイカ墨汁に葫の葉を入れて食すると目に良いと昔からいわれている。青年、くじらはさておき、今度、イカを釣りに一緒に出掛けよう?」おじいは優しい瞳でタケルに笑いかけながら、庭先の葫の葉を指差した。

「おじいのこさえた餌木を見せるか、青年!」

おじいは箪笥の引出しからお菓子のアルミ缶を出してきて、イカの餌木を取り出しタケルに披露した。海に浮遊する木片をイカが抱くことからこの餌木のルアーが造られたといわれている。木を削り海老の形に似せ、色付けし目はまち針の玉の部分がカットされ打ち込まれている。魚と違いイカの足が引っ掛かりやすい釣り針が尾に取り付けられている。タケルはひとつを手にとって眺めながら、その精巧な造りに触れた。おじいは思いを馳せながら感慨深く語り始めた。

「大手石油会社が島に進出し、鮫油が使われなくなって、仕方なく鮫捕りは休業したさ。捨てておいた農地を耕しサトウキビを植え、脂がのった巨大な根魚を一本釣りして漁協に卸し、半農半漁で暮らしていたが、それでは食えなくてな。他に船大工として雇われたり、季節には鰹の遠洋漁業の船に乗ったりと転々としたが、結局はマリアナ諸島でも経験のある鰹節工場に正式に就職した。鰹節工場で鰹を削る仕事で器用になって、休憩時間に唐辛子の木で餌木を造ってな、仲間と誰の餌木をイカが抱くか競い合った。イカの集まる湾があって、そこに同時に投げる。アメリカ支配下から返還された時期に沖縄はあったから、銀行で替えずに残っていたリンカーンの一セント銅貨を空き缶に投げ入れてな、それを賭ける博打が流行したんだ。最初にイカを抱かせた者が勝ちとか、数で競うとか、大きさだとか勝負の決めごとを定めておじいなんかは夢中になって遊んだ。島には娯楽が酒飲みしかなかったから、そんなして腕比べして遊んでたよ、おじいなんかは……瑠璃は小さい頃から器用でな、おじいの横で海から拾ってきたもので工作するのが遊びだった。貝殻や珊瑚でいつもおじいの道具を使って工作しておった。そしたらそれを仕事にしよった」瑠璃はブレスレットを作る手を休め苦笑した。

「ひとつもらいなさい」おじいはタケルが手にしていた水色の自作餌木をひとつタケルにくれた。

「おじいと出逢った記念品として大切にします」タケルは受け取って頭を下げ、礼を告げると部屋へ急いで戻り、おじいからの贈り物を大切にケースにしまい、変わりにまだ開封していない水色と銀色のルアーを持ち出した。このルアーは幼少の頃に百貨店の硝子ケースに鍵付きで飾られていた憧れの品であった。やっと小遣いを貯め手に入れ、絵に描いてみたり、風呂場に持ち込んで泳がせてみたりしたが、釣り場では喪失するのを恐れ使用できなかった逸品だ。今回の旅支度の際に釣具屋で見つけ懐かしくて思わず数個を纏め買いした。おじいにお返しにと一箱を渡すとおじいはほーこれは魚を釣るためのものだな……と感心し呟くとまるでゴリラのように箱をカシャカシャ振ってみたり、箱を不思議そうに覗き込んだりし、最後には硝子引き戸の戸棚に飾った。

若かりし日のおじいが友人たちと写った写真立ての横にルアーは飾られた。

「おじいは昨年、古稀を祝ってもらった……くたばるのが近いが折角だからおじいも青年との出逢いの記念に預かっておくさーね」おじいははにかんだ笑顔でもとの席に戻った。タケルはケースに入ったままのルアーがクジラだったらもっとおじいを喜ばせてあげられたのにと悔やんだ。本来なら基地跡にクジラが泳ぎ遊ぶ平和な景観をおじいに拝ませてあげたいのだ。万一この途轍もない難題を叶え招待したらおじいは喜んでくれるだろうか？　タケルはせめておじいに米寿、いや百歳までも長生きして欲しいと願った。そんな温かな団欒に浸っていると柱時計の古めかしい柔らかな鐘の音が時報を奏でた。

「部落集会に出掛ける時間だ。海神祭の話し合いといっても酒飲みが大半だ。来週は青年も一緒に連れて行くさ。爬竜船《はりゅうせん》の色塗りがある。大和の若者の今時な色彩がいいさ。そう、昔は仕上げにサメの肝油を塗って船を頑丈に仕立てたもんだが、上等な船用の保護塗料が売られてからは漁船に使用して余ったものを持ち寄ってくるもんでおじいの出番も酒飲みだけになった訳さ」おじいは侘しそうにそう語ると、ゆっくりと立ち上がりハンガーから白い開襟シャツを羽織り、腰を屈めて銀色の腕時計を拾って腕にはめると鳥打ち帽を被り出掛けていった。晩年の衰退から老醜の欠片も感じないおじいが逞しく強かであるとタケルは感じた。柱時計が奏でる鐘の音はタケルに旅立ちの日を思い起こさせ、同時に百貨店の屋上に眠る抜け殻が甦りこの安堵な状況からタケルを引っ剝がそうと悪戯を始めた。だが瑠璃が一家の遍歴を語り出し、それは壮絶な内容でタケルの柔な抜け殻など一瞬で怯んだのだった。

「私たち、親亡き後、おじいに育てられたの。父は鮫捕り延縄漁の事故で亡くなったの。確か青尉の話をした時に話したよね。おそらく巨大な鮫が掛かって海に引っ張られたって残されて浮遊していた無人船の痕跡から海上保安庁の事故調査班長が説明してくれた。実は母も父の忌まわしい惨事を妄想する恐怖で狂い堪えかねて岬で飛び降り自殺したの。母の身投げを目撃した漁師がいたのよ。でも、死体はあがらなかった。母は父から鮫の多い磯だから、干潮時の潮干狩りはやめろと叱られた場所を選んで飛び降りたの。だからおそらく、鮫に喰われたって、捜索は二週間余りで打ち切られた。ワーグナー作曲のオペラ、『彷徨える幽霊船』のラブストーリーみたいに。そう、母が人魚姫よ。海に身を投げて浄化され父と共に昇天することを選んだの。それ以降おじいは鮫捕り屋の屋号を封印し、職を転々とし最後は鰹節工場で働いた。さっき大手油会社の話で鮫捕り屋が閉業した話は嘘よ。父の事故と母の自殺が原因で自責の念に噴まれ下した結果が正しいわ。なのにまさか、兄が鮫捕りを再開するなんておじいは今でも嘆いている。私は幼かったからあまり憶えてないけど、兄はずっと苦しんできた。兄は捕獲したサメの腹を裂くたびに父や母が泣き叫ぶ声が聞こえるっていってるわ。水中銃は父と母の仇を討つために、サメを撃ち殺すために始めたの。でもね私たち、海が大好きなのよ。父も母も海に還ったから、海にいると父や母と会っている気がするの。貴方と初めて出逢った日サメが来襲したでしょ、運命を感じたの、あなたとの出逢い、浜辺での出来事。本当はこんな軽い女じゃないのよ。きっと父や母を襲った鮫が沿岸まで二人の魂を運んできた気がしたのよ。私と兄は父も母も同じサメに食べられたって思い込んでいるの。そいつに両親の魂が取り憑いて悪い男が大事な娘についてやしないかって偵察にきたのよ、きっと」震撼するような内容を瑠璃は淡々と語った。

「やばかったな」タケルは息を呑んだ。

「あの浜で私と二人サメと遭った日があったよね、その時貴方サメに喰われなかったでしょ。認められたのかしら？　貴方……」瑠璃はタケルの動揺など構わずさらにおじいの壮絶な過去を明かし始めた。

「おじいは戦時中沖縄からマリアナ諸島に家族で移住したのよ。おじいの妻と子どもは二人。だけど、おじいの妻は島で重い熱帯性の熱病にかかって亡くなったのよ。それでもおじいは悲しみに堪え働き子育てに専念した。やがてペリエ島が玉砕されてパラオ島から沖縄に引き揚げることになった。帰還に際して駆潜艇二隻の護衛に守られながらもおじいたちが乗った船は敵潜水艦に魚雷攻撃を受けた。一家は海に放り出されたそうよ。おじいの息子つまり私の父は浮遊物に摑まっておじいに妹がいない！と叫んだそうよ。おじいは焦って必死で辺りを隈無く泳ぎ探し廻った。泳ぎ辛い履き物を娘に履かせていたことを悔やみながら……。そして運良く溺れそうにもがく当時七歳だった娘を見つけ間一髪娘の脇腹を抱えて立ち泳ぎし凌いでいたそうよ。おじいは駆潜艇が併走していたために助かると確信し娘を落ち着かせたって。娘がようやく泣き止んで、船が沈む前にクジラが沖のほうで見えたって、きっと船はクジラにぶつかったって可愛らしく笑ったそうよ、クジラは潜水艦だと気付いていたおじいだけど頷いてそれなら仕方ないなぁと笑って、だけどそんな風に一安心していたのは束の間だった。突然、痙攣を起こしたように娘が動かなくなったそうよ。何が起こったか、しばらくは意味が解らなかったって。だけど抱いている娘の体が急に軽くなって、抱き上げてみると腹部から下を喰い千切られていたそうよ。やがて駆潜艇のライトが救助のためにおじいの周囲を照らした。爆撃の直撃を受けた粉砕した人々の血が海を深紅に染めていたことをおじいは知った。獰猛《どうもう》なサメが血の匂いに集まったのよ。おじいと私の父は救助された、上半身だけの娘の屍を抱えて……。寄港した日の夕暮れに戦没者を弔う水葬儀式が行われ、娘の亡骸を綺麗な帆布に包み、さらに日の丸の旗で覆って錘を付け海中に投下し弔ったそうよ。娘の遺髪と爪を大切に握りしめ、私の父も気が狂ったように咽び泣いた。おじいは一番小さな包みが海中堕ちゆく夕日のように深く沈んでいったのを呆然と見送りながら必ず仇を討つと沈んでいく娘に誓ったって……。終戦後おじいは延縄でサメを殺しまくった。妹の仇と父も参戦してとにかくサメを殺しまくった。絶望に至った恨みの矛先をサメに向け殺しまくったのよ。捕獲したサメの腹をかっ捌いて腸を抉《えぐ》っては娘の遺品を探した。かつてパラオ島はドイツ統治下にあった時代があって、島の古道具屋で偶々見つけたドイツ製の赤茶けた可愛らしい子ども用のブーツを見つけ、おじいは娘さんの誕生日に贈ったそうよ。娘さんはとても気に入ってたらしく外出の際には必ず履いていたって。おじいはその赤茶けたブーツを呑み込んだサメを捕獲するまで殺し続けると決めたんだって。ついでに灯りの油として、他にも食用としてサメを売って生計を立てた。そう鮫捕り屋という屋号の由来よ……」タケルは先程までいた穏やかなおじいからは想像できない過去の逸話に驚愕を隠せずに途切れた瑠璃の話に相槌すら打てなかった。

「マリアナ諸島で生まれた台風がこの島を直撃することがあるの。おじいはそんな台風を今でも亡き娘が泣いて叫んでるって本気で思っているの。実際、魚雷を受け吹き飛ばされた際に、傾いた船の甲板に打ちつけ痛めた古傷が台風の際には決まって痛みを帯びるそうよ。島を通過する時いつも台風と喋っているの。いつも台風に泣きながら謝っているのよ。きっと息子夫婦も娘の報われない魂が悪さして攫《さら》っていったって……娘さんを溺愛していたの。娘さん私に似てたっておじいは哀しそうに笑うのよ。だからかしら、私ね相当な悪戯っ子だったけどおじいから一度も叱られたことないのよ。親はなくとも愛情たっぷり注がれて大切に育てられたのよ」瑠璃は一息ついて尚も続けた。

「だけど、そんなおじいや父や兄の生き様を見ていてね、あまりに哀しいって思ったの。母も父のこと可哀想って想いすぎておかしくなったのよ。だから私は母や父は海のサメとなって私を守ってるって……そう思うようにしたのよ。水中銃は別の目的に使うことにしたのよ」タケルは壮絶な逸話を知り暫し放心状態に陥ったが、瑠璃は悪戯な顔つきでそんなタケルを責めた。

「島は狭いから私呪われた家系の娘って噂が蔓延《はびこ》ってるのよ。私と結ばれた男はサメの逆鱗に触れ喰われて死ぬって噂なの。貴方、サメに喰い殺される運命よ。受け入れられる？　クジラじゃなくサメに喰い殺されるわ、いつか……」既にクジラに呑まれているような身の上も顧みずタケルは身震いが止まらなかった。

Chapter 5 Surfer Hal

六角形に輝く光の破片が降り注ぐ無人の白い砂浜で瑠璃が波打ち際を踊るように跳ねている。隣国からか、海を越え、流れ着いたであろう色鮮やかな紙テープで束ねられた見慣れない文字列が記された七色の萎んだ風船の束が華やかなカーニバルを終え浜に流れ着いていた。タケルは流木に腰掛け、一服しながら潮騒に囁かれその様子を眺めていると可愛らしい鼓笛隊が演奏しながら街を行進する姿が目に浮かび、心躍る上々な気分に包まれていった。

微睡《まどろ》んだ休日は始まったばかりだ……今日は瑠璃の店の閉店日でもある。青尉の粋な計らいである。シャークのバーテンダー兼調理補助も様になってきた。料理の仕込みとカクテルを含むドリンクに至っては全て任されるまでになった。船舶免許取得の講習にも通い始め、いずれは鮫捕り漁へも同行する予定だ。さすればあの場所と決別する際に吐き捨てた台詞に僅かばかりの申し訳が立つ。クジラはまだ無理だけどサメなら捕まえられそうだと……。それはタケルが負った心の傷の痛みを緩和してくれる処方薬になるだろう。

おじいと過ごす日々の生活も、幼少の頃味わった安堵感に満ちていた。おじいが公民館に出掛ける時だけ瑠璃とは恋人同士になった。昨日もおじいの留守中に瑠璃と激しく抱き合った。だが白く伸びた足の付け根に射精し、真っ白な腑抜けになってまだ間もないのに欲深くまた疼いていた。瑠璃の甘く優しい舌が体中に這いまわっている余韻が甦り、繰り返す限りない欲情に怯みながらも、裏腹に風船のように膨張して再度破裂したい願望にまた囚われていた。

瑠璃が海から戻ってきて、ボトルに入ったジャスミン茶を飲み干す。瑠璃はまるで真っ赤なハイビスカスのように眩い。赤花の肥大化した花弁が放つ甘い香りでタケルを誘惑する。惑わされた不純な気持ちを悟られないように冷静を装いタケルは釣り糸に青いルアーを結び青い海へ投げた。ゼンマイ仕掛けのブリキ製の鼓笛隊が行進するようにルアーを操り誤魔化す。だが、瑠璃と目が合うとタケルの不純な気持ちを瑠璃は見透かしたようで、突如股間を思い切り蹴飛ばした。

「このビーチ地元ではクジラ浜って呼ばれてるのよ。由来はその昔クジラが座礁したことがあるからなの……土木会社の社長がダイナマイトで着岸したクジラを粉々にして爆発させ処理したの。それから地元ではクジラ浜って呼ばれている。タケルにぴったりのビーチね。この先にある沈んだ石灰岩の座礁は大潮の干潮時に露わになるんだけど、完璧にシロナガスクジラが化石になったような形なのよ。クジラ岩って呼ばれてるの。座礁したクジラはその岩を仲間と間違えて近寄ってきたんじゃないかって巷の噂よ」瑠璃は熱心に逸話を語るが、タケルは少年時代に野球の球がバウンドして下半身を直撃して依頼久しく味わったことのない痛みに耐えながら炎天下で別の種類の汗を掻いていた。タケルは悶えながらポケットの財布とライターと煙草を流木に置き、瑠璃に一気に走り迫って抱きつくと仕返しとばかりに海で犬のようにじゃれ合った。ずっとこんな平穏な日々が続くことを願った。そんな風にタケルと瑠璃はしばらく浜辺で遊び、やがて飽きると砂だらけの服を入念に叩き落とし、半乾きのまま海沿いのカフェで軽いランチを済ませた。それから大潮の満潮にあわせて、昨晩島民の波《は》琉《る》と約束した大型回遊魚が通る漁港へ大物と一戦交えるために移動した。

「兄貴がタケルのこと頼もしいって話してた。ただの温室育ちじゃないって。器用で飲み込みが早いし、意外と料理やカクテルづくりに始まって掃除に関してもセンスがあるって」移動の車中で瑠璃が唐突にタケルを誉めた。

「研究塾に入る前は素直で良い子だった。例えば日曜日には決まって近所のパン屋で焼きたてのパンを買いに出掛けて、辛子バター練って、ハム焼いて、卵茹でて潰して玉ねぎとパセリ刻んでサンドイッチを家族分作って、それから、玄関に置かれた金魚が泳ぐ水槽の水換えや庭の草むしりとか、家の用事を頑張る子どもだったんだ。最後に必ず玄関を綺麗に水で流して掃除してさ。まぁ、母親からご褒美にもらえる硬貨が目当てなんだけどさ」タケルは誉められたことで調子付いて幼少の頃にあった素直だった挿話を暴露した。

「そんな風に手伝いして、午後からは母親からもらった硬貨をポケットに突っ込んでさ、近所の友達と釣りに出掛けたり、クワガタ捕まえたり草野球したりと遊び惚けて、硬貨と交換したコーラでカラカラに乾いた喉を潤してさ。その頃の友達で波琉に性格がそっくりな奴がいて一番仲良しだったんだ。そういえば近所に青尉に似た年上の餓鬼大将もいたな。部屋にエレキギターがあって、ノコギリクワガタ沢山飼っててさ、壁にはルアーが山ほど吊るされてあってさ、憧れてさ、同じジージャン着けたりして真似したりしたっけ」照れながらもタケルは懐古しながらそんなことまで口にしてしまっていた。

「意外！　今のタケルからは一切想像できない！」瑠璃は驚きの表情を露わにした。

「つまり、この島で封印した幼少期の純な部分が徐々に甦りつつあるというか……研究塾に入ってから変わったんだ……全てが……」

「兄貴が接客にしても聡明で観光客への評判も悪くないって言ってたわ。それに排他的な土地柄だけど島人が貴方を好いているって喜んでいたわ、何より波琉が認めたのには流石に驚いたそうよ。波琉の猜疑心は半端なくて、特に貴方みたいな移住者が大嫌いで有名なの。波乗り中の事故で死んだ友人以外一切受け入れなかったのよ」瑠璃は常連客である波琉の話をしてきた。

「波琉が一番話しやすい島人だよ。そういえば昨晩シャークで今から行く場所に波琉も立ち寄るって約束したけど……いるかな？」閑散とした小さな漁村を越え港に到着すると約束通りそこには既に波琉の真っ赤なハイラックスサーフが停まっていた。波琉とは時折連んで釣りに出掛ける仲になった。だが、振り返れば波琉との出逢いは喧嘩から始まった。

シャークのカウンターの隅でタケルがグラスを磨くカウンター越しの席に波琉は好んで座る。その日も、波琉が楽しそうに話し、酒を飲んでいるのにタケルは笑う余裕すらなく綺麗にグラスを磨くことに必死だった。今思えば氷河のように分厚い壁をタケルは張り巡らせていた。波琉はぶっきらぼうに胡散臭いなお前！　とそんなタケルを野次った。だが、タケルは構わずに黙々とグラスを磨き続けた。やがて、そんなタケルの態度が波琉の逆鱗に触れた。タケルと波琉はカウンターを挟んで罵り合い、やがては取っ組み合いの喧嘩にまで発展した。仲裁に入った青尉に「お前たちは野犬か！」と叱咤され、鍋に沸いたパスタを茹でる熱湯を柄杓で撒《ま》かれその場は収まった。

ところが、島は狭く翌日、二人は海辺で出会《でくわ》してしまった。タケルが釣りをしていると波琉が浜にやって来た。気まずい空気の中、波琉は知らん顔でウエットスーツに着替え、サーフボードを抱え、素潜りの漁師の道といわれている積み石が連なる道から、遠く潮と潮がぶつかるリーフに向かって歩いていった。タケルもそんな波琉に構わずに、潮が引いていく海を追いかけるようにルアーを投げ、釣りを続けた。リーフにぶつかる波に乗る波琉の姿はタケルの釣り糸の先に波琉が結ばれているのではと錯覚するくらい、波琉の波乗りの動きはタケルの操るルアーのようであった。やがて波琉はサーフィンを終え、浜に戻り、着替え始めた。まさにその時だった。竿先が撓り糸が引っ張られていった。ジリジリと逆回転するリール音が浜に鳴り響き、タケルは反射的に針先を口元に突き刺すために思い切り竿を撓らせた。何かしらの魚がルアーを喰らった。鳴り響く音に波琉は素っ裸で此方に走り寄ってきた。波琉は左側に行け！　とタケルに叫び横暴にタケルの腕を握り左側に引っ張った。タケルは蹌踉けながら誘導されるがまま踏ん張りながら移動した。しばらく捲いて少しだけ魚を寄せると次は右だ！　と波琉に逆側に誘導され、タケルは蟹のように横歩きし指示に従った。波琉はサーファーなだけに的確にこの浜について沈み根や珊瑚礁等の障害物を全て把握しているのだろう。それらの障害物をかわすと後はなだらかな砂浜になる。真っ白な砂浜に青光りした魚が炎のように揺れた。手前まで寄せると魚体が横たわり丸く青い発光体が輝いた。次の瞬間、サーフボードに不死鳥を描いた刺青が彫られた波琉の右腕が海面を突き抜け、尾鰭の付け根をガッツリと掴むと青い塊を持ち上げた。波琉は魚を砂浜にある窪みの水溜まりに横たわらせた。鰭が青く発光する綺麗な魚をしばらくは二人眺めていた。

「ブルー・フィン・トレバリーだ」波琉が魚種をタケルに教えた。五十センチメートルは優に超えている。

「やった！　ありがとう！　おかげで釣り上げられた。それはそーと隠せや、ぶらぶらさせたモノを……」タケルは息遣い荒く波琉への感謝を口にして、照れ隠しに素っ裸のままの波琉を嘲笑った。波琉は慌てて脱ぎ捨ててある服のところまで戻った。ブルー・フィン・トレバリーは陸地と知ると執拗に暴れ、そのままフライにできそうなくらいに全体に程良くサンドパウダーが塗《まぶ》された。タケルは波琉を真似て尾を握り持ち上げ、その重みにふらつきながら膝まで海に入りブルー・フィン・トレバリーを海に戻した。天ぷら油に放り込まれたと勘違いしたのかしばらく辺りに留まっていたが、やがて海だと気付いたのだろう、遠浅の海に突き出た青い背鰭で、直線を描くように一目散に沖へと泳いで消えた。その経路をタケルは遙か彼方まで見据えていると、着替えを済ませた波琉が真横に立っていた。

「お前、釣りしてる時の感じで働け。いつも葬式みたいな暗い面《つら》で酒を振る舞うのは南国じゃ流行《はや》んねぇーぞ」

「すまん……確かに俺の接客態度が悪かった」

「ところでこの浜で何狙ってる？」

「ジャイアント・トレバリー、略してGTだ。メータークラスを狙っている」

「なら、船でやりゃー釣れる……しかも遙かメーター超えの化け物が島の近海に棲んでいる。だが、そんな痩せっぽちな釣り竿と玩具みたいなリールじゃ無理だな」

「船からではなくて陸から釣りたいんだ、できればこの道具で、離ればなれになってしまった父との思い出の品なんだ……」

「だったら尚更大事にしろよ。諸刃《もろは》の剣《つるぎ》だ……そんなもん簡単に折られるぞ！」

「いや、昔、父はこのセットで丸々と肥えたブラックバスを釣り上げている。メーター近い巨大な雷魚が掛かった時も手こずりながらも釣り上げた実績もあるんだ。それに陸から釣りたいって言ったけど、実は船酔いが酷いんだ……」波琉は呆れた顔でタケルの話を流し、車から束ねた釣り竿とリールを持って戻ってきた。

「今、俺が使用している道具の前に使っていたものだ」

「くれるのか？」

「まさかよ！　売るなら十万だ。ケチな奴と思うなよ！　偶々、そう偶々な、今ロングボードの入院資金が必要なんだ。了解、分割払いを認めてやるさ……どうだ」タケルは呆れ、手の平を返したポーズを取った。構わずに波琉はその道具での実績を思い返し語った。だが、その話には信憑性はあり、さらには時折、連れ立ってコーチしてやるとの確約も交わして交渉は半額の五万円の一括払いで成立した。

「難しいぜ、中型だろうと……陸からジャイアント・トレバリーを釣るのは……つまり荒磯の根に絡んだらいくら強靱な仕掛けでも一発でアウトだ。俺が誘導したからさっきのブルー・フィン・トレバリーも捕れたんだぞ。俺な楽園の島とか柔なことほざく移住者もそうだけど、島の奴も大概嫌いなんだ。野犬みたいに連んでは、酒かっ喰らって大風呂敷広げて、でけえこと抜かすくせに酔いから醒めたら、何も変わらないこの島くらい小さなことを、また平然と繰り返していくんだ。だがな、シャークのマスターだけは違う。寡黙だが孤高に理想を現実へと成し遂げてきた男だ。島一番の誇りだ……お前はどうなんだ？　俺は島だけでなく豪州にいたこともあるからお前の立場も少しは解るつもりだ。だがな、こんなちっぽけな島では理想通りにはいかないことのほうが多いんだ。まぁこの国も地球儀で見たらさ、ちっぽけな島ってことで同じってことだけどな！」波琉はタケルにそう問いながらも、それは同時に自身に問い掛けているようにタケルには感じられた。

ブルー・フィン・トレバリーを釣り上げたその日を境に二人はシャークのカウンターを挟んで馴れ合いの言葉を交わせる仲になっていた。後に想えば青尉を敬愛するが故あっさり青尉がタケルを受け入れたために嫉妬のようなものが波琉には少なからずあったのだろうと憶測した。だがそんな蟠《わだかま》りも徐々に取っ払われ相俟っていった。タケルは波琉に対し共感できる何かを感じとっていた。それが何なのかは上手く言い表せないものだった。波琉は頻繁にシャークに現れ、タケルがボトルの準備をする最中に挨拶代わりに天気や潮の干満を考察し、釣りの場所や時間を指定しタケルと釣りの約束を交わす。だが、徐々に酔いが廻ると記憶が全てぶっ飛ぶこととありきの約束ですっぽかすことも多々ある。昨晩も約束を交わし終えると、いつものように陽気にラム酒を嗜みながらまるでカリブの海賊のように愉快な独演会を延々と始めた。

「ある晩に巨大な魚を丸焼きにして喰らう夢を見てな、唾液で咽せて跳び起きた訳さ。そんで、正夢にしてやろうと親父の船を無断で拝借して闇に包まれた海原へと渡航したのさ。国境の海峡で密漁も多く危険だが熱いポイントで釣り糸を垂れてな、そしたらしたくなった訳よ。夢では既に丸ごと巨大魚をかっ喰らってるんでな、大きいほうをなぁ。海に尻出して踏ん張っていたんだ。するとな、俺のケツ目掛りて潜水艦らしきもんが浮上してきて、隣国の密漁船が盛んな海域を超えてきたらしく漁師の仕掛けた網を網タイツみたいに幾重にも被ってコンドーム被ってるような潜水艦でな、俺のケツをツンツンするもんだからゴム被ってるし、黒光りして立派なんでもう犯されても構わないかって？　これが潜水艦に犯されたって話、侵略の侵されたじゃなくけものへんの犯されたってオチだ。おいっ、ちゃんと聞いてるか？　タケル！　お前にウケれば、内地から観光で来た女にもウケるってことだろ？　最近ジャンル別に分けたんだ、そのほうがリクエストしやすいだろ？　社会、自然、科学とな、そんな具合に分けてみたらさ、下の話がやたら多くてさ、まいったよ」タケルを笑わせた話は、観光客への四方山《よもやま》話として採用され、波琉のタイプの女がカウンターにいたら格好の餌食だ。笑い転げさせ、甘く多彩なカクテルを振る舞いお持ち帰りだ。翌日は波琉の助手席で島内観光となる。だが、そんな観光客は波琉に惚れるのか、この島を再度訪れて波琉に会いにやってくる娘も多い。だが、波琉も青尉が近づくと黙り込む。五月蠅《うるさ》い！　とお叱りを受けるからだ。青尉が場を離れ二つ目の話が始まる。

「ジャンルは国際問題だ。爆弾仕掛けのイルカを親父の船に同乗した時に出逢ったことがあるんだ。リュックサックみたいのを背負ってるイルカで、リュックサックに水筒らしきものがついてるんだ。イルカの遠足？　って思ったらさ。背負ってるのは水筒じゃなくどうやらミサイル爆弾なんだ。どっかの国がイルカを調教して特攻隊を育てるって訓練を実験的に行っておそらく逃げ出した一頭だと察した。それがさ、俺たちの船目掛けて飛び乗ってこようとするから、親父が右往左往に回避しながら舵をとってな、マジ大変でさ。俺は止《や》めろ！　ってイルカに向かって大声で叫びながらな。尾鰭に何かの刻印が焼かれていたんで余計にビビッてな。そんでどうしたと思う？」

一旦話を切って、波琉はグラスをタケルに差し出し追加を注文する。タケルも既に聴いたことのある十八番《おはこ》ともいえる話だ。

「で、どうした？」タケルはいつもの冷めた合いの手を入れ、マイヤーズラムのボトルを傾け波琉のグラスに注いだ。

「咄嗟に思いついたのよ、俺はこう見えて豪州の学校で世界数カ国の日常会話の基礎を脳の柔らかい時点で学んである程度習得しているんだ！　世界中の女を口説けるぐらいだ！　話が逸れたな！　そう止めろ！　って言葉を思いつく国の言語に順に変換して片っ端から叫んだんだ！　そしたらどうよ、ある国の言葉で攻撃をピタッと止めやがった。訓練の途中に迷子になったんだ。間違いない。保健所で発行される海の危険生物って冊子、海水浴の時に気をつける有害生物あるだろ。ハブクラゲとか毒蛇とか、遠足イルカも載せて刷り直せって所長に忠告したんだがあの禿げ、予算がねえと抜かしやがった。あれは間違いなく自爆爆弾だってな。ハブクラゲに刺されたら酢が利くがイルカの遠足に遭遇したらある国の止めろって単語を叫べって回避策が記述されていない。でな、この話には続きがあんのよ。そん時、毎度のことだが怪しい隣国の違法漁業船が浮かんでたんだ。試しにな大人しくなったイルカにその船を指差してその国の言葉で行け！　って叫んだのよ、そうしたらどうよ、船目掛け弾丸の如く猛烈に突進していきやがった。早めに捕まえないとやばいぞあのイルカ。つまりイルカが暴走して世界戦争に発展しかねない国際問題なんだ！」

「へぇー」タケルはそこで波琉の機嫌を損ねないように感心した感じで頷くのだ。その後に意中の彼女が隣席していた場合、波琉はイルカ爆弾の回避策となる呪文を教えてやるから今晩俺と付き合わないか？　と女を口説き始めるのだ。昨夜も嘘か真《まこと》かそんな話を流暢に語り女っ気の一切ないカウンターで熱を込めた独演の練習に励んでいた。そんな風に波琉とシャークで喋ったり、一緒に釣りに出掛けたりするうちにタケルは波琉の経歴を徐々に知り得た。

波琉が好んでいつも身に着けている赤地に月桃柄等の派手なアロハシャツの胸元から覗く色濃い胸毛が生粋の島の血筋を証明している。遡ればこの群島に点在するある小島に昔財宝を隠したとされる海賊の伝説があって波琉はその子孫にあたる。波琉の父は残念ながら海賊ではなく船を操り釣りやダイビングをガイドする仕事を経営している。幼少の頃、波琉は遊びの少ない島で見つけた防波堤から海に向かい跳んで浮かんだ流木に飛び乗るといった遊びに夢中になり没頭したそうだ。何度やっても上手くいかずに水に浮く安定した流木の設計を退屈な授業中ずっと落書きし、実際にその形に加工したり試行錯誤していたりとそんな少年だったそうだ。

そんなある日、島をハワイや豪州のような観光地としてマリンスポーツを繁栄させると意気込んで波琉の父親は家族ごと豪州へ移住する決断をした。波琉の父親は豪州でダイビング・インストラクターやフィッシング・ガイドとして働き、マリンスポーツの専門的な知識を学び活きた経験を積んだ。

波琉は島を離れ、慣れない環境に数ヶ月は部屋に籠もって過ごしたそうだ。日本語が上達しないと懸念した祖父が旅立ちに際し波琉に落語全集を買い与えた。そんな沈鬱な期間を波琉はその落語集のカセットテープを聴いて過ごしたそうだ。タケルは波琉のハイラックスサーフの助手席に何度か同乗したが、カーステレオからはビーチボーイズか落語がいつも流れていた。つまり酔った波琉の四方山話は落語からの影響が色濃いのだ。

やがて、波琉もそんな豪州での生活にも慣れて、一緒に海へ遊びに出掛ける友人も僅かだができた。そこで若者たちがサーフィンを楽しんでいた光景を波琉は目にした。波琉はサーフィンに憧れて誕生日に父親にサーフボードを強請った。何よりボードで波に浮くということが少年の夢だったからだ。部屋に引き籠もりがちだったことを心配していた父親は母親が危険だからと止めさせようとしたのを押しきって波琉にサーフボードを買い与えた。波琉は取り憑かれたように海で波乗りに夢中になった。やがて上達し素人ジュニア部門の大会で敢闘賞を受賞するまでになった頃には父親も豪州のマリンスポーツ全般に精通し学び尽くしており一家は帰国する運びとなった。だが島に戻っても、波琉は夢中になったサーフィンがどうしてもしたくて、潮や風が創り出す波を求めて独自に探求し、波乗りができる場所や時を選びサーフィンを続けた。

だが、波乗りに適してない島であることは否めず、波琉は幾度か荒波に巻き込まれ磯に激突し、骨折部分に幾つかのボルトを埋め込まれる大怪我も負った。飛行機に搭乗する際に、ただでさえ怪しい風貌に加えて金属探知器が鳴り止まないことから、レントゲン写真のコピーを持って旅に出掛けるとはシャークの常連の噂話だ。沖まで漂流し、海上保安庁のヘリに救助されたこともあるらしい。島のテレビニュースでヘリに吊り上げられる時、ピースサインをしたことで顰蹙を買い、ちょっとした島の有名人となった。だが、そんなある日、波琉の親友が波乗り中に鮫に襲われて死亡するといった痛ましく悲惨な海難事故が起きた。青尉がシャークハンターを再開するきっかけとなった事故だ。海洋生物に詳しい学者が述べた事故の検証によれば、波乗りする青年を海亀と認識し食らいついた可能性が高いとの見解が発表された。そして事故防止対策としてサメが出現した海岸の防護ネットの設置、観光シーズンのライフセイバーの監視体制の強化、そしてサメ駆除活動等の市の条例が打ち出され敢行された。波琉を中心に集い始めた数名のサーファー仲間も、その悲惨な事故によって意気消沈し解散していった。波琉もほとぼりが冷めるまで島を離れ、右腕にロングボードに不死鳥をデザインした刺青を彫り変貌を遂げた。そして島に戻ると波琉だけは臆することなく独り波に乗り続けた。カウンターで泥酔し、寝言のように波琉はサーフィンを続ける心意を暴露したことがあった。自然の怖さを知り、自然を尊ぶ、そして人にも優しくなれる。そんな波乗りの精神を教えてくれたのは亡き親友だそうだ。荒くれ者と名高かった波琉は暴力沙汰が耐えなかった。右腕に刻んだ刺青はただの落書きにすぎないが、いつの日か波乗りの精神が宿った時にこの刺青は輝くはずだと信じているそうだ。輝きを摑むまで不死身に波に乗ると誓った証に不死鳥を刻み今も島の荒波に挑み続けているのだ。

波琉は波乗りだけでなくルアーフィッシングも上手だ。波琉の父親が大型魚ジャイアント・トレバリーを柱にルアー釣りガイドを企画運営している影響からだ。その道で波琉の父親は有名でタケルも釣り番組で波琉の父を観たことがあるくらいだ。タケルがルアー釣りをしている姿を見て、波琉がアドバイスをくれたのは、そういった父親の影響もあるのだろう。波琉とタケルが連れ立って釣りに出掛け始めた頃、波琉はタケルのルアーを手にとって、波に戯れる意味でルアーとサーフボードには共通項が多くあると話した。その時、波琉は荷台から米国陸軍の救急箱を持ってきた。救急箱の中にはサーフボードのオールドデザインを施した波琉の自作ルアーで溢れていた。タケルが感動しコレクションを眺めていると波琉に青尉によって漏洩したタケルの過去について言及されたこともあった。

「いつだか青年会会長の結婚式で青尉と同席した。そこで仲人を務めた青尉に酒盛りの杯が集中し珍しく青尉が泥酔してしまったんだ。普段は無口に酒を呑む青尉だが酔いすぎてかタケルの過去と島に飛んできた理由の一部始終を俺に語った。やたらと長げー話を要約したらつまりクジラ釣りたいんだろ？　タケル！　いかれてるな。シロクマのぬいぐるみに釣り針仕込んで流氷から落としたらオルカは釣れるかもな？　いや、シロクマよりペンギンが操りやすいかもな？　ペンギンのルアー、いつかタケルと流氷に乗って投げてみたいな？　だけどクジラは大量のオキアミがメインディッシュだろ！　海老で鯛ならまだしもブルーホエールって無理だろ。だけど面白れえなぁタケル。ダイビングとか好きな奴なら島に沢山居着いているけど、クジラ釣って飼育ってさ！　頭いいんだか、いかれてんだかわからねえ奴だ。ＧＴを釣りたいってのも多難な釣りを攻略しないと、とてもクジラなんか捕まえられねえってことか？」波琉はそんな風にタケルをからかった。だが波琉の言うことは図星だった。タケルは少しずつウエイトを稼ぎクジラに一歩ずつ近づきたかった。

「あの冷めた青尉が目を輝かせてお前が発案したクジラの話を傑作だと誉め称えたんだ。俺もさ、その詳細を聞かされて正直お前の想像力のどでかさに圧倒された。さらにはマジにできるかも？　って予感を孕んでいる。比べたらなんだけど俺の四方山話もさ嘘っぽいけど若干スケールのでかさとリアルに拘ってるんだ。でかい嘘っぽいけど本当かも？　ってな。だがなTPOくらい弁えるぜ、俺でも！　文部省が主催する養成所の卒論で偉い奴らを相手に発表ってどう考えても馬鹿だろ！　良い子ちゃん気取った内容なら将来有望で安泰だったのに！　こんな何もない隅っこの小さな島に産まれ育った俺からすれば都会での安定した暮らしってのが苛つくけどやっぱり憧れなんだぞ。ところがどうだ、今のタケルは流れ着いた難民と間違われる成り下がった立場だ。いかれてるぜ！」

「過ぎたことだし、もう良いだろ……」タケルは波琉にその話を止めさせようとしたが波琉は次にタケルの構想に賛同するような内容を語り出した。

「タケルが発案したクジラ計画、是非とも沖縄で実現してさ、そのプラモデルを世界中の富豪に売り捌くってのはどうだ？　沖縄の土建屋は腕が良いと評判だ。大型台風に打ち克つ丈夫な建造物を長年造ってきたんだ。島に何とか金を落とそうと公共工事に依存してきた分、必要ない護岸工事やら企画して海を耕した。台風の直撃が多々ある島の敵は暴風と荒波だ。まさにクジラを攻略するに適してる技が磨かれてるって訳さ。気候も暖かくクジラも過ごしやすいし、餌場となるマングローブも育つ。つまりクジラにとっても過ごしやすい環境ってことさ」暫しの間を置いて波琉はタケルに沖縄の海洋博についても言及した。

「俺が産まれた頃に本土復帰記念として沖縄国際博覧会ってのが沖縄本島で開催された。沖縄版の万国博覧会ってところだ。それでなアクアポリスっていう巨大人工島が造られたんだ。海洋博が終わっても県に譲渡されて運営されていた。俺も物心ついた頃に両親に連れて行ってもらった。幼少時代の至高の思い出となったといっても過言ではないくらい楽しかった。那覇タワーも大型ホテルの建設も自動車道の開通や国道の拡幅も博覧会開催のための急速な開発の一環で整備されたんだ。沖縄は既にでかいことを過去に成していたんだ。当初開発による赤土の流出によって海洋汚染を引き起こしたり、後に錆による老朽化があったり課題は山積されたがな……だからこそクジラを飼う水槽は沖縄からの発信がいいさ。今なら過去の失敗を踏まえて最先端の技術力でカバーできるさ。例えば塩害に強い金属を多用するとか……そう、それに既に過去の海洋博で既に海洋牧場っていう鯛やブリの養殖も行われていたんだぜ、近未来はクジラいけるだろ！　もしタケルの案が実現したらさ、その横に人工の波乗りプールも併設してサーフィンが四六時中楽しめる娯楽施設を造ったらどうか？　管理者として俺を雇えばいいさ！」タケルはそんな波琉の大胆な解釈によって忘れ去りたい過去の記憶からかなり救われた気分になった。笑い飛ばしてもらって構わない話にここまで語ってくれるとは意外だった。タケルはそんな波琉の器のでかさを接するたびに感じとっていた。面倒な自分を少しずつ理解しようとしてくれる波琉に対しタケルは心を許せる友人になれると確信していた。

漁港の片隅には市役所の環境保全課と記された車両が停車していた。役人が水位を示す目盛りを刻んで去っていた。地元紙に掲載された、先週の大潮満潮時に何故だか漁港の港内にある陸地まで水が溢れたニュースを偶々目にしていたタケルは、きっとその対策を練っているのだろうと憶測した。だが、同じ紙面で目にした戦争という愚行を人間は繰り返すならいっそそんな対策など講ぜずに自然に水没してしまえば良いのだとタケルは思った。僕らはクジラのように海を目指すのが賢明なのだ……タケルは腹話術で呟いた……瑠璃はテトラポットに腰掛けてタケルが島に持ち込んだヘミングウェイの小説『老人と海』を読み耽っている。瑠璃の日傘は時に雨傘にもなった。波琉もしばらくはタケルの横でルアーを投げていたが、さっきの豪雨の襲来で見切ったか、それともリーフで打ち砕ける大波を見て波乗りの血が騒いだか、早々と納竿し煙草を吹かし始めた。
「かなりしけたな、タケル落雷は危険だぞ！　気をつけろよ！」波琉はそうタケルに忠告し去っていった。今日は不安定な天気で晴れたかと思えば、知らぬ間に濃厚な暗雲が立ちこめ北風に吹きつけられたりとを繰り返し、イソップ童話の北風と太陽さながらの劇を上演している気分だ。

それでも、雲の切れ間から覗いた太陽にタケルは雨合羽を脱いで腰に巻き付けると、再度、青が優位に立つ舞台に立った。青空に重厚な白龍が暴れるような積乱雲が流れているが青が圧倒的に強い。タケルは空と海の濃厚な青に曝され、同色の青色のルアーを選択し、海の表層直下を泳がせてみる。この青色のルアーで南洋魚図鑑に掲載された数種類の獲物を既に仕留めた。バラクーダ、サーベルフィッシュ、パシフィックターポン、ニードルフィッシュ、フラットヘッドなど全てこのルアーで釣り上げた。標的とする獲物と一戦交えたくて、タケルは取り憑かれたように海に向かってルアーを撃ち続けた。標的とする獲物は今更いうまでもなくジャイアント・トレバリー略してGTだ。ルアーで狙う巨大魚釣りではGTは至高とされている獲物だ。波琉の父親はこの島にGT狙いで集まる釣り人を船でガイドし狙わす仕事で、シーズンには予約は途切れることなく釣り客で溢れ盛況らしい。だが、乗船し沖合へと遠征しなくとも巨大なGTが稀に沿岸を彷徨いているのを幾度かタケルは目撃したのだ。稀少だが陸から喰わす機会に出会《でくわ》せるのだ。今までサーベルフィッシュの獣のような鋭い歯も、ニードルフィッシュのアイスピックのように尖った嘴にも打ち克ってきた。先日は波琉と釣り上げた時より大型のブルー・フィン・トレバリーをも仕留めた。

しかし未だかつてGTとは闘っていない……一度はタケルのルアーが届く距離で小魚の群れを補食するGTを目撃したが足が竦みルアーを撃つ勇気が持てなかった。その時、GTはライオンが獲物を捕らえるように獰猛に暴れた。体当たりで気絶させ負傷した小魚に食らいついた顎の力の凄さは圧巻であった。

今、目前に大潮の満潮に通り過ぎた潮の流れが効いたうえに季節風がさらに海をうねらせ、船酔いの酷いタケルの手が届く範疇に沖合なみのGTが潜むであろう状況を演出している。

明日こそはとタケルは昨晩ヘミングウェイの『老人と海』を読み返し気持ちを高めてきた。波琉から受け継いだ釣り竿で射止めようと今一度海の動向に目を見張る。憧憬した南洋の海はテレビ画面の中ではなく目前に現にあるのだ……タケルはそう呟き志気を高めた。そして遂にGTが攻撃的な青い彗星の如く発光し小魚の群れを海面に追い詰め容赦なく暴れ始めた。他に海亀とサメもいる。この状態で万一GTを捉えても、暴れるGTに反応しサメが喰らいついてしまう。タケルはサメとGTの距離が離れるのを磯に擬態するように動かずにじっと待った。やがてサメがGTから離れた……その機を逃さずタケルは捕鯨船で槍を投げるイメージで怯まずにルアーを投じた。狙い通り水面に背を出した海亀の甲羅にルアーを弾ませ、派手な音で着水させ挑発した。だが、先に波間に潜んでいたニードルフィッシュが反応し、吹き矢のように飛び出すと、口先でルアーを突こうとした。そいつを避けるため竿を刀のように素早く斬る。すると続いて大型のバラクーダが突如テーブル珊瑚の陰から魚雷のようにルアーを目掛け突っ込んできた。タケルはそいつをもかわすため、斬った刀を抜く。同時に軌道を釣り糸がなぞり激しい水飛沫を立てながらルアーがトビウオの如く弧を描き空中に舞った。着水すると二匹の海鳥が反応し海面を上下に流離《さすら》う。

そんな騒動に対し、遂にGTは反転し青く閃光を放つと尾鰭を揺らしルアーの軌跡に対して平行に近づいてきた。その様相はフリスビーを追う狩猟犬だ。風に乗るフリスビーが落ちる瞬間を思い描いた。その地点へ到達するとGTはルアーの真横に並んだ。ルアーを一瞬静止させ、高速でリールを巻き加速させた。敵に気付き必死に逃れようとする小魚をルアーは熱演し、遂にGTがルアーを喰らいひったくるように反転した。

まるで巨大な鉛を引っ掛けたような重厚な激震がタケルの全身に走り、躰は瞬時に凝り固まった。反転するリールの歯車が目覚まし時計のようにジリジリと鳴り響き凝り固まったタケルを呼び起こす。何とか奮起しようと試み、先ず踏ん張って腰を入れ一気に竿を立て弓のように数回撓らせ、釣り針をGTの硬い口元に喰い込ませた。GTは罠と気付き一気に加速し沖に向かって逃げようと暴れる。そこにカウンターパンチを喰らわすが如く竿をさらに強く撓らせ踏ん張って耐える。リールの歯車が軋みエレキギターの歪みうねる音が鳴り、油の焼ける臭いが微かに鼻先を掠める。竿だけでなく背骨の髄まで撓らせて凌ぎ、少しでも沖へ走るのを阻止するが海底に根を張った大木のようにGTは動じない。

ビートルズの「ハード・デイズ・ナイト」の最初のコードを鳴らし演奏を始めたらきっと緊張感とは裏腹にきっとこんな爽快な気分になれるに違いない。そんなタケルに瑠璃が黄色い声を上げる。

「こいつを射止めてしまったらこの島で掲げた目的を果たす。つまりお別れだ。良いのか?」タケルは嗄れた声で瑠璃に叫んだ。いつもは腹話術で呟くのがやっとのタケルだが、釣り竿をギター代わりに掻き鳴らしたおかげで怯まずに叫べた。瑠璃の応えを待つ間、ひたすら竿を立て耐え、隙を窺い竿を下ろし瞬時に巻きを繰り返す。だが、やっと巻いた糸をGTは幾度となくその強い力で奪い返し沖に向かって疾走する。GTとの格闘は次第に熱を帯びていく。GTは容赦なく鉛のように重厚でタケルの力を吸いとっていく。汗が全ての毛穴から噴き出し、やがて水分が枯れるとべたついた脂汗が躰を覆い、潮風に吹きつけられた。喰われる前の塩による下拵えができたのはGTではなくタケルのほうだった。青い海が丸呑みにしようと強大な力でタケルを呑み込もうとしている。海鳥も海亀ものたうち回るGTとの格闘の迫力に圧倒されたのか何処かへ消え去った。遂にはタケルの右腕の上腕筋が麻痺し始め、堪らずタケルは皮ベルトの鉄製のバックルに竿の根本を固定すると竿のグリップを左腕に持ちかえると右腕の負荷を少しだけ軽減させた。

リールの歯車が反転しオイルの焦げる臭いが漂う。竿先は限界まで撓り折れ曲がり、リールは今にも爆破しそうな緊迫した硬直状況に陥っている。冷静で適切な判断が重要だとタケルは休ませた右手で腰のポーチにあるペットボトルを握ると水を飲み乾いた喉を潤し、続けてもう一口を口に含み焼け爛れそうなリールに吐きかけた。

誰のために巨大な魚と闘っているのか？　クジラが泳ぐ水槽の都市計画なんてほざいて抜け殻のように丘の上に脱ぎ捨てた自分自身と闘っているんだ！　机上の空論の中でなら、タケルは完璧にクジラを捕獲し水槽に泳がせたのだ。故にGTなどは、さっさと射止めないとならない。小説『老人と海』では、尊ぶ少年のために老人は巨大な旗魚と死闘する。少年にとって老いがもたらす不評など老人の過去の武勇伝は超えていたと認識していたにも拘らず老人は少年に証明しようと必死で……同じように釣り糸の先にはあの街に脱ぎ捨てたタケルの抜け殻が深海へとユラユラと沈んでいるのだ。そいつを浮き上がらせなければならない。意気込んだ思いを邪念と海神は捉えたのだろうか？　次の瞬間握りしめていた竿がふわりと軽くなった。タケルは緩んだ反動で尻餅をついた。泣く泣くルアーを回収すると釣り針が花開いたようにひん曲がっていた。タケルは想定外の原因が悔しくて苦悶の表情で天を仰いだ。

「複雑な気分ね。巨大魚を釣り上げたらこの島での目標は達成するんでしょ。そしたら、私ともお別れじゃない。だけど沖縄の女をみくびらないで……永久に不動の幸福な恋愛なんて島の民話にも民謡にも滅多にないのよ。結ばれぬ愛が蔓延《はびこ》る島で生まれ育ったのよ……」瑠璃が今更溜め込んだ答えを強風に委ね呟いた。

「瑠璃、難しいこと無しで愛し合うことって駄目かな！　君と違い、失うものがないこの島で僕は傲慢であることは重々承知している！　だけど君が欲しいんだ！」タケルは風に逆らい叫ぶ。

「東京に残してきた彼女と再会したら私と彼女のどっちを選ぶの？」

「彼女は彼女で君は君だ。比べられるものではない。海を隔てて別々の僕が存在するんだ……この島へのチケットも二人分買っていたんだ……なのに独りだ！」タケルは獲物を逃したついでに過去の悔やみも込めて叫んだ。

だが女の勘は恐ろしいもので現実にタケルは瑠璃が憶測した場面を後日迎えることとなる。厄介な訪問者を挟んで……。

Chapter 6　First lover Ruca

　厄介な訪問者は月曜日に突如やってきた。バカンスを楽しむ老夫婦の横、さっきまで波琉が陽気に飲んでいた席に座り生ビールを注文した。たっぷりの萌と揚げた香ばしいタカサゴを囓り生ビールを飲み干した。ピンストライプのワイシャツとスラックス姿のグリースで短髪の髪を無造作に纏めた男は先ずは青尉に話し掛けた。だが、直ぐにタケルは青尉に呼び出された。訪問者はタケルを訪ねて遣ってきたのだから。

「お前に客人だ」青尉はそうタケルに告げると横に捌けグラスを磨き始めた。タケルは男とカウンターを挟んで対峙し軽く会釈した。

「私は文部省に籍を置く身だ。今の立場は政経改革研究塾から委託された調査員だ。映像では観たが君か。今は日焼けして健康的だが知りたいのはそういったことじゃない」男は身元を明かし唐突に質疑をぶつけてきた。沈黙するタケルに調査員は淡々と入塾当時の契約書を持参の鞄から出し一文を読み聞かせた。

「塾生は卒業後の進路について調査員の質疑に協力し嘘偽りなく答える義務が生じ

る。入塾時の君と保護者のサインだ。間違いないよね。契約に違反すれば保護者への高額な賠償請求及び卒業の取り消しの権利が塾に生じる。そういうことだ」

タケルは指でカウンターを叩きながら調査員の退屈な説明を聞いた。

「所在地が変更した場合報告義務があることも卒業後の規約として契約書に盛り込まれていたはずだ。しかし研究塾の情報網を舐めてもらっては困る。君の居場所など安易に突き止めることができた。個人情報など特別国家対策推進事業には通じないんだよ。航空会社の渡航履歴だろうと何だろうと入る術があるんだ。今期卒業生のモニタリングは最後君だけだ。早いとこ上に挙げたい、協力してくれ。多忙な身の上で明朝の初便でこの島を発つんだ」

タケルはカウンターを叩くリズムをパンクロックのように早めた。まるで借金を取り立てするやくざだ。この男が国家公務員とはやはりこの国は腐敗している。調査員は胸ポケットから万年筆と手帳を抜き出した。

「始めようか、先ずは就労先だ」

「素直に応じたほうが賢明だな。お前の卒業取り消しはどうでもいいが、親に損害賠償はまずい」横でグラスを磨きながら成り行きを見守っていた青尉が苛つくタケルを冷ますように席へ促した。タケルは青尉に従ってカウンターを出て廻り込み隣席した。

「就労先は？　仕事内容は？」タケルはカウンター越しに青尉の顔を覗いた。すると青尉がタケルの代わりに応えた。

「会社名はグレート・ホワイト・シャークだ。事業内容は鮫剝製制作、調理師、ウエイター、漁業他……」調査員は万年筆を放り伸びをし威圧的に拳をカウンターに叩きつけた。

「今まで面会してきた卒業生は塾の指針に忠誠を尽くし、この国を変えるために息巻いて頑張っているのに貴様は呑気にアルバイト気分か？　傍観し過ごしてるとは呑気な野郎だ！　君を手厚く教育してきた塾の立場は報われない。こんな報告書を提出できるか？　舐めるんじゃない」調査員は苦言を呈しタケルは萎縮した。まるで家出した少年と警官だ。

「国を担うフロンティアを養成する一員として君に卒業という称号を授けたんだ。青臭く非生産的な妄想などにいつまでも現《うつつ》を抜かしている暇はないだろう！　早期に社会でフロンティアとして活躍するために濃密且つ多難なカリキュラムをこなし頑張ったんじゃないのか？　唯一朗報がある。海洋シンポジウムに海洋工学分野の発表を録画した映像を提供した際に君の発表に好評を博した部分が見受けられたそうだ。ある企業が君を預かってくれる約束を取り付けることができた。海洋工学研究員として採用してくれるそうだ。即ここを撤退し就労しろ」調査員は憤り軽蔑的な瞳でタケルを睨みつけながらそう勧めてきた。タケルは首を横に振りながら俯いた。だが、調査員は仕事を斡旋してことを済ますのに必死な様子で話し続けた。

「私は文部省でも人道的で慈愛を尽くせると風評される男だ。だが裏腹にかなり冷酷な性分を持ち合わせているんだ。だから調査員を任されたんだ。時短教育制度はその名の通り時間との闘いだ。早期に纏め上げ樹立させたいんだ。君の子どもじみた論文から海洋シンポジウムで僅かな評価を見出していただいたことに感謝しろ！　会場で評価を下した審査員は揃って君を馬鹿扱いしていたんだ。つまり今回は頭を下げ頼みこんだ人間がいたってことだ！　身の丈を知り慎め！」躊躇し黙秘するタケルに対し調査員は尚も怒濤の訊問を続けた。

「研究塾は試験段階とはいえ少子高齢化による国力低下回避を目論む国策なんだ。遊びではないんだ。忠告に耳を傾け我々が敷いた道を従順に歩め！　落伍者から笛吹男など生み、あらぬことを吹聴し計画を妨げるようなことはさせない。最初から個性とかゆとりとか青臭い論者の出現など想定済みだ。だがこの計画を批判しても、賛同しうる経路は未然に封鎖されている。国策とはそういうことだ。異端者は間違いなく誘りを受けるのだ。次年度より入塾の際に一般推薦枠をなくした。君が失敗例だ！」調査員は除け者でも見るかのように蔑んだ眼差しでタケルを嘲笑った。

「民の仕事を差別し小馬鹿にするような奴にお偉い役人が勤まるのか。腐敗しつつある国家の象徴のような奴だな貴様は！」突然、調査員の卑劣な脅迫に耐えかねて青尉が割って入ってきた。

「デージこの島を舐め過ぎだな。島ではそんな強要や抑圧は通じないさ！　島には島のルールがある」青尉は興奮したのか沖縄訛りでタケルを擁護しようとしてくれた。

「タケルから大枠の話を聞いているが、貴様らが目論む時短教育制度が後世に残せない負の制度ってことをおかげでしっかりと確認できた。貴様のような雑魚《ざこ》野郎に喰らわす論文など腐った残飯で充分だ。どうせ変わり映えしない未来を陳腐に描くくらいなら、クジラを空に泳がすなんて突飛な発想のほうが真っ向勝負で潔《いさぎよ》いじゃないか。まさかそんなことできないって本人は承知の上さ。そう提唱することで、貴様も含め陳腐な奴らにケツを捲っただけだ。しかもタケルは未だにそんな無茶な答えを探しケツを拭こうともがいている。放っといてやれよ。こいつ一人の逃亡くらい些細な代償だと見逃せ！　万人が権力に従順で屈服する社会は逆に不純だろ。タケルはそんな洗脳から解かれて島で地に足のついた生活を本来の生活に戻りたいだけなんだ。貴様が発行する卒業証書なんかいらねえ！　今タケルが取得しようとしている船舶免許のほうが島では役立つんだ。タケルは貴様らが描いた制度の実験用のモルモットじゃなく自分の意志で自由に生きたいんだ」

「私は国のモルモットだと自覚している。飼われることに慣れたら居心地はリゾートホテル並みだ。飼い主に忠誠を尽くすだけで鱈腹《たらふく》餌をもらえて高級な官舎にも住まわせてもらえるしな。そうモルモットは飼い主に従順だ。彼が塾に帰属した過去は払拭できない事実で私は対策室の仕事を全うしている。いくらこの島の海や空や貴方の理論が青かろうが開放感に溢れていようが揺るぎなく任務を遂行するだけだ」調査員は青尉の代弁にも揺るぎなく強固に突っぱねてきた。カウンターを挟んで青尉と調査員は一触即発の様相で対峙した。最初に拳を固め振りかぶった青尉をタケルはカウンター越しに被さるように制し仲裁したが、青尉はタケルに制されながらもたじろがない調査員の態度に憤慨し語気を強め悪態をついた。

「貴様、冷静になれ！　例えば塾生が立派な構想を発表したとしよう。国は舵取りをそいつに委ねるのか？　寝小便も乾ききってないガキの構想に国ごと乗っかるのか！　違うだろ！　大金もらってる貴様が構想し舵を取るべきことだろ！　だから良いんだよ！　クジラが空を泳ぐ絵画で！　身の丈にあってるのはタケルのほうだ！

落伍者と判定されたこいつの絵を見せてもらったが素晴らしいと素直に感激したんだ。絵空事の説明だけなのにしっかりとその独創的な絵画が浮かんできた。貴様らの目が節穴だ！」青尉は尚もタケルを養護してくれた。

「青臭く熟れてない素材を使ったこの店の料理は不味くて吐き気すら覚えるぜ！」調査員は怯まずに青尉に悪態をつき返した。

「教育者の養成を担う省庁のお偉方が未来ある子どもを厳正に飼い慣らした挙げ句、解放すべき時を過ぎても将来の選択する自由を与える猶予さえないとはおかしな話だ。一時の迷走や逆走くらい許容できないようじゃ教育者として器が小さすぎやしないか？　まるで日陰で育て、食べ頃に摘むもやしみたいに人を扱いやがってふざけてる！　いただけない話だな！　明日、鮫捕り船でお前を八つ裂きにして延縄の餌にしてやろうか！　出入り禁止だ！　この店から即刻去れ！　そして島に二度と来るな！」そう吐き捨てると青尉は殴る変わりに塩を撒いたというより調査員に向けて投げつけた。

「譲歩する余地なしか！　だがな野蛮人、中央政府を舐めるなよ！　飼い犬を野放しにして噛まれるようなヘマはしない。強制的に国家権力を行使してでも彼を連行するから首を洗って待っておけ！」

塩を浴びた調査員はナメクジのように溶けることはなく、青尉に対し憤慨した様子でそう吐き捨てるとテーブルに紙幣を叩きつけた。去り際にタケルを睨みつけ呟くように捨て台詞を残した。

「母親は現に君のことを嘆いていたんだ。父親は入塾する前に海外で失踪したんだってな！　生きてるか死んでるかさえ君は知らないんだろ？　それはお気の毒だ！　父親が万一生き延びていて君の生き方を知らせたら今の君を快く思うかな？　まさか息子が同じように失踪するなんてきっと悲嘆に暮れているぞ！　こんな野蛮な主に仕えているなんてことはもってのほかだ！」ダイニングバーシャークが珍しく静まり返っていた。青尉は我に返り、ことの成り行きをぽかりとみつめていた数名の客人に大声で言い訳した。

「シャークは海賊酒場を銘打った店だ！　よってこの店での大抵のことは容認してきた。今のところ過去に定められたルールはたったひとつだけだ！　テキーラをショットで競って一気飲みするのは危険で禁止だ。そして今日からもうひとつだけルールを追加させてもらう！　公然と人様を奴隷扱いで人身売買の斡旋を行った者の出入りを禁止させていただく！　禁止事項を文言にして掲示するなんてダサい店にはしたくないから、憶えといてくれ！」タケルは青尉に対し謝辞を述べる代わりに、その後は全部を請け負う気合いを込め忙しく働いた。そしてようやく動揺を隠したまま閉店に漕ぎ着くと、最後に青尉が撒いてくれた床に散らばった塩を拭き取り掃除しながら、調査員に叱責された言葉、つまりは父がタケルに何を望んでいたのかを考え込んでいた。

週末の昼時、シャークはいつにも増して混み合っていた。週始めに調査員との一悶着が原因でそんな状況に置かれてもタケルは仕事に精が入らずにいた。時折物思いに耽るなど集中力に欠けた。それでも何とか外面だけは平然を装って見せたがオーダーをとちるなど動揺は隠しきれなかった。そんな状況を知ってか、まるでタケルの不甲斐なさを一蹴するかの如く彼女は来訪した。島人でごったがえす店内のカウンターに洒落たストローハットを深く被った観光客らしき若い娘が座った。彼女はランチメニューを注文せずに一杯のレモンリキュールとイカのフリットを三皿続けて注文し、檸檬を搾って次々にフリットを頬張り、締めにホットミルクを啜ると黄色いハンカチーフで口を拭いた。厨房からカウンターに並べられたオーダー表を確認した際には彼女が瑠架とは気付かなかったが、メニューにはないホットミルクが気になって、仕込みが足りずジャガイモの皮を剝きバターを泡立てながら暖簾を避けてカウンターに出ていくと、タケルは何と瑠璃が瑠架と話しているといったありえない場面に遭遇してしまった。あまりの忙しさに今日に限ってランチとはいえ瑠璃が店を手伝っていた。

遠く封印されていた懐かしい姿が五感を擽ると同時に、瑠璃と瑠架が同じ視線の先にいる違和感に狼狽《うろた》えた。今一度ありえないと猜疑し自問し確認する。見覚えのある淡青色のワンピース、それは瑠架の誕生石の色、アクアマリンでタケルがプレゼントした服と同じだ。ストローハットから見え隠れする光沢のある黒髪、尖った唇と、整った鼻先と辺りに漂う聡明な感じ、そして食事の締めにホットミルクとあれば瑠架に間違いない。薄化粧をした瑠架は少しだけ大人びていた。タケルは動揺しながらも額の汗も拭わずに入り込んだ素振りで仕事を続けた。そうして客足が減り店が落ち着いた頃、瑠璃が素っ気ない口調でタケルに告げた。

「タケルお客さんよ」瑠璃の素っ気なさはよりタケルを青ざめさせた。

「可愛らしい子だな、誰？」青尉が目の合った瑠架に軽く会釈し、悪戯にタケルを煽った質問をしやがった。

「東京の友達、塾の同期生。たぶん心配して来てくれたのかも？」タケルは冷静を装い平然ぶって答えた。

「そうか。落ち着いたし、いいぞあがって。そういうことなら折角だからゆっくり島の観光案内でもしてあげたらいいさ。今晩店は俺と瑠璃で転がすから安心しろ」青尉は空気を読んでいないのかそんな風に答えた。タケルは迷い俯いたまま、だがエプロンをそっと外し、それから瑠璃の手を引っ張って暖簾越しの厨房に連れて行き伺いを立てた。「会ってきていいか？　昔付き合っていた彼女だ」気の利いた台詞さえ浮かばないタケルは不躾にそう訊ねた。

「あんたが未練たらたらに恋してる彼女でしょ、直ぐに察したわ！　別に構わないわよ……だけど外で会って店には来ないで！　見たくないし……この際天秤にかけて私と彼女とどっちが重いか計ってみたら？」瑠璃の細く整えた眉が異常に吊り上がっており、機嫌を損ねてるのは露骨に読み取れた。

「カウンターで良い雰囲気になったりしたら、あの女にあんたに強姦されたって暴露するから！」唇をつんと尖らせ意地悪くタケルを脅した。

「こんな身勝手な奴を慕って遙々《はるばる》遠くから訪ねて来たのに会わない腰抜けがいる？　当然でしょ？　いってらっしゃいな」瑠璃はタケルの尻を強く蹴り上げるとそう言って最後には笑顔で承諾してくれた。タケルは瑠璃のおかげで僅かだけ冷静さを取り戻せた。深く一呼吸し、瑠璃に心で詫びると思い切って瑠架の手をとり戸外へと誘った。タケルは駐車場で四輪駆動車の助手席に瑠架を乗せると、運転席に飛び乗り即行スロットルに鍵を差し込んだ。

「元気そうね」瑠架が懐かしい声を震わせ運転席で手の震えから鍵が上手くささらない間抜けなタケルを呆れ顔で見て言った。封印された懐かしい甘酸っぱい感覚が甦り、何とかエンジンが始動した。

「ああ……」タケルは困惑している故に少し迷惑そうな口調になってしまったことに胸が痛んだが言い直さずにとりあえず四輪駆動車を発進させた。タケルは行く先も思いつかずただ真っ直ぐに続くサトウキビ畑の田舎道を選んで加速する前のジェットコースターのようにトロトロと四駆を走らせた。

「久しぶりなのに俺に声も掛けずにイカのフリット頬張ってたな。再会できて胸が一杯で飯が喉を通らないとかないのか？」タケルは凸凹道で跳ねたのをきっかけに冷ややかに冗談を込め瑠架を皮肉ってみた。

「逆よ！　タケルの元気そうな姿を見て、今までの食欲不振がぶっ飛んだって感じ。日焼けして。青っちろかったくせに」負けじと瑠架は突き刺さる言葉をタケルに言い返した。

「美味しかったわ。売り切れるまで三皿食べ続けた」至福に包まれた感じで瑠架はそう言った。昨日、タケルがおじいと一緒に釣った小ぶりのアオリイカは瑠架の体内に全て食された。

「何故にここがわかった？ あの日、行き先は南の島としか瑠架には知らせなかったはずだ」タケルは気持ちと同じく俯いたまま疑問符を投げた。

「調査員が面会に来た際に忠告されたの。タケルの行く先はとある島らしいが、君は彼と関わらないほうが賢明だって。でも私、調査員がトイレに席を立った時、咄嗟に調査員の書類の束をめくって、住所録を探しそこに記されていた貴方の住所をメモったのよ。で、現実逃避の旅はいかが？」怪訝な表情で瑠架は呟いた。

「あの待ち合わせた百貨店どうなった？」それには答えずにタケルは瑠架に疑問符を投じた。

「銀行が押さえたらしく建物の老朽化が酷く価値がないとみなし今取り壊されてるわ」

「東京の丘潰されるんだ……いつかあそこから眺めたい風景があったのに残念だ……」タケルは残酷な報告を嘆いた。

「あの日待ってた？ どのくらい待ってた？」瑠架はつきあっていた頃のような優しい表情を少しだけ覗かせタケルに問うた。

「ぎりぎりまでずっと待ってた……」タケルは正直に答えた。

「私も寸前まで迷ったけどやっぱり逢おうと家を飛び出した。百貨店前の交差点で信号が変わるのを待っていた。いや、早く変われと信号機の赤色を睨みつけていたのよ。既に時計台の鐘は鳴り響いた後だったから……だけど、何かが空から降ってきて、血が飛び散って野次馬が集結し道を塞がれた。私、飛び降りたのはタケルかも？　って思ったの……そして怖くなって逃げ帰ったのよ……」

「もし、あの日、屋上で僕と逢っていたとしたら……」タケルは最も重要なことを瑠架に確認した。

「さよならって告げようと思って……」瑠架は語尾を弱めて、だがはっきりと遅ればせながらタケルに別れを告げた。瑠架の答えは予測してたにせよやはりタケルにとっては痛く胸を締め付けた。だが、タケルが打ちひしがれる間もなく瑠架は高揚しタケルを責め立てた。

「何で卒論をすり替えて発表したの？　クジラを議題にあんな大風呂敷広げて！　気の触れた奴の彼女って塾生から蔑まれて恥ずかしい思いしたのよ。散々、散らかしたまま自分だけ無人島に逃げて、いつ片づけに帰ってくるつもりなの？」

「すまなかった……だけど無人島って……人、少しはいるぞ！」気落ちし覇気をなくしたタケルは瑠架に素直に詫び、だが無人島は改めた。既に瑠架を失ってしまったタケルは卒論をすり替えた心中を明かした。

「父が海外への赴任前に家族旅行へ出掛けたんだ。そう、父は海外で失踪したからそれが最後の家族旅行となってしまった……宿泊した旅館で僕は朝早くに目覚めた。するとバルコニーで一服していた父に散歩へ行こうと誘われた。二人で寝間着の浴衣姿のまま湾岸の歩道を朝焼けの海を眺めながら歩き、やがてとある漁港へと辿り着いた。父は八ミリカメラで海を背景に僕を撮った。漁港の一画が網で仕切られていて錆び付いたクレーンに色褪せた玉が吊されていて、そこには確かにイルカが飼われている形跡があった。父と二人でイルカを隈無く探したが結局イルカは見つからなかった。虚しく黙りこくった僕に父は海外赴任の件をすまないって詫びたんだ。父さんは会社では小さな歯車にすぎないが、ベルトコンベアーは休む間もなく流れ続けている。だから父さんがいないと歯車がひとつ足りない危険な自動車が産まれるから、ずっと歯車を齷齪《あくせく》とはめ続けるんだって……たとえそれが外国でも……と寂しそうに話し僕の頭を撫でた。その時ふと閃いたんだ。もしこの港にイルカが飼われていたら父にはきっとイルカの調教師が適職なのにって、外国に行く歯車をはめる仕事は辞めてここで働けば良いのにって。優しい父ならきっとイルカを可愛がって世話して餌だって釣ってただで与えられるしって、僕も着飾って道化役を買って出てイルカショウを盛り上げるのにってその時思ったんだ。だけどイルカはいなかった。僕は大人になったら歯車にはならないでそんな仕事に就こうって漠然と想ったんだ。そんな過去に隠れていた理想がおそらく追い詰められた僕を無意識に突き動かし導いたんだ」

「イルカがクジラに化けたってこと？　まあいいわ、でもね正直論点は合っていたわ。確かに墓場に近しい国だわ。根幹を抜本的に変えないとならないわ。そう凝り固まった絶望感が重くのし掛かっている。卒業して就職したけど既に燃え尽きてる感が本音、定例の同期会があってタケルの話は講師のいる席ではタブーだけど、塾生だけの二次会でタケルのことが槍玉にあがった。ある塾生が高尚な塾に泥を塗り汚名を着せた大馬鹿だって、タケルを罵ったのよ。反論しようとした私に代わって突然ヒロシが料理の並んだテーブルを叩いて立ち上がって雄叫びを上げたのよ！　そうミドルクラスの頃にタケルと派手に取っ組み合いの喧嘩したこともあったでしょ？　自分もそうだが、お前たちの論文は卑しい大人たちのために老人が食べやすいように柔らかく煮込んだ薄味の病院食だ！　喰らえないくらい盛って食べ方さえわからない料理を創作して出したタケルのほうが健全だって！　語尾を荒げ反論し逆に皆を罵倒したのよ。そうヒロシってあの百貨店の支配人の息子ってタケルは知ってた？　私、今、彼とつきあってるのよ。優しいのよ、誰かと違って……」タケルは眩い夏の幻影を一瞬で切り裂かれた気分だった。遡ればミドルクラスの頃にヒロシが百貨店の息子だけにタケルは羨んで金持ちボンボン野郎とからかい、それが原因で大喧嘩になったのだ。今となってみれば百貨店は潰れてしまったのに……神の裁きはタケルを奈落の底へ貶めヒロシを苦境から救ったのだ。

「あいつ、親父のこと大丈夫なのか？」タケルはヒロシへの嫉妬心は隠し、ずっと気になっていたことを訊ねた。

「私も詳しくは知らないの。自殺だから報道されなかったのかもしれないし……タケルと待ち合わせた日に飛び降り自殺したって噂は蔓延っていた。でもヒロシはそのことについて何も話さないし、怖くて未だに私から訊けないわ。そう幾度か家を訪ねているけれど父親がいたことはないから事実なのかも……ただ百貨店の負債に関しては父親の旧友で中東で成功を収めた企業家が精算してくれたってことはいつだか話していたわ」瑠架はそこまで話すとヒロシと付き合い始めた経緯をタケルに明かした。

「研究塾の卒業発表の日にヒロシはタケルから使用したナマズを川に逃がして欲しいって頼まれたらしいけど、外来種で逃がすのは違法だと気付きヒロシが飼ってるのよ。ある日、ナマズを観に来ない？　って誘われて、部屋にある水槽でナマズを観賞していたら涙が溢れて、そしたらヒロシが優しく肩を抱いて慰めてくれたの。それが二人で逢うきっかけになったの」タケルの大切な青い時は瞬時に化石となり転がって底なしの海に絶望と戯れるように揺ら揺らと堕ち始めた。ナマズは自らの手で逃がすべきだったと悔やんだ。項垂れ、気が動転したタケルを宥めるように瑠架は優しく語り出した。

「極稀にだけど無意識に空を見上げてしまうことがあるの……何となくクジラが泳いでいる気がして……私が空を見上げるたびにタケルを思い出しているってことよ！　卑怯じゃない、そんな残像を空に焼き付けて去るなんて……タケルが父親との思い出話なんかしたから私も暴露させてもらうけど私の母は研究塾の構成員なの。力ある立場よ。何故なら時短教育制度の発案者は私の母なのよ。母は大学時代に私の父にあたる恋人を亡くす悲惨な過去があるの。婚約も交わしていたらしいんだけど、学生運動に参加して警備隊と激しく激闘した事故で運悪く逝ってしまったそうなの……母は平和な国に生まれ育っている身の上で自由だとか革命だとか青い時期に混迷するような時間を無駄で削ぎ落とすべきだって、そんな類のことに没頭したが故に最愛の人を亡くした苦い経験を持つ母に対して確固たる思想の偏りを質《ただ》せる？　置き換えれば私も少しは解るのよ、私も卒業論文発表会なんてこの世からなくなれって現に今感じてるの。その場でタケルを失ったからよ。研究塾は例えば人口論を唱える社会学者が思案した訳じゃないのよ。母はかつて学校のない国に学校を建てて子どもたちに学業を受けさせる権利を普及する事業に尽力していたのよ。世界には食べるのがやっとで、学校もなく教育を受けられない子どもたちが沢山いるのに、教育を受けられることに感謝するのが当たり前で、唾を吐くなんてもってのほかだって間違ってるって。勿論、研究塾までいくと過剰なのは私も体感し解っているわ。腐る気持ちも否めないわ。だけどね研究塾には母の揺るぎない理念が核としてある制度なのよ。治安や衛生の悪い現地に赴いて菌に感染し生死を彷徨ったり、暴漢に襲われそうになったり、政府に寄付金を搾取されたり、だけど母は怯まずに使命を果たすべく学校を建設して廻ったのよ。そんな母がタケルのこと無意味なカテゴリーにはまってる子どもだって嘆いていたわ。理由なき反抗は謹むべきだって！　ピーターパンシンドロームに気触《かぶ》れ、青い鳥なんか探すなって！　母は卒業論文の審査員長でもあったからタケルの卒論に素敵な感性が垣間見えたから余計に残念だって！　タケルのこと許すように上手に話してみるから戻ってこない？」

「青い鳥なんか探してないぜ、瑠架！　現に青いくじらを探すんだってしっかりと叫んだだろ！　どうして誰も東京の奴らは僕の話に真剣に耳を傾けてくれないんだ！　青い鳥なんて幻想的なもんにすり替えたがるんだ！　幾千もの鳥が群れる海原に青く巨大なくじらは現にいるんだ！　奴の知恵を借りないで腐敗した世界の維新などはやり遂げられないんだよ！　皆に罵倒されるのは承知の上だったけどさ、瑠架だけには解って欲しかった。馬鹿げた構想を……」瑠架の慰みある忠告に真摯に耳を傾け悔い改め従順に従うなんて今更できやしないタケルはそう強く反論した。既に旅の途中を彷徨っているのだから……タケルはアクセルを強く踏むと、島を巡るジェットコースターを加速させ、声を荒立ててしまった不甲斐なさを後悔した。海岸沿いの道をぶっ飛ばしながら萎縮してしまったであろう瑠架との通過儀礼だけはせめて果たそうと決心した。二人の終焉が迫っていることは容易に想像できた。やがてラクダの背のような道へとさしかかると徐行する別のジェットコースターに阻まれやむなく減速した。タケルはジェットコースターを操るついでにと、ぶつくさと遊園地のアトラクションの前説のように瑠架に自身の思いの丈を宣った。

「塾の指針に沿って学べば学ぶほど世の中に幻滅していった。世界は荒んでいた。それよりブルージーンズを着古すように擦り切れ色褪せていく純な青さをやたらと愛おしく思った。英知などいらない！　無垢であり無知でいたかった……知りたくもないことだらけだった。塾で教わったことなど人生において摩耗でしかなかった。僕は摩耗し続け砂粒くらい小さくなった。転がる石に苔は生えないってのはわかるよ、けど、それはさ、間違いなくあの一室に缶詰にされて摩耗することではないんだよ……しかも、核が宝石ならまだしも砂つぶになって消えちまう柔な年齢の石じゃ仕方ないよ。青くても色すら認識できやしない。そして僕はあの頃、たかが砂粒に成り下がってしまった。そう、だから、例えるなら溝川に逃げ込んだ傷で擦れた赤い金魚が紺碧の海で遊ぶ青い熱帯魚になれるかなんてふざけた賭けに出たんだ。移民開拓民族でもあるまいし裕福な街から離れ島に逆を巡るなんて、錯誤するにしても程がある。だから一緒に連れ立って旅立たなかった瑠架は賢明な選択をした。でもね、コンクリートジャングルより僕の中でこの島のほうが優位なんだ。青が優位なんだよ。ビルの屋上から冷たいバビロンのコンクリートジャングルに向けて跳び散るなんて最期は嫌なんだ。太古に陸に暮らしたクジラがそうしたように海の青に向かって幾度でも跳ぶんだ。誰が好き好んでゴミ処理場のご近所で先人が食い散らかした後処理を仕事として暮らしたいんだ？　永久な発展などかつて文明にあったかい？　そんなくだらねえ仕事にありつくために夏休み全てを返上し、純粋無垢な気持ちを暈《ぼか》しながら口当たりの悪いビルの一室に缶詰にされ鬱病発症の実験みたいな毎日じゃ腐って当然だろ！　さらにあの塾のやり方は透明な硝子で囲われていて、見えないだけに始末が悪いんだ！　人種隔離政策の鉄格子を揺すって脱走を試み自由を願うなんて迷走したほうがまだ健全に成長していただろうになんて卑屈になった。そう生まれ育った国と時代を嘆いたりする情け無い人間に成り下がった。取り返さないと気が済まないんだ、僕が失った夏休みくらいは！　風鈴を鳴らす風の音、甘い西瓜の香り、友達が遊びへ誘う声、安息の眠り、例えるなら草原の木陰に眠るライオンの群れのように、せめて一度でも君とそんな安息な時に包まれたかった。君と育んだ恋愛もいつかは無惨に崩れてしまうのだろうといった予感に満ちていていつも怯えていた。餌は少ないが原野に放たれたモルモットの行く末はどうなるのか知らないが、餌は豊富だが箱に閉じ込めてストレスを与え続けられたほうのモルモットの一匹はあの日自浄するために硝子の箱を叩き割って抜け出すことを決めたんだ。クジラの構想は硝子の箱の中にあるものを掻き集めて創った脱走を企てるための地雷爆弾だ。羽も尾鰭も持たないラットは決死の思いで自ら爆弾をこさえ硬いブーツで踏み潰しこの島にぶっ飛んだんだ」長い恥ずかしい本意を暴露したついでにタケルは財布から四つ折りにした十七歳の夏に瑠架にもらった暑中見舞いの葉書を取り出した。

「葉書、御守りにしてたんだ。この暑中見舞いもらって、敬虔な信者でもないくせに教会に忍び込んで神に誓ったんだ。瑠架を大切に愛するって、瑠架が十字架が欲しいと望めば飾られた教会の十字架を盗むって」瑠架はその葉書を奪い助手席で文面に目を通した。

「青かったね、私も……」瑠架が一瞬だけあの夏のような穏健な表情を覗かせ、また神妙な顔つきに戻った。タケルは内に秘めた過去を暴露しながら、高ぶる気持ちを燃焼させようとアクセルを踏み込んだ。決別の儀式を実行すべくタケルの行く末を阻むジェットコースターを追い越し、そのまま十字路まで突っ切って、県道を南へ折れ、ぶっ飛ばすと事前の目的地、シャークに卸売りしている酒屋に辿り着いた。タケルは瑠架を助手席に残し酒屋に立ち寄ると、カリフォルニア産の赤ワインとコルク抜きを購入しトランクに積み込んだ。

　それから再度、県道を四輪駆動車で南方へ向かって走らせ、辿り着いた岬の左岸を折れて勾配のきつい坂道を降りた。タケルは野草が暴れる空き地に降車すると、トランクからワインを手にすると、瑠架の手を引いて轍を抜け小さな砂浜に降りた。タケルは砂に埋もれかけた流木に腰掛けコルク抜きで慎重にワイン瓶の蓋を抜いた。ワインのコルクを上手に抜けるようになったのはダイニングバーで働いた成果だ。

　そのままタケルは波打ち際に足だけ浸かり、青い海を深紅に染めるフルーティーなワインを流し捨てた。そして、タケルは瑠架にもらった暑中見舞いの葉書を丸め空の瓶に詰め込んだ。コルクの先をマリンナイフで少し削り瓶を封印した。

その間、瑠架は帽子とサンダルを脱ぎ砂浜に置くと、足まで海に浸かり青い海に漂う赤いワインを見ていた。赤いワインはやがて拡散され溶解し青いカクテルとなった。

「赤い金魚が青い熱帯魚になれるかもしれないくらい綺麗な海ね……」瑠架は呟くように言った。タケルは少しだけそんな瑠架の言葉に救われた気がした。

潮が満ち潮から干潮へと向かう時刻だ。

「こんな臭い儀式を躊躇なく決行してしまう南国の開放感って凄いな！」タケルは照れ隠しにそう言い訳した。青く変色した気分の熱帯魚はそんな照れから真っ赤な金魚に戻ってしまった。

「御守りをその辺に捨てる訳にはいかないだろう。けど、いつまでも大切に持っていたんじゃ駄目だろ？　青い時をいつまでも忘れないために瑠架も立ち会ってくれ！」タケルは葉書の詰まった瓶を浜から沖へ向かって投げた。

二人の青い時が詰まった瓶は水飛沫をあげて着水しやがて青い海にポッカリと浮かんだ。

「ご免、勝手に御守りにしていた。だけど、あの夏が一番切なく青い時だった」タケルは瑠架にそう明かした。

「私もきっとそうだった……」瑠架はさらりとタケルに同意してくれた。

「青い時を青い海に沈める儀式だ」タケルの臭い台詞に瑠架も照れながら笑ったが、その後は二人寡黙に沖へと流れていく瓶の行方を見守った。

「お願いがあるの、私を撮って！」やがて瓶を完全に見失った頃合いを見計らって瑠架は持参した使い捨てカメラを唐突にタケルに渡しそう嘆願した。タケルは今捨てたばかりなのに写真など残したくないのが本音だったが断りきれず仕方なくカメラを受け取った。

「少しだけ待っててくれ！」タケルは足早に浜の轍を戻り、入り口に密やかに咲いていた白いプルメリアの花を一輪摘むと瑠架のもとへ戻った。そしてタケルは浜辺に佇む瑠架の髪にプルメリアを挿し髪飾りにした。瑠架が照れ笑いした瞬間を逃さずに、タケルは空と海の青を背景にし一枚だけ瑠架を写すとカメラを瑠架に返した。瑠架は髪から白いプルメリアの花を抜き、青い水面に浮かべると波間に漂う白花に向けシャッターを押し続けた。

「遥々南の島にやってきたんだからこれくらい残したって……」瑠架は独語でも吐くようにそう呟いた。

そんな儀式を済ませた二人はその浜を去り再度ジェットコースターに乗り込んだ。

風光明媚な岬に立つ白い灯台へ瑠架が行きたいとタケルにせがみタケルは灯台へと向かった。灯台は小さく見えていた。道中瑠架は昔のように映画「禁じられた遊び」の「愛のロマンス」の旋律をハミングした。転調する頃には、花瓶のようだった灯台は四輪駆動車のフロントガラスから見切れる大きさに変貌しタケルは灯台もと暗しの範疇に到達し、適当に車を停めた。

それから、灯台の中骨のような螺旋階段を瑠架とタケルは無言で登ると、到着した頂にある青空の一部をコンクリートに貼り付けたような真っ青な出口を抜けた。すると、空と海の隔たりすら曖昧な青が瑠架とタケルを包容し圧倒した。

突風が吹き抜け、凝り固まったままの瑠架は蹌踉け、我に返ったのか、財布のカード入れからふたつに折り畳んだ写真を出しタケルに見せた。タケルは写真に目をやると何とも言い難い懐かしさから言葉を失った。その写真は九十九里浜での二人の写真だった。高村光太郎の『智恵子抄』を一般教養の国文学の授業で隣同士受けた際に、瑠架がタケルに九十九里浜へ行きたいと耳打ちし実際に出掛けたことがあった。瑠架とタケルは東京に空がないとその浜で詩を読み、通りすがりの老夫婦に記念写真を撮ってもらった。その一瞬を写し出した写真だった。青い時を写した写真は今の瞬間、限りなく青い額縁に納められた。

「貴方も捨てたから私も……」瑠架は険しい顔でそうタケルに告げると写真を風に乗せた。写真はヒラヒラと風に舞い、やがて遊歩道の柵を越えると、磯場に咲くソテツの花に集《たか》っていたアサギマダラの一羽が写真に近づいてきて、同じようにヒラヒラと舞った。黒い縁取りの青い蝶々が青い海に堕ちる写真を惜しむように戯れ、写真は青海に融けた。

「今、着けているワンピースはホテルに忘れていくわ……それと、首飾りを外してくれる？ タケルとの思い出の品、これで全部よ」瑠架は長い髪をたくしあげた。

タケルは躊躇しながらも首筋の産毛を避けて慎重に外した。塾の帰りに瑠架とタケルは二人で、ほぼ灯りが消えかけた夏祭りに滑り込んだことがあった。その時閉店しかけた露天商でタケルが急いで選んであげた十字架の首飾りだ。あの日は首飾りを掛けてあげたが今は外している……そんな惨めな気分を断ち切るようにタケルは青に向かって思い切り放り投げた。十字架はまるで小人のブーメランのように青に融けるように消え、タケルの脳裏に映画、『禁じられた遊び』のラストシーンが過ぎった。物語はハッピーエンドではなかった。二人は無言で灯台を降り、タケルは絶壁沿いのベンチに腰掛け一服し、その間、瑠架は岸壁の柵に凭れ遙か遠くの海と空の境界線を眺めていた。暫し火葬場の棺が焼かれてる待ち時間のような沈鬱な時を過ごし青い時を葬った。それからタケルは瑠架をホテルへと送った。島巡りのジェットコースターは役目を終え、南瓜の馬車ではなく乗り慣れたいつもの四輪駆動車に戻った。だが、シンデレラタイム、つまり刻限までは傍らにいたいとタケルが申し出たところ瑠架は了承してくれた。

その夜、観光ホテルの最上階にある瑠架が宿泊する一室で二人は過ごした。タケルは落ち着かずに時折、一人バルコニーに出ては煙草を吹かした。バルコニーで風に吹かれるたびに百貨店の屋上で瑠架を待った旅立ちの日が思い起こされた。だが、見渡してもあの日の街の喧騒はなく、ただ静かに更けた穏やかな夜が横たわっているだけだった。窓越しに中を覗くと瑠架はまるでペットショップの檻に捕らわれた小動物のように見えた。だが、今思えばこの檻を破り一緒に逃避するなんて思い込みは利己的な過ちだったのだ。そうしなくとも瑠架は島へやってきたのだ。そして懺悔の余地などないのだ。もう既に終わったことなのだから。輝く二人の思い出の品すら全て深海に葬ったのだ。

海底深く煌めく十字架の首飾り、クラゲのように漂う二人の写真、葉書を詰めた波間に漂う空き瓶とそれぞれの行方をタケルは想像した。タケルはふと瓶に詰めた暑中見舞いの恋文だけはまだ消えてはいなかったことに気付いた。当時、タケルは瑠架とは別の講義を別の場所で集中的に受講していた。約一月間離ればなれでいたある日瑠架から暑中見舞いが届いた。貴方がクラスにいないと寂しい……と記されていた。存在価値のないミッションに埋もれたタケルだったたが瑠架が存在を見出してくれていたことで救われた。夏期講習が終わった晩夏まで悩んだ末、残暑見舞いは返さずにその夜に直接瑠架の家に電話をかけた。偶々、瑠架の母親が出張していて不在で、明朝まで電話で瑠架とタケルは繋がっていた。トイレに行く間もお互いに待たせてまでずっと繋がっていようとした。不思議と何を話したのかは憶えていない。青い時だった。そして夏が過ぎ秋に再会した時、二人は無口になった代わりに二人だけでいる時には手と手を繋ぐようになった。互いに恋い焦がれ、必死に繋がろうとした時期を超え深い絆がタケルたちを結んでいた。だが明日瑠架を見送ったら、この純な絆は完全に断ち切られるのだろう。タケルは残酷な惜別を受け入れることができるのだろうか？

「ねえ、何もしないの。例えば接吻するとか、抱き合うとか？　もう二人は卒業して大人よ。それともタケルってゲイ？」バルコニーでの一服を済まし戻ると瑠架は悪戯にそうタケルをからかった。不躾な愚問に答えないタケルの代わりに瑠架は答えを説いた。

「疲れてる二人とも、馬鹿みたい私たち。女性としても社会人としてもまだ始まったばかりで、でも何故か終わっているって感覚って何なの？　まだ何も始まってないのに、既に疲れてる動物ってことよ。狩りや漁を親が教える時点で疲れ切ってしまうっていつに生きた何処の地域に棲むどんな生物って問題なら、答えは間違いなく私たちって思うわ。何が英知を養うよ、営みが馬鹿な生き物って嘆きたくなるわ。長い歴史の中で雌を競い合って奪ったのに何もしない動物って逆に不純よ」

「不思議なんだ。君がヒロシとつきあってると僕に知らさなかったとしても奪えなかったかもしれない。兄妹みたいに大切なんだけど何故だろう、例えば今もやっと二人きりになれているのに、いつもこんな時、ざわついた心持ちだったな」タケルはそんな本意を述べ言い訳した。それは南国の開放感をもってしても同じ躊躇する状況は変わらなかった。ならばいっそのこと、例えば瑠璃と青尉のように兄妹でも構わないから瑠架と繋がっていたいといった傲慢な思惑がこの期に及んでもまだ浮かんだりもした。

「やっぱりゲイね」そんなタケルの思惑を余所に瑠架はタケルを茶化してきた。そこまで言われたタケルはヒロシには申し訳ないが拒絶されてもやはり瑠架に迫ろうかと決意を固めかけた。

「実は貴方が感じるのと同じ感覚なの私も。だけど貴方といると既に重なっているような安堵感に包まれるの」瑠架はタケルの抱く感覚に同意しタケルの決意は咎められた。灰色の街に捨てたタケルの抜け殻は実は瑠架かもしれないと感じていた。それから暫しの沈黙を置いて瑠架が囁くように言った。

「母子家庭だから幼少の頃に母の仕事が混むとよく祖母の家に預けられたの。祖母が眠れない私によく朗読してくれた『安寿と厨子王』って童話にあまりにも悲しい兄妹の別れがあるの。その気分よ、今……。祖母はね弟を逃がして姉が死ぬところで決まって涙ぐんでいた。もし貴方と私が姉弟なら貴方は逃げ切って私は死ぬのよ。死ぬっていっても死んだように感情を殺し、巨大な街の軋みに怯えながら生きるって意味よ」タケルは仰向けに瑠架に並んでベッドに横たわった。

「もしかして弟も無人島で孤独に震え死んだように生きてるかもよ？　瑠架、暴露するけど彼女ができたんだ。君の注文を受けた店員の子……瑠璃っていうんだ。偶然にも君と同じ瑠って字なんだ。つきあってるんだ」タケルもできれば隠し通したいことを告白し不埒な瞑想を完全に途絶えさせた。長く重たい沈黙が、部屋を真っ黒く染めベッドサイドランプの灯りだけが妙に誇張され橙色に輝いていて見えた。その空間は研究塾の唯一長めに設定された昼休みに二人で図書室に隣接された視聴覚室に籠もって灯りは消したまま白黒映画に固執して選んで持ち込み見入った頃のことが思い起こされた。文献や黒板の見過ぎで目が疲れていた故にいつも白黒映画にしたのだ。二人で『禁じられた遊び』に始まって数々の世界の名作を観賞した。

「瑠架、フランシス・フォード・コッポラ監督の映画『ランブルフィッシュ』、いつだか二人で観たよね。あの映画の中でペットショップから海へと続く河に白黒映画だけど色づいた魚を逃がす場面あったの憶えてる？　あの魚ベタっていう殺し合う闘魚でショップでは一匹ずつ隔離されて陳列されているけど、河を下って広大な海に出れば殺し合わないいんじゃないかってあの映画からそんなメッセージが読み取れたんだ。登場人物の色盲の兄の視点を白黒映画という手法を用いていて、だけど何故か闘魚の色だけが見えていたんだって僕は勝手な解釈をしたんだ。あの映画の主題はそこにあるって……。今一度ヒロシと一緒に観賞して欲しいんだ。玉突き場で主人公はヒロインに失恋するんだ。そんな心境だってのもついでに伝えてくれ。それとさ、ヒロシについでにもうひとつ伝えてくれ。あのナマズさ、海へと続く河に逃がして欲しいってお願いしたんだ。外来種だからってそういうの止めようぜ。奴ならは河から海へと抜け、それから大海を渡り生誕の地に還ると信じてるんだ。クジラが哺乳類だけど海を目指したようにこれからは僕たちもそう生きなきゃいけないんだ。ヒロシの親父がとちったのは何故だ？　あんなに素敵で至福な時間を街の子どもたちに与え続けたサンタクロースのような紳士がさ……クジラを天空に曝して、逆にコンクリートにダイブするような不条理を深海の底に沈めるんだ。二度と浮上できないくらい這い上がれないようにこの星の王様とすり替えるんだ。権威を僕たちの手に取り戻すんだ」

「タケル、この島では貴方も外来種じゃない。駆除される前に生誕の地に還らないと駄目よ……」瑠架はそう呟くと目を閉じた。タケルは時折、瑠架の髪を撫でて忘れないように暗闇に目を凝らし瑠架をしっかりと見据え忘れないように記憶した。やがて瑠架は小さな寝息をたて眠りに堕ちた。あの頃、男女交際禁止とされていた研究塾の規律を破ってこっそり寄り添った二人が愛らしく感じた。ただ、二人はそんな呪縛から解き放たれた今も古傷が疼いている。やがて安堵感に包まれ、タケルも深い眠りに堕ちた。二人の鼓動は限りなく似ている。タケルは巨大な雄ライオンの懐に抱かれて丸まって眠る夢を見た。薄目を開けると雌ライオンの子が同じように傍らに眠っていた。

　タケルが目覚めると瑠架は既に荷ごしらえを終え部屋のソファーに座っていた。タケルは洗面台に向かって顔を洗い口を濯ぎタオルで拭き終えると瑠架は無言でタケルにトランクケースを手渡した。瑠架がホテルのカウンターに部屋の鍵を返却し清算を済ます間にタケルは一足先にホテルを出て四輪駆動車にトランクケースを積み込んで一服し瑠架を待った。やがて瑠架はまるで他人のように現れ助手席に乗り込み、タケルはタクシードライバーにでもなった気分で空港へ向かって四駆を走らせた。道中一切の会話はなく、空港に到着しても瑠架はてきぱきとカウンターでも搭乗手続きを済ませトランクケースを預けた。そうして二人は並んで出発ロビーへとあがった。タケルは今まで感じたことのない感情が湧き上がってくることに戸惑っていた。言葉さえ発せられないタケルに瑠架は俯いて何かを伝えようとしている。タケルはそんな空気を察し、畏まってそっと瑠架の息遣いが届く場所まで近づいた。

「私、母が贔屓《ひいき》にしている経済研究会社に入社したのよ。そう、会社の制服はネイビー色で、とても似合うって上司からも誉められたのよ。本当はタケルに制服姿見て欲しかった……少しだけ大人になった私を……まぁいいわ、それは……で……そう会社では塾で発表したレポートをもとに施策を講じるのよ。世界経済の動向に関する三次元パラドックスを暴くの。解りにくいかしら？　タケル風に言えばそうね、例えるなら地球がぶっ飛ばせるくらい巨大な時限爆弾をバラして、複雑に入り組んだ導線から赤線をなくし全てを青線にするのよ！　目指すところだけはタケルと一緒で青よ！　だけど生涯掛けて取り組んでも完全な青には染まらない複雑さなのよ！　それが私の生涯携わる仕事よ、そういう決められた人生なの。タケルと結ばれる結末なんて実は最初からないのよ。母は未婚の母として苦労したから娘には幸せな結婚をさせるって、結婚相手は私が必ず決めるって幼少の頃から執拗に繰り返し唱えられた家訓よ。既にどっかのお坊ちゃまが候補に挙がってるわ。ヒロシにも正直に話してさっと期限定だって断ったの。ヒロシはそれでもいいって言ってくれた。いや私の母が認めざるをえない男になるって頼もしいのよ。だから付き合っているけど、おそらく母は認めないわ。だけどね、あなたに恋していたあの夏、私は親の言いつけなんか破って好きな人と結ばれたいって心底思ってたのよ。だけど最近敷かれた線路から脱線できないってはっきりと気付いたのよ……」

そんな瑠架が訥々と語った繊細で切ない話の内容とは不釣り合いな沖縄民謡が揚々と空港の売店から流れていた。タケルは三線の音色でも構わないから、せめて映画『禁じられた遊び』の「愛のロマンス」、あの切ないメロディーをリクエストしたい気分だった。タケルは何も言葉を返せずに青いクレヨンを軽いタッチでさらさらと滑らせるように、民謡の揚々とした音色がこの重苦しい惜別の時をせめて沖縄の海の色のように青く塗り潰してくれることを願った。

「是非、クジラ捕まえて泳がせてよ……でなきゃ私の心は空っぽの水槽のように空虚なままよ！」開き直った語感で瑠架がタケルにそう嘆願した。

「クジラは空を泳がない……海を泳ぐんだ。最初から架空の寓話だって瑠架だって気付いていただろ！　今更無茶言うなよ！　何もかもを硬いくじら色のブーツで踏み潰して逃げるために自作自演しただけのことだ」タケルはそんな悪態をつくことで瑠架の期待なのか嫌がらせなのか理解できない本意を削いだ。だが瑠架は納得してはくれなかった。

「クジラ楽しみに待ってるわ、成し遂げてね！　来世紀至高のバカな夢を実現させて私を笑わせて。でないとタケルとの思い出はあの青い時しか輝いてなかったことになるのよ！　仕事も結婚も親が決める女の生涯で初恋がそんなのって悲しいじゃない。私のためだけじゃなくて世間的にもタケルはそれしか現状を回避する術はないのよ。あれだけ大勢の前であんだけ大胆にやらかしたんだから……研究塾の構成組織は権力者を多く含む人脈の束よ。文部省からの依頼で内密且つ試験的に委託事業を遂行できるのにはそれなりの力ある組織ってことよ。何処に逃げてもあなた潰されるわ。クジラに潰されるのはきっとタケルのほうなの！」瑠架の瞳から涙がとめどなく溢れた。瑠架は失意を露わにしながらも、手を大きく振りながら出発ロビーへと消えていった。

一連の言動や態度から瑠架の決意をしっかりとタケルは受け止めた。瑠架は生涯二度とタケルに逢うことはないのだ……。タケルは熱帯の島に降り立ち、揺るぎない青で塗り潰そうともがいた日々と引き換えに、移ろう季節にあった春に咲き誇る桜、秋の紅葉する楓、冬の雪山の風情や色をいつしか喪失していることに気付き愕然とした。そして今まさに青き時を共に過ごした瑠架までもタケルは青色で塗り潰してしまったのだ。

そんな喪失感に打ちのめされながらタケルは何とか管制塔下にある展望台まで縺れた足取りで辿り着いた。だが、遠く旅客機のタラップを登る人の群れから瑠架を捜し出すことはできなかった。不甲斐ないタケルと会うために意を決して島にやってきた瑠架のことを想うと胸が押し潰されるような痛みが襲ってきた。さらにあの海で白い花を髪に挿し写真に写った瑠架の笑顔を歪めたのは誰でもなく僕だったことをこの期に及んでタケルは気付いたのだ。その瞬間、轟音が響き旅客機は大空へと舞い上がって消えた。タケルは溢れ出る大粒の涙を袖口で拭った。映画、『禁じられた遊び』で少女を連れ去る車の騒音を背に風車小屋で少年が泣いている最後の場面がタケルの脳裏を断片的に過ぎった。

Chapter 7　Okinawa Island

目覚めると軒下の縁側で一服するのが最近のタケルの日課となっていた。ここ数日タケルは瑠架の残像に悩まされ明方まで眠れない夜が続いていた。今も風の音に混じって僅かに瑠架がハミングした「禁じられた遊び」の旋律が何処からとなく吹いてきて耳を掠めた。タケルは自分のしたことで瑠架を傷つけたことの重大さに気付き自責の念に夜ごと責め立てられた。加えて瑠架と決別したにせよ一緒に一時を過ごしたことで瑠璃も同時に傷つけてしまっていた。二重苦の鉛の重厚は軽くタケルを潰す勢いでのし掛かっていた。そんな状況下にあっても僅かに救われたのは瑠璃が意外と平然と構えていたことだ。外泊したことも気付いている筈だが一切詮索してこなかった。何故に瑠璃が冷静でいられるかはもっと重要なことを内に秘めていたからで、それは後に青尉から知らされることとなるのだ。

その日も目前に拡がるサトウキビ畑は風に乾いた葉を摺り合わせ、まるでタケルの愚業をザワザワと噂話をしているようであった。だがやがて一切合切を塵のように強風が拾うと海原へと攫っていった。自然が悠然とあるだけで人はその小ささを否応なしに知るのだ。ましてや、心の中に潜む蟠りなどはさほど複雑でもないと説くのだ。タケルは全てを在りのままに曝したくて草履をつっかけ庭へと降りた。曝されることで自身があまりにもちっぽけな存在であることを認識させられる醍醐味が単調なこの島が与えてくれる癒やしなのだ。この島には何もないが、ややこしい透明な隔てる壁は張り巡らされていないのだ。自然に曝しせめて生傷の痛みを感じるのだ。事実、そうして悲惨な事故で深い悲しみに暮れながらも何とかおじいはこの島で生き抜いてきたのだ。

さっきまで卓袱台で庭園から収穫した金時草のおひたしと夕べの牛汁を啜って朝食を摂っていたおじいが庭先で赤く実を付けた島唐辛子の木を手入れしていた。真夏のサンタクロースと樅《もみ》の木といったところだ。タケルはトナカイのようにおじいの近くへと擦り寄った。するといつものようにまるで幼少期に父の傍らにいる時に抱いた懐かしい安堵感にタケルは包まれた。

「青年！　島唐辛子が例年よりたわわに実った今期の台風はでかいぞ！　強風に飛ばされて繁殖が可能だからそんな年は不思議と実も多い。同じようにでかい台風がやってくる年は男も女に対して気が多くなるもんだ」唐突に発するおじいの言葉にタケルはいつも驚かされる。瑠架とは何もなかったとしても瑠璃に失礼であった。既におじいはタケルの心の内を見透かしているかのようだ。

おじいは隣を仕切る石積みの塀から伸び出たキビの葉を一枚毟《むし》り取るとタケルに見せた。「ひとつ、ふたつ、みっつ……」おじいは葉の模様の切れ目をタケルに指しながら教えた。「葉が切れてる場所で到来する時期も判るんだ。八月にひとつと十月にふたつ台風が島を襲来する。青年、おじいの天気予報はNHKより正確だと漁師からも誉められるさ」大型台風の襲来を嬉しそうに語るおじいを見ていて、いつか瑠璃が話していた今は亡き娘や息子夫婦の魂と触れ合うことを心待ちにしてるんだとタケルは勝手に憶測した。島直撃の台風は半端なく膨大な被害を与える故に瑠璃の話していたことが事実でなければおじいの嬉しそうな笑顔の意味が理解できない。そしておじいの台風の予測より先にタケルの抱いた憶測は的中した。

「マリアナ諸島で産まれる台風には今は亡き子どもたちの魂が乗り移ってやってくるんだ。島が蓄音器だとしたら台風はレコード盤みたいな、不思議さー娘の歌声がはっきりと聴こえるんだ。おじいをかっ湲って構わんと娘の魂に話すが、いつも連れ去ってはくれんさー。おじいはこの世にすべきことなど既に何もないのに……だから青年がおじいの前に現れたのは嬉しいことさ。おじいは青年と愉しんで過ごし、それはおじいが惚けるのを防ぐ。それなのに……」おじいは意味深に言葉を濁した。おじいの途切れた言葉の続きが気になったが、それよりおじいからまた教えを説かれたことにタケルは気付いた。おじいが台風で亡き子どもたちを思い出すように、タケルも白いプルメリアの花を見掛けるたびに、瑠架の多幸を願って身勝手なタケルのために遙々島を訪れてくれた感謝を胸に宿そうと決めた。プルメリアの花言葉は内気な乙女とあり、まさに瑠架にぴったりだ。またひとつおじいはタケルに教えを説いた。タケルがそんな感慨に耽っている間におじいは台所から何かを左手に握りしめタケルのもとに戻るとそれを一摘みしてタケルの頭に振った。

「どうやら何かに取り憑かれたかな？　青年！」振り掛けたのは塩でそれは清めの儀式だった。おじいは両手を摺り合わせ叩き、残った塩を振り払うと、物置小屋の中に入り黒の無地のウエットスーツに変身し、タイヤのチューブで造った魚籠と銛と足鰭を担いで海へ出掛けようと誘った。

「醤油皿に島唐辛子を潰し、新鮮な刺身でもいただくとするか？　青年！」すべきことなど何もないとおじいはタケルに嘆くが、いつもおじいは何かをしているのだ。タケルはただ闇雲にすべきことを与え続けられた学生生活を過ごしたが、これからはおじいを見習って小さなことで構わないからすべきことをおじいのように見つけていかなければならないのだと思った。そして今のタケルにも日々ひとつくらいはすべきことがある。タケルは煙草を揉み消すと水槽に泳ぐ魚の餌となる稚魚を捕まえるための青いバケツと網を持って、サトウキビ畑を縫うように海へと続く畦道を歩くおじいを追いかけた。

おじいは魚籠と銛と足鰭の他に古い国産のカメラの載った三脚を担いでいた。いつもは持ち歩かないカメラを何故に持ち出すのか訊ねようとタケルは早足でおじいを追いかけた。サトウキビ畑の葉に隠れた小さな草蟬が合唱している。防風林となるフクギ並木を超えると途中にある樹齢百二十年といわれる立派なガジュマルの木で熊蟬との輪唱となった。スバル群星が宵の西天に沈む今の時期は梅雨入りの始まりとなっているが、夏を先取りした昼下がりにタケルは少年の瞳で小走りに父のようなおじいの広い背中を追いかけた。そうしてやっとこさおじいに追いついた時には何を訊ねたいかを忘れていた。逆におじいがタケルに話し掛けてきた。

「おまえさんくらい若い頃、満月の夜はこの浜に処女や美男子が集って、砂浜に隠れた貝やら海藻に眠る魚を捕って焼いて食べながら遊んだもんだ。今でいうバーベキューって奴だ」おじいの口からバーベキューと言われたら、食欲も湧かないような身の上だが何だか少し腹が減ってきたような気がした。浜へと続く轍を抜けながらおじいはニカッと笑った。そしていつものように海に入っていき豪快に顔を洗い、海水で口を濯ぎ痰を吐き捨てるとおじいはいつものペースで素潜り漁を始めた。黒のウエットスーツと足鰭をつけて海を潜ったり浮上したりする姿はまるでクジラのようだ。やがておじいは一匹目のタコを突いた。突かれたタコが黒い墨を吐き赤らんで逆さまに浮き上がってきた。突かれたタコは八本の赤い足を広げ、それは青い海と相俟ってユニオンジャックの国旗のように見えた。三脚についたカメラが磯に立て掛けられており、タケルはおじいに訊ねたいことを思い出したが、おじいの耳は少し遠いので叫ぶのをやめた。タケルも潮が引いた水溜まりにいる稚魚を網で掬い、飼っている魚の餌にと水色のバケツに収集した。夢中になっていると知らぬ間に瑠璃と青尉が海岸にやってきていた。青尉はタケルに話があると磯から砂浜の壊れかけたベンチに誘った。磯に立て掛けたおじいのカメラの三脚がゆっくりと倒れた。タケルが煙草に火を点けると一方的に青尉が話し始めた。

「空港に勤めるシャークの常連から情報が入った。どうやら調査員が先週末秘かに来島していた。近々タケルを強制的に拉致しにやってくるらしい。タケルを拉致する手助けは政治家と連むやくざだと予測していたが見当が外れた。そっちは俺が既に抑えていたからかもしれないが敵は過激な神秘主義の宗教団体を選んだ。島にある隠れ支所と噂されている場所に調査員が出入りしていたそうだ」青尉が神妙に語り表情を曇らせた。

「そんな奴、放っておけば良いさ！　捕まらないよ絶対に！　で、話って何？」タケルは青尉の心中を察知したが動じない意思表示を込めて惚けた。胸にユニオンジャックが旗めきパンクロックバンドがスタンバイを始めた。初めて青尉に反抗的な態度を露わにした。だが、青尉はタケルの肩に顎が触れるか触れないかまで近づいて危機に瀕しているタケルを救う術を急き立てるように説いた。

「惨劇がタケルに降り懸かる可能性がある。噂じゃかなり強引で冷酷な手段も辞さない団体だ。だから沖縄での目的は後回しにして米国に亡命しろ。俺が渡米ルートを押さえてある。渡米したらアラスカから就航する船にしばらく乗っておけ！　クジラの保護活動の合間に生態研究もできる。タケルにとって悪い話じゃない」冷静沈着な青尉が珍しく語気を強め、熱を帯びて語ったことでユニオンジャックの国旗は項垂れパンクバンドは怯んだ。

「数年前、訓練中の米軍潜水艦に船底を擦られて日米の軋轢を避けて表沙汰にしないからって金で解決したことがあるんだ。丁度、海軍の若い兵隊が繁華街で暴行事件を起こし日米関係が緊張してた時期で、ことを荒立てたくないから内密にって在日米国大使館に呼び出されてな……日米外交の舞台裏で焦げ臭い密約を交わさせられた。基地から将校が直に謝りにやってきて俺を宥めながら結構な額の示談金を提示してきた。倍なら承諾してやってもいいって試しに吹っかけたらあっさり呑みやがった。流石に恐縮して将校にサメの剝製をプレゼントしたり島へ呼んで店で酒を振る舞ったりしたんだ。それからその将校と仲良くなっちまってな。基地内のパーティーに頻繁に招待されて色んな奴と顔繫いでもらった。ジョーズマンって呼ばれ皆から面白がられた。空母艦長、潜水艦指揮官、海軍の司令官まで皆がサメの剝製を買ってくれた。将校はお前の頼みなら何でも密で通してやるって言い残して沖縄の基地から本国に赴任していった。一度、将校の好意に甘え瑠璃と二人沖縄の基地からジェットに乗せてもらってニューヨークへ瑠璃と不法滞在の旅行に出掛けたこともあった。瑠璃が店を開店する時の硝子ケースや装飾品が必要だった。将校の部下が私服で運転手兼荷物持ちとしてついてそりゃー上流階級な感じで良い気分だった」

タケルは青尉の突拍子もない構想に呆れながらも、同時に型破りな選択肢を持ち合わせている青尉の凄味に改めて感嘆した。さらに青尉はたたみかけるようタケルを説得し続けた。

「現在はその将校はアラスカにいるんだ。連絡をとってタケルの話をしたらしばらく預かってやるって快く承諾してくれた。将校の親友に過激なクジラ愛護運動家がいるらしく段取ってくれるそうだ。シーシェパードは知ってるか？　その模倣集団で新鋭無国籍団体シーライオンってのが密に結成され始動したそうだ。将校の親友が団体活動のための高額出資者だ。その船にしばらくは乗船し活動に参画しておけ。その宗教団体と仕事で関係ある常連が言うには、強制的に拉致しろと本部から圧力かけられて島の支所でも回避する手段がないそうだ。情報を漏洩することが精一杯だそうだ。しばらく騒ぎが収まるまで亡命しろ。ほとぼりが冷めた頃に呼び戻す手立てもあるから安心しろ。そもそもは俺が調査員を罵倒したことに起因しているんだ。今思えば大人げなかった。対米の外交は得意なんだが……」青尉はタケルが掛けた迷惑すら己のこととして背負おうとした。タケルはそんな青尉の心意に応えるべく贖いを込めて従うことを決めた。

「簡潔に話せばつまりこういうことだ。磯で遭難し米国海兵隊の船に拾われ助けられたが記憶喪失でしばらく記憶が戻るまで保護していたというシナリオだ。死んだとされたが実は生きていたってことになる。地元テレビ局にお前の追悼式を報道させる。局長はおじいの弟の息子だ。現場となる場所に四輪駆動車を駐車し、磯に釣り道具を散乱させ、波琉を釣り仲間としてインタビューに答えさせる。そのニュース番組を録画し、宗教団体の連れが調査員に送付しゲームオーバーだ。島の警察と海上保安庁のトップはタケルも知っての通りシャークを利用してくれる気さくな奴らだ。奴らにタケルの報われない境遇をあるがままに話したところ、国は相変わらず卑劣だとタケルを養護する側に立った。余計な詮索は省いて、釣りに出掛けそのまま海に引き込まれたことで処理してくれるそうだ。これは青少年育成のための慈善行為だとまで言ってくれた。そう二人揃って事実を隠蔽することに協力することを同意してくれた。彼らの先輩にあたる歴代の総長も沖縄に対し傲慢である国に対しての軋轢が少なからず生じている立場にあった。そして誰もが揃ってこの小さな島の心をいつも重んじ赴任していた。琉球が過去から学んだことだ。支配や権力の指図などは鵜呑みにしないことだ。そこまでは俺たちができることだ」

タケルは青尉に謝意を込めて深く頭を下げると俯いたまま動けなくなった。

「ひとつだけ俺にできないことがある。お前の母親にこの絡繰りを理解してもらうことだ。真摯に手紙でも書いて事情を話し納得してもらえ。しばらく死んだことになってるからって。但し、漏洩を避けるためにこの島で関与したのは俺だけでたとえ親でも口外しないで説得することを約束してくれ」タケルは俯いたままで青尉の配慮に対して大粒の涙が零れるのを止められなかった。青尉はタケルを慰めるように前向きな未来をも語ってくれた。

「米国を発信源にクジラに関する構想を展開するのもひとつの方法だ。この国は危険な新興宗教まで利用するような卑劣で腑抜けなあの調査員のような奴が混在していて面倒だ。つまりは沖縄の基地もいっそ米国資本のワンダーランドになっちまえばいいと俺は思ってる。話は別だがサメの剝製を特注の桐箱に詰める。その中にタケルを隠し沖縄の基地まで搬送する。ハリウッドの映画製作会社もこの特殊加工による逃亡のシナリオには脱帽なはずだ。来週には決行する」青尉は煙草に火を点けると一服し言い忘れたことのように照れながら封筒をタケルに手渡した。タケルが封筒の中身を確認すると沖縄本島への往復航空券を二人分と他にホエールウォッチングの渡航券や水族館の入場券もあった。

「仮の新婚旅行で俺から二人への手向けものだ。あいつお前の子を授かっているそうだ。明日の朝旅立って二人きりでゆっくり話し合ってこい。ついでに途中基地のフリーマーケットに寄ってこい。地図も封筒に入っている。そこで古家具を売っているメリッサ・ビーチって名の女に会ってこい。彼女がタケルをアメリカに亡命させる窓口になっている。工作前に写真が一枚必要らしい」そう言い添えると青尉は席を立ち砂浜から磯へと戻った。しばらくタケルの瞳から大粒の涙がポタポタと砂浜に落ちた。

海を創れるんじゃないかと思えるくらい落ち続けた。いつの間にか瑠璃が項垂れたタケルの横に座っていた。

「本当に身籠もったのか？」タケルの問いに瑠璃は深く頷いた。

「私たちしばらくはお別れね。とりあえず兄貴が言う通りにして。あなた回遊魚でしょ！　きっと戻ってくるわよね、強くなって帰ってらっしゃい。貴方父親になるのよ、産むわ私、兄貴が産んでいいって賛同してくれた。貴方なら弟にしてやるって」瑠璃の喋る声も震えていた。

「諦める勇気も時に必要だけどここまでやったんだから納得するまで突っ走ればいいわ。そうしていつか辿り着いたならそれからシャークを兄貴とタケルで転がして島で素敵な家庭を築きましょう。危険な航海になるわ！　嵐に呑まれるかもしれないのよ！　万一、南氷洋辺りの海で息絶えたりでもしたらこの世に何も残らないじゃない。せめてタケルが走り抜けた証を身籠もった子を産むことで私が刻んであげるわ。タケルが事を成し遂げたら、サメも私たち一家を襲うことはなくなるって信じてるの……タケルと出逢ったのは運命だって信じてるのよ！」

しばらく沈黙が続き、何とか落ち着きを取り戻したタケルは瑠璃の手を繋ぎ皆のいる磯場に戻った。風の如く波琉も何処からか現れていた。波琉はカメラの三脚をバランスの悪い磯場に立てようと悪戦苦闘している。何とか立てることができた波琉は遠く地平線を眺めながら一服し、タケルも横に並んで同じように一服した。

「しばらくお別れだな。結局GT釣ってねぇーし卒業証書は発行できないな、航海の最中に釣りの特訓をしっかりして戻って来い！」波琉は遙か彼方を眺めたままそんな風に言った。

「そうだなでかいの釣って練習する……だけどまだ卒業を諦めてないんだ。もうワンチャンスだけくれよ、GT！」タケルは正気を取り戻したくて強がった台詞を吐いた。波琉は苦笑し頷き、続けてタケルに波琉は計画を明かした。

「来月、沖縄本島で米兵相手に商売している彫り師を訪ねて背中に刺青を彫りに行くんだ。生涯背負う絵だからずっと悩み続けていたんだけど決めたんだ。鯉の滝のぼり風にクジラのハリケーンのぼりを彫るよ。ハリケーンに二頭の龍絡めてさ、龍の脇に波乗りする風神と釣りしてる雷神を小さく入れてもらってさ。波間の小島には人魚姫と爺さん座らせて、その前の波間にサメと格闘する海賊もな、そんな下手くそな絵を描いて送付した。俺の絵は下手くそだけど、きっと彫り師が格好良く直してくれるさ。腕のある彫り師で有名なんだ。次に会う時、拝ませてやるから必ず戻って来いよ。勿論そん時は刺青が輝くくらい俺自身もタフな男になっているから」タケルは再度込み上げてきた感情を抑え涙が零れないように青い海を睨み必死で耐えた。おじいがゆっくりと立ち上がり此方に向かってきた。ポンとおじいに肩を叩かれた時、堪えた涙が一粒ビー玉のように落ちた。

「皆で記念写真を撮ろう！　ついでにおじいの葬式用の遺影も」おじいが冗談交じりに海を背景に皆を整列させた。タケルと瑠璃は真ん中に座らされ、波琉と青尉が後ろに立った。タイマーを合わせると古めかしいタイマーの音が鳴り続け、おじいは機敏にレンズ前に移動しようと試みたが、おじいが辿り着く前にカメラの古めかしいタイマーのシャッターは切られた。おじいは額に手を当て失態を恥じるように戯《おど》けた。波琉がおじいを青尉の横に並ばせ、タイマーを仕掛ける役を交代し全員が揃った記念写真は成功した。

「青年、仏壇にこの写真から切り取ったおじいの顔を飾っておくから島に帰ってきたら拝みなさい」おじいは再度そんな縁起でもないことを口にし豪快に笑った。

その後、皆でシャークへと移動した。青尉は貸し切りの札を店の扉に吊し、おじいが捕ったばかりのタコを使って次々と美味しい料理を振る舞った。そうしておじいが泡盛で茹でダコのように赤らむと三線を手にとって調弦し島唄や異国の船唄を弾き語りした。おじいの唄を傾聴しながら皆で和気藹々と明け方までしこたま飲み明かした。

翌朝、タケルと瑠璃は酔いが醒めないまま寝惚け眼を擦りながら空港へと向かい沖縄本島行きの旅客機に乗り込んだ。二人とも機内に入り着席すると同時に再度泥のように眠った。那覇空港に到着した際には街全体が軋むような都市の雑踏と目覚めが相俟って逆に爽快だった。タケルはバイクレンタルショップで排気量四百CCのオートバイを借りた。かつて十六歳になったタケルは母に研究塾での英語成績が伸び悩んでいるために英会話スクールに通うと偽って資金を得て、極僅かな塾の休日を利用し、オートバイの中型免許を取得した。そして暴走族に属していた幼なじみから母からもらえる小遣いの範囲でコツコツと分割払いで支払うことを約束し中古のオートバイを手に入れた。中古のオートバイは幼なじみの車庫に隠し置いてもらい、研究塾の少ない休日を利用し、跨って川沿いの道を海へと目指し走らせた。敷かれたレールを只々真っ直ぐに進むだけの詰め込み教育へのささやか反抗として不服が満タンになるとタケルはオートバイを走らせ海を目指して蓄積される灰色の憤りを真っ青に塗り潰した。

オートバイの購入費は幼なじみに完済し終えたが、島への渡航費等の支度金を得るため仕方なくバイク屋へ売り捌いた。故にタケルは久しぶりにオートバイに乗れることに感激を隠せなかった。しかも偶然にもかつてタケルが所有していた同じ型のオートバイを借りることができたのだ。早速、タケルはゴーグル付きヘルメットを被ると、瑠璃にも同じように被せ、後ろに跨がせた。そして、再スタートの砲を空に撃つような気持ちでオートバイのエンジンを掛けた。しばらく潜在していたタケルのオートバイを操作する感覚は鈍ることなく直ぐに呼び醒まされ、オートバイは順調に走り始めた。オートバイは眩い太陽光を満遍なく浴びギラついた輝きを放ちながら回遊魚のように二人を乗せて疾走した。事前に地図をなぞって憶えた経路を辿り、最初の目的地である基地のフリーマーケットを目指した。そうしてオートバイに跨って風を切るとかつての自暴自棄な暴走に駆られた危うい癖が呼び覚まされそうにもなった。けれど、腰に巻かれた瑠璃の温もりとその腰元に微かに息づく小さな命を感じることでタケルはそんな衝動を抑制した。そうして最初の目的地である基地の網に囲まれた一画に到着し、人集《ひとだか》りがタケルに目的地を教え、オートバイを停めた。

そうして、タケルと瑠璃はゲート前で開催されているフリーマーケットに紛れ込んだ。数ある出店の中、一際目立つアンティックな洋物の家具を売る露店があった。店番は白人の女性で売り物の肘掛け椅子に腰掛け、栗色の髪を掻き上げながらショートパンツから長く伸びた足を組み分厚い小説を読み耽っていた。彼女は見るからに穏和そうで知性ある人柄であることを感じさせる雰囲気を放っていた。タケルは彼女が青尉の話していたメリッサ・ビーチであると確信し近づいて話し掛けた。彼女は本を閉じ椅子に置くと、逢って早々にタケルの置かれた状況に同情し一方的に慈しんでくれた。彼女の話によればタケルは海洋学者の卵で、将来グローバルにクジラをコミュニティーツールとし平和貢献するらしい。日本にいられなくなった理由は米国が推進するクジラを養護する発言が過激で捕鯨国である日本を批判し、学会から干され、研究を断念せざるをえない状況に陥ったらしい。その経歴はいかにも欧米人のツボを射抜く内容で青尉によってかなりの脚色がなされたものだった。設定はそういうことらしい。タケルは、敢えて頷くことに徹し、青尉が描いてくれたシナリオから逸脱する綻《ほころ》びが出ないように努めた。

メリッサの話が一段落した頃、フリーマーケットの人混みにしばらく紛れていた瑠璃がチョコチップのパンケーキを頬張って咽せながら咳き込んで現れた。タケルはメリッサにフィアンセだと紹介すると瑠璃はメリッサにきつく抱擁された。瑠璃は売り物のロッキングチェアーに座り揺られながら残りのパンケーキを美味そうに頬張った。

その間にタケルはメリッサに青い壁の場所に連れられ、壁を背景に事前に準備する偽装用のパスに貼る上半身の証明写真を撮られた。メリッサは遠く離れ暮らすタケルと瑠璃に同情し、過去に戦地へ出向いたメリッサと旦那との遠距離のラブストーリーを切々と語り、その後、涙ぐみながらタケルを安全に目的地へ移送するといった旨の話を瑠璃に始めた。メリッサは身振り手振りを交え伝えようと頑張ってくれ、理解不能な瑠璃も笑顔でメリッサにパンケーキは美味しかったと日本語で感想を述べ笑いかけたことで上手い具合に話が付いた。それから、メリッサから少しハウスに寄って珈琲でもと誘われたが、タケルは日本人らしく深々と頭を下げることで謝札の意を示し、来週末の再会を誓ってメリッサと別れた。タケルは世界の歪みはとある階層のある一部の歪んだ思想が生み出しているんだとメリッサに出逢って確信した。メリッサの慈悲深さに相反して彼女の属国の保守派は強大な暴力装置を操っているのだ。黒く巨大な塊をピリオドとして打つしか全てを回避する方法はないのだ。タケルは自作の継ぎ接ぎだらけの爆弾に僅かな光明がある気にもなり、青尉が創作した偽装経歴通りに道を進むのも賢明かと思えてきたりもした。

サイドミラー越しにメリッサは手を振り小さくなっていった。タケルはメリッサに感謝の意を込めクラクションを鳴らした。

高速道路入り口から乗り込み、きつく腰に巻かれた瑠璃の温もりを再び感じながら高速道路をぶっ飛ばした。やがて高速道路のインターを降り山道を超えると雄大な敷地を有する水族館へと到着した。

バイクを停め入場すると飛び交う言語から多国籍な人種が集っていることを察し、二人はより開放された気分となり、まるで子どもの遠足さながら無邪気に館内を散策した。

水槽に飼われた巨大なグルーパーに人集りがあった。瑠璃とタケルも人集りに割り込んで名の通り潜水艦のような魚体を間近に観賞した。見学している人たちが凄いとか格好いい！　とか感想を述べ合ってる中で瑠璃は脂がのって美味そうっ！　と騒ぎ立て、顰蹙を買い皆が黙りその場を去っていった。そんな瑠璃を蔑みながらもタケルも片っ端から釣ってみたいと口には出さないが感じていた。そんな風に浮わついてはしゃいでいた二人だが、ホエール・シャークが泳ぐ巨大な水槽に辿り着くとその凄味に圧倒され共に黙りこくった。二人はベンチシートに腰掛けしばらくは時間が止まったように雄大なホエール・シャークを眺めていた。ホエール・シャークと同じく遊泳するジャイアント・トレバリーやタイガー・シャークもいて島での数々の思い出がタケルの頭の中を走馬燈のように駆け抜けた。タケルは近々惜別するであろう島での出来事をいつまでも忘れないようにと琉球の魚が泳ぐ雄大で綺麗な光景を目の奥に焼き付けた。タケルが感傷的な気分に浸《ひた》っているとしばらくして隣にポツリと座る瑠璃が強くタケルの手を握りしめた。

「ブルーホエールは相当な大きさだろうな、でも充分でかいなホエール・シャークでも……」タケルは瑠璃の耳元で呟いた。

「未だにジャイアント・トレバリーすら釣り上げていない男がブルーホエールなんて捕まえられるかしら？」瑠璃が水槽内を雄大に泳ぐジャイアント・トレバリーを指差してホエール・シャークと比較しタケルを茶化した。やがて、瑠璃がレストルームへと席を立った。すると入れ替わるように紺のブレザーの紳士がやってきて瑠璃が座っていた席に座った。タケルは一瞬、日焼けしているがその紳士を東京の百貨店の支配人と錯覚した。紳士はそそくさと内ポケットをまさぐり名刺を取り出すとタケルに手渡した。名刺には館長といった肩書きが記されてあった。タケルは人に夢を売る紳士はその品位が似てくるんだと百貨店の支配人と間違えたことを勝手に解釈した。そして館長は一方的に水槽に視線を向けたまま話し始めた。

「君の壮大な構想をある男から聞かされ知った。男は、もし、ここに君がやってきたら君を雇ってあげて欲しいと水族館に高額な金を寄附し去っていった。……少し若い故に海棲哺乳動物について浅はかな解釈をしたそうだな。未熟でもいいさ、まだ若いんだ。発想には自由が重要だ。近々アクアポリスはスクラップにされ鉄屑として外国に売られてしまう可能性が高い。海洋公園も変革を迫られている時期だ。うちで働いてもっと詳細に海洋生物について学んだらどうだろう？　海洋生物飼育研究の補助職員として採用しても構わんがいかがかな？　近々再生されるであろう海洋公園に君の夢も盛り込んでみたらどうだろうか？」研究塾の包囲網はこんなところにまで張り巡らされていた。タケルは敢えて館長の問いには応えずに唐突に質問した。

「ブルーホエールって飼えると想いますか？」タケルは漠然と問い、館長は頭を垂れ苦笑いした。

「ホエール・シャークの飼育でもここに辿り着くまでの一歩一歩を伝えようとすれば夜通し話しても足りない……そうホエール・シャークでも相当な重圧だ。最近も水槽が破れ逃げ惑う群衆の夢に魘された。物質的な重量だけでなく、私の心も重圧に耐えてきた。そんな重みに耐えうる度胸を君が持てるかどうか？　私の経験的な助言を君が求めるならそんなところだ。できるできないは別としてもだ……つまり君が、私が今も感じている何倍もの重さに耐えうる強靱な男になれるかってことだ」館長は不躾なタケルの質疑に対して真摯に答えてくれた。タケルと館長の前を雄大なホエール・シャークが泳ぎ去るまで沈黙が続いた。

「先月、うちの従業員が二人辞職した。彼らはイルカの調教師と有毒海洋生物の研究者だった。とある国の軍が高値で引き抜いていったって噂がある。噂が本当なら生物兵器の研究要員として雇われた可能性がある。世界は抑止力として既に核を保有してる国だらけだ。核だけで充分だと思わないか？ 何処まで人間は愚かなんだ。嫌な時代になったもんだ」館長が寂しそうに呟いた。

「折角の機会だ、充分に楽しんでいってくれ。そして帰りに君の返事を訊こう」館長は、瑠璃が此方に向かって戻ってくるのを察知し、タケルにそう告げると何事もなかったようにその場を離れていった。タケルは瑠璃が戻る前に立ち上がりイルカショウを観に行こうと瑠璃を誘った。

イルカの観覧席に並んで座ると、瑠璃ははしゃぎながら波琉の十八番であるイルカ爆弾の嘘話を語り口まで真似て戯けた。

「まんざら嘘でもないかもな、波琉の話……」タケルの声は調教師が吹くホイッスルの音が被さってあたかも禁句だと諭されるように掻き消された。次の瞬間、タケルと瑠璃の間近でイルカが派手に跳ねるとプールに堕ちた。水飛沫を避けるためにタケルは瑠璃の手をとってその場から走り逃げた。その時、タケルは瑠璃と初めて出逢った日、浜辺に現れたサメから逃げた日を思い起こしていた。タケルは再度イルカショウに戻りたがる瑠璃を引っ張ってその場を離れた。イルカがサメに化けそうな恐怖感がタケルをそうさせた。

二人は土産物屋で記念にクジラの尾鰭のキーホルダーを買った。お揃いだ。そして青尉と波琉には愛らしく笑うサメのぬいぐるみのキーホルダーをお揃いで購入し、おじいにはイカの刺繍が施された帽子を購入した。童心にかえって遊んだ水族館で二人はまるで子どもの遠足のような土産物を無意識に選んでいた。そんな状況を互いに照れ笑いしながら二人は出口へと向かった。そこには紺のブレザーの館長が佇んでいた。

「ありがとうございました。素敵な水族館で感動しました。また遊びに来ます！」出逢いの経緯はどうであれ、タケルは敬意を込め館長に深々と一礼した。館長は苦笑いし手を振り館内へと歩き出した。それから瑠璃の手をとって一気に駐車場まで走った。

「誰？」瑠璃は不思議そうにタケルに訊ねた。

「館長らしい、水族館で働かないかって誘われた。研究塾の包囲網がこんな場所にまで張られている。」

「はぁー」瑠璃が島の方言で感嘆し理解できないといったポーズを取った。

「きっと青尉が旅行会社で契約した渡航名簿が流出したとか？　水族館の入場券はそ

の時点で契約済みだったし……僕の推測に間違いないと思う」

「もしかして今も誰かに尾行され監視されてるとか？　まるで指名手配犯ね！」瑠璃が購入したお土産をショルダーバッグに詰め込んで背負いながらタケルを皮肉った。

「やばいな！　だけど島に着いて最初に拾ったタクシーの運転手は既に僕を指名手配犯だと見抜いていたけどね」タケルも呆れたポーズで戯けながらオートバイに跨ってエンジンを掛けた。そして瑠璃が後ろに跨ると同時にロウギアのままアクセルを吹かし、ぐらついた車体を立て直しながら排煙を撒き散らし、まさに煙に巻く格好でその場を去った。

　その後、途中で農園に立ち寄り穫れたてのパイナップルを舌と唇が痺れるまで食した。そしてその日は寂れた看板のカーモーテルに宿泊することにした。受付では用心し出鱈目な偽名を記した。タケルは瑠璃とパイナップルで痺れた唇を重ねて激しく抱き合った。

　ことを終えたタケルがベッドに仰向けで一服していると、シャワーを浴びる瑠璃の嗚咽するような泣き声が安宿であるが故に薄い壁から漏れ聞こえた。

　瑠璃が戻ってくるとタケルは心痛からかける言葉もなく寝入りを演じながら瑠璃が眠りに就くのを待った。

翌朝、カーモーテルの退室を促す呼び鈴の音で起床し、タケルは寝惚け眼のままの瑠璃を後ろに乗せオートバイを走らせた。辿り着いた基地周辺の街角にバイクを停めると二人寄り添って街を徘徊した。アーケードのある通りはシャッターが閉まった店舗が多く、それはタケルのホームタウンの駅に百貨店が進出してきた頃の街道沿いの軒店を彷彿させた。

「借り手がいなくても地主は大丈夫って噂もあるの。軍用地の収入があるでしょ」瑠璃はタケルが渡米するにあたって必要なものを購入しようと商店街を隈無く散策して廻った。やがて瑠璃は米軍の払い下げの品を扱う店を探し出しタケルを誘い入店した。瑠璃は海軍専用の分厚い防寒コートや陸軍迷彩色の寝袋等を真剣に汗ばみながら笑顔で選んでタケルのために購入してくれた。タケルは昨晩、カーモーテルのバスルームで瑠璃の嗚咽するような泣き声が耳の奥に残っていたために瑠璃のつくられた笑顔が痛々しかった。普段は気丈に振る舞っている瑠璃だからその繊細さは余計に誇張された。

だが、ただ悲嘆に暮れているだけでなく、しっかりと前を見ていることも垣間見られた。それは宝飾品売場で真剣に巧妙な造りの商品を手にとって舐めるように観ていた時だった。「自作のチョーカーは結び目の造りが弱いのよね……」米国製のチョーカーの皮と金具の結び目を確かめながらタケルにそう呟いてみたりもした。瑠璃は店を出るとスケジュールノートの余白にイラスト付きのメモをとっていた。瑠璃は自分の仕事に役立てようと造りを確かめていたのだ。そんな瑠璃を眺めながら、タケルは馬鹿げた夢物語を東京に投げ散らかして逃げ廻っている自身の不甲斐なさを痛感した。沖縄に来てからずっと人々の他愛ない暮らしに触れ、誰もがしっかりと足下を見て地道に生きていることを知らされた。恥じる人生を厚かましく邁進中だ。ズシリとそんな卑しめられるような棘がタケルに突き刺さった。

瑠璃は買い占めた全てを市街地の郵便局からおじい宅へと段ボール箱に詰めて郵送した。一段落し、瑠璃とタケルは通りの軒に出店されたオープンカフェでバニラシェイクを飲みながら通りを歩く人々を眺め暫しの休憩を挟んだ。屈託のない笑顔で寄り添うカップルや団欒する家族連れが、楽しそうに前を過ぎるたびに、タケルは逃亡者のような自身の置かれた現状を卑屈に感じ、他愛ない日常こそ大切なのだと今更なから気付かされた気がした。だが、運命を決定付けた過去に修正を加えることなど今更できやしないのだ……タケルが感慨に耽っていると、瑠璃はタケルの心の中を透かし見たようにタケルの無様な生き方を賛嘆する言葉を優しく呟いた。

「世界一巨大なクジラが泳ぐアクアリウムができたら、世界中のカップルや子連れの家族が押し寄せて来て、幸せで平和な時間を過ごすわ……」

「違うんだ瑠璃、万一僕が提唱した案が受け入れられても泳がせるかは既に僕が決めることじゃない。負け犬の遠吠えにならないために堂々と中心地で吠えたのだ。昨日、その道の専門家であろう館長は苦笑いした。それが正しい答えなんだ」タケルは瑠璃に聞こえない呟きでそう言い訳した。

夕暮れ時の街並みは切なく灯り始めた街灯りが郷愁を漂わせタケルはあの百貨店の屋上から見下ろした街並みを思い出していた。あの日高ぶった旅立ちの儀式がまるで嘘のように今この造られた街が愛おしくも思えた。

「沖縄の基地や繁華街や港や公園に至るまでこの街並み全て人が造ったものよ。東京辺りは高層ビルや東京タワーなんかもっと凄いんでしょ。クジラのアクアリウムだって現実にこの国の何処かにあったって不思議じゃないわ」瑠璃はタケルの折れそうな心意を見透かしたようにそう呟いた。

「入塾時に契約書に十年間は塾の指針に従うといった責務が記されていた。文部省の調査員に従うか、他にも水族館に勤める選択肢もある。十年を経て塾との契約が満了すれば君と青尉とシャークを堂々と切り盛りできる。その過程を選んだほうが賢いんじゃないか？」

水族館の帰りに湾岸道路で目にした錆び朽ちた巨大人工島アクアポリスの鉄屑がさらにタケルを萎えさせていた。

「玩具箱をひっくり返し、散らかしたまま見過ごして生きられるの？　クジラが棲む水槽は組み立てないの？　米国へ亡命なんて切迫した今はそう感じていても、あの気高い鉄塔の聳え建つ巨大な街で窮屈に暮らしたら、そのくらい巨大な爆弾でも打ち込まないと皆が報われないんでしょ？」冷淡に瑠璃が突き放した。

「よくわからなくなっている」

「沖縄の海にも軍用機の滑走路なんかじゃなくてクジラが泳ぐ水槽が浮くと良いのにね。基地跡は海老や蟹を養殖するマングローブ林になって、自然エネルギーを活用して、より鮮明な青を魅せるのよ。養殖所ができて他にも地域の若者も観光を柱に潤沢な雇用に恵まれるのよ。地主も引き続き借用代を国から搾取できるわ。シャークのメニューにだってクジラの餌の養殖海老フライなんてメニューが増やせるわ。米国人も賛同し兵隊を辞めて沖縄に居座って働いて、他にも雑多な人種の坩堝になるわ。米国の兵隊にとってもそのほうが幸せじゃない。揺るぎなく決めたことじゃなかったの。まぁ直接明日クジラに訊いてみたら？」二人はオープンカフェで喧嘩する最悪なカップルになってしまった。その日は寝るだけの簡易宿舎に潜り込んで互いに口数も少なく就寝した。そして翌朝、最寄りの漁港からホエールウォッチングに参加し、離島近海に現れるザトウクジラを追った。船長曰く数日前にも現れたとのことで出逢える可能性は大きいらしいがタケルは正直なところクジラと遭遇したくなかった。

「何億年もの昔、水の中に棲む脊椎動物が陸に上がり、進化を繰り返して哺乳動物が産まれ、それから海に戻っていくものが現れそれがイルカやクジラの祖先といわれています」ガイドは流暢にそんな説を喋って場を繋いだ。しかし、タケルの抱いた失意のせいかその日二人が乗った船はザトウクジラと出逢えずにガイドはずっと喋り続けた。悔しがった子どもが舌打ちし、トビウオがアーチを描き虚しく飛んだだけで航海は終了した。

瑠璃とタケルは下船し、島への便が発つ時間まで瑠璃の提案した沖縄のワイキキビーチと賞される砂浜へ移動し海を眺め過ごすことにした。

「両家の家族を連れてハワイでいつか私たちの結婚式をしたいね」浜で二人並んで座り込んでいると瑠璃が落ち込んでいたタケルにさらりと前向きな未来を描いてくれた。だがタケルは素直に返答できなかった。渡米前に済ませなければないことがあったことを不意に思い出したからだ。

「煙草切れたから買ってくるわ」タケルは砂浜から湾岸道路に登って突っ切って寂れ

た商店の店先に公衆電話を探し出して硬貨をあるだけ積んだ。そして記憶から生涯消えることはないであろう番号を選択し押した。

「もしもし……」聞き覚えのある声が応答した。いや聞き慣れた声が適切だ。

「母さん、僕だけど……」しばらく沈黙が続き、投入口にストックされた硬貨が早いタイミングで落ち二人の遠い距離感を伝えた。

「勝手なことをして心配掛けてごめんなさい」タケルは真摯に詫びた。受話器の向こうでタケルの身を案じていたであろう母親が啜り泣く声が聞こえた。つられてタケルも大粒の涙を流しながら、その動揺からくる震えを隠しながら告げた。

「ついでに、もうひとつだけ母さんに迷惑掛けることになるけど……しばらく僕は死んだことになるから……」泣きながら、母は次に笑い出した。タケルも涙が溢れそのせいで縺れ転ぼうとする言葉を奮い立たすために大声で叫んだ。

「しばらくは死んだことになるけど、本当は死んでないからさ」自動販売機で飲み物を買い出しにきた女性が唖然としてタケルをみつめながら、取り出し口に手を突っ込んだまま固まった。タケルは女性に軽く会釈して苦笑いし、その疑心を払いつつ同じ台詞を幾度も繰り返した。女性はタケルを唖然と眺めながら道路を横断し走行車にクラクションを鳴らされ走り去っていった。

「だからさ、しばらく死んだことになるけど、本当は死んでないから安心してってこと」間抜けなやりとりにいつしかタケルも泣きながら笑った。道を横断した路肩で女性が心配そうに振り返り眺め立っていた。タケルは彼女に手を振って笑いかけ、それから受話器の線を直線に延ばして自動販売機に札を呑ませてボタンを適当に押しおつりの返却口から硬貨を稼ぎ指を突っ込みまさぐり出して電話機に積み上げていった。やがて落ち着いてきた母の様子を見計らってタケルは今までの経緯を詳しく話した。そのことで母はやっとことの顛末を納得してくれた。

「あんた、懲りて改心する気はないようね！　だけど死んだと思っていたから、生きてるだけマシね。でも死んだことになるのよね……」タケルの台詞をなぞるように答えると母は最後に大笑いしてまた泣いた。しばらくは積まれた硬貨が飲まれる機械音が定期的に鳴った。「卒業発表の日程まで親に嘯《うそぶ》いて結局参加できなかったけど……他の父兄に訊いたところによるとクジラを飼うとかナマズがどうしたとか随分と幼稚な内容だったとかで？　母さん恥ずかしかったわ、ここ数年寝る間も惜しんで学業に励んだのにクジラを飼うなんて論文で締めくくるなんて笑うに笑えないわ！　育て方間違えたかしら？　あんたがまだ幼い頃に玄関で飼っていた金魚の水槽に近所の川で釣ってきたナマズを勝手に放し入れて金魚が全部食べられちゃったの憶えてる？　葛飾で母さんが厳選して結構な額払って購入した金魚だったのよ！　猫じゃなくナマズに食べられるなんて母さん予想もできなかったわ。あんた少し変わった子どもだったのよね、昔から……」

「母さん、あの頃、玄関口に水槽が置かれていた家が多かったよね。何故だろう？って考えたんだけど、きっとね、どんな人が訪ねてきても和む効果があったからだって思ったんだ。例えば訪問者が粗悪な強盗だとしてもだ。つまり平和な交渉と解決のためには大きな水槽が必要だって思ったんだ」「やっぱあんた変よね……」タケルは幼少の頃、玄関を洗ったり家の用事を手伝い、いつも母からもらっていた硬貨をくだらない報告のために無駄に使っている今を恥じた。タケルは今後の死んだことになった後の母にして欲しいことを頼み、最後の硬貨が落ちる頃、いつもの母らしく気丈でありそして持ち前の柔軟な思考でタケルの頼みを了承してくれた。

「あんた間違いなく失踪した父さんの子だわ。だけど失踪とか駄目なところまで真似るなんて困った子どもね。そう、あんたに話したいことがあるわ！　迷惑被ったお返しって訳じゃないけど今なら言えそうだから言うわ！　お母さんからもひとつ報告があるの……ずっとお付き合いしている人がいるのよ。遠い昔お付き合いしていた彼氏で彼も離婚して独り身なのよ。あんた二人の交際を認めてくれるかしら？」

「……それは母さんの自由だから、好きにすればいいよ。きっと父さんも……」ぼんやりと父の寂しそうな面影が脳裏に浮かんだが、自身が母に対し与えている勝手な生き方を顧みればそう応えるしかできなかった。

「ありがとう」母は謙虚にそう呟いた。そうして久しぶりの親子の会話は最後の硬貨が落ちたところで終わった。

「目真っ赤だよ」瑠璃は戻ったタケルの瞳を見て驚いて目をパチクリさせていた。

「強風で砂埃、もろに浴びた」タケルは上手に嘯いた。母には瑠璃という恋人ができてさらに妊娠しているなんてことは更なる困惑を避ける意味で黙っていた。帰路の飛行時間が迫っていることに気付いたタケルは瑠璃の手を取った。

「いつかハワイに行こう！　その時は互いの家族を招待し挙式しような！」タケルはジーンズについた砂を叩いてから瑠璃の手を繋いだ。タケルは久しく会っていない母への報告が結婚報告ではなくしばらく死んだことになるからなんて報告になってしまった屑の生き方を恥じた。尚も今握りしめている瑠璃の手さえも近々離さなければならないのだ。仮の新婚旅行は瑠璃や母に対する懺悔と払拭してやるといった将来への気負いを込め終焉した。

Chapter 8　Battle with Man eater shark

沖縄本島から戻った翌日、タケルは青尉がここ数日たった一人で店を転がしたことを察し開店前に留守中の残務をこなそうと定時よりかなり早めにシャークへ出勤した。数日ぶりに慣れた重たいドアを開けると予測を裏切って店は綺麗に片づいており、カウンター席には波琉と青尉が並んで座り、瑠璃がカウンター内におり、兄妹は楽しそうに談笑していた。タケルは波琉と青尉の間に挟まるようにカウンター席に割り込んで腰掛けた。こうしてこの空間にいられるのも残すところ後数日だと感傷的な気分に陥ったがタケルは無理に平静を装った。

「新婚旅行は満喫できたかい？　それはそうと素敵なお土産までもらっちゃってありがとうな！」青尉が皮肉を込めカウンターに無造作に置かれた鍵の束をジャラジャラと音を鳴らし持ち上げた。鍵の束には青尉の風貌に完全に似つかわしくない愛らしいサメのぬいぐるみが吊されており、波琉の前にある鍵の束にも同じぬいぐるみが吊されていてタケルはほくそ笑んだ。

「二人とも躊躇してるから私が開封して付けてあげたのよ！」瑠璃が噴き出しそうになるのを堪えそう口を挟んできた。

「君たちのキーホルダーはとても洒落たもので、俺と波琉のは可愛らしいっておかしくない？　ちゃんと選んでくれた？　そもそも新婚旅行の出資者は俺だし」青尉がらしくない子どもじみた皮肉を述べ、タケルの鍵の束からクジラの尾鰭のキーホルダーとすり替えようとし、瑠璃がそんな青尉の手元をカウンター越しに払った。

「兄貴も波琉も顔が厳めしいからこんな可愛らしいキーホルダーが良いのよ」瑠璃は悪戯にそう言って青尉を制した。だが、そんな兄妹の微笑ましいやりとりに構わずに珍しく波琉は愛らしいサメとサーフボードのついたキーホルダーの束をボーッと眺め、挙げ句に深い溜息を吐いた。「どうしてもやるのか？」そんな消沈気味な波琉に対し青尉がそう訊ねると波琉は深く頷いた。話が見えないタケルはただ成り行きを見守っていた。すると波琉は後ろポケットから丸まった封筒を無造作に取り出すとカウンターに置いた。波琉は教会で十字架を前に祈るように項垂れことの経緯を語り始めた。

「波乗り中にサメに殺《や》られた友人のご両親から一周忌に俺宛てに送られてきた手紙だ。開封すると家族にとって抜けているあいつに関する島での暮らしぶりをせめて少しでも知りたいって内容の手紙と白紙の便箋に返信封筒が同封されてた。けれど一向に筆が進まないまま今に至った……今から話すことは狭い島では封印しないといけない話だ。誰にも話さないと約束の下《もと》で聞いてくれ……」そう波琉が前置きし昨日の浜での出来事をまるで怪談話でもしていているような口調で語り出した。

「同級生で実家の肉屋を継いだよし坊って奴がいるんだ。まさかの出来事で予測不可能だから勿論よし坊に罪はない。だから誰にも話さないでくれ。だが、あの事故はそうして起きたんだ。家畜を殺《や》るのは保健所が五月蠅く取り締まってから屠殺場に依頼するのが常だが、よし坊は時折、夜半に浜で山羊を捌いて屠殺費用を浮かせていたんだ。事故が起きた日、思い起こせば波乗りに向かう準備をしていた時点で同じ異臭が漂い、やたら草藪からヤドカリが犇めき合う音が鳴っていた」波琉はひどく動揺した様子で少し震えながら話を続けた。

「昨日波乗り前に浜で異臭がした。それは嫌な記憶に触れるあの日の臭いだった。不吉な予感が過ぎったがそれでもいつものように波乗りするリーフへと歩いた。しばらく波乗りしたが亡き奴の面影に悩まされ、そんな動揺から上手く波を捉えきれずにいた。仕方なくいつものキノコ岩によじ登って一服していたんだ。その時浜で彷徨《うろつ》く人の様子が窺えた。見覚えある男……よし坊だった。よし坊は磯に置き忘れた鉈《なた》らしきものを拾って慌ててその場を去っていった。その時はまだ気付かなかった。だが波乗りを再開ししばらく波に乗ってるとサーフボードの下の海底にサーフボードの影がやたらと映り始めた。最初は日差しの変化のせいだと思い込んでいた。だが、サーフボードを止めるとユラユラと影は浮上してきた。焦って影の形を確認した。それはサーフボードではなくサメだと直ぐに気付いた。そうかなり肥えたタイガー・シャークだった……。慌ててボードを漕いで浜に向かって逃げた。丸腰でマリンナイフもなかったからな……そうして逃げ切って辿り着いた浅瀬の波打ち際で慌て躓《ふため》いていたせいで珊瑚礁の塊のようなものに躓いてすっ転んだんだ。確認するとそれは珊瑚礁ではなく山羊の切り落とされた頭だった……」波琉はカウンターに置かれた鍵の束のサメのキーホルダーとサーフボードを重ね合わせた。

「明日も山羊の肉をバラ撒けばきっとサメがやってくる。そして奴は動くサーフボードに間違いなく反応するだろう！　俺は一矢を報いる、あいつの敵討ちを果たしたいんだ。青尉、船を出し協力してくれないか？　サメを退治した写真をあいつの両親への返信封筒に納めたいんだ。ずっとこの機を待ち望んであの場で波に乗り続けていたんだ……」

「馬鹿なことはやめておけ」青尉が波琉を説き伏せようとする。

「ならばせめて強靱なマリンナイフだけ貸してくれ！ 俺一人で殺《や》るから！」波琉の意思は強固でまるで動じない感じだ。青尉は黙秘し、続けざまに煙草を数本吸い続けた。だが青尉も波琉の気持ちが揺るがないことを悟ったようで深い溜息の後に重い口を開いた。

「やはりマリンナイフは貸せない。それから、もし一人でしでかしたらシャークは今後お前を永久に出入り禁止とする。だが、このメンバーでやるなら仕方ない認めよう！ タケルも近々いっちまうし、良い思い出づくりにもなるさ。そうタケルを亡命させる芝居前の準備運動にはもってこいだ。俺は鮫捕り屋という屋号の名にかけて殺《や》るさ！ 但し、おじいには内緒だ。余計な心配を年寄りにかけたくないからな」青尉は波琉の粘りに根負けし天を仰いでそう呟いた。波琉の意思が揺るがないことを察した青尉は苦渋の決断を下したのだ。やがて青尉がランプに火を点け、珈琲を抽出しながらメモ用紙に向かって何やら思案しながら執筆した。やがて店内に珈琲の薫りが充満し、瑠璃がカップに人数分注ぎ終え配った頃には青尉が考案した鮫捕り計画は完成した。危険を孕んでいるだけに内容をもとに念入りに打ち合わせを繰り返し万全を期した。タケルにも役回りがあって世話になった波琉に対して僅かでも貢献できることに少しだけ救われた気分だった。翌日打ち合わせた通りことは敢行された。

鮫捕船「ぞうとらいおんまる」の舵を青尉が操縦し、島の沿岸航路を巡りながら二海里程船を走らせると目的地であるキノコ岩付近に停泊した。タケルはそのタイミングで波琉の親父から借用したマーリンに使用する、ごつい両軸リールから伸びた釣り竿の先に垂れ下がった太い釣り糸に、初めて青尉と出会った日にもらった発売禁止となったサメ用のルアーのワイヤーを紡いで結んだ。小刻みに震えるタケルの手先とは相反して、横に座った瑠璃は器用にニッパーを操り、タケルの作業を手伝ってくれた。さすがはアクセサリー細工を仕事にしているだけあって、瑠璃の手も加わった結び目はより強化された感じに仕上がった。続けてどんな血の滴る生肉を振り払ってでもサメが喰らいつくまでに研究開発されたという、血の臭いのする液体をルアーの内部に注入し、細やかな作業後に少し襲ってきた船酔いから逃れようと握り拳のように顔を歪めた。

瑠璃も救急係に任命された。万一、波琉が襲われた場合、青尉に加担して救助する役割分担だ。酸素ボンベを担ぎ足鰭を履いていた。また、船に引き寄せたサメを船に取り込む際に使用するための水中銃に大型のフックを掛けゴム管を張って引き金を仕掛け、鋭利な輝きを放つ銃口を天に向け立て掛けた。水中銃の根本は太いロープと繋がれ、看板に渦巻いた先を辿ると埋め込まれた船体のフックと結ばれている。青尉は鮫捕船のエンジンを吹かし煙を舞い上げ、浜にいる波琉に準備完了の合図を送った。打ち合わせ通りなら今朝方、既に肉屋で買い占めた数キロの山羊の内臓や肉が波琉によってこの浜にバラ撒かれているはずだ。つまりいつサメが現れてもおかしくない状況なのだ。船上より石積みの漁師道をリーフに向かって赴く波琉の姿をタケルが捉えた。その姿はかつてタケルが研究塾在籍中に、卒業発表の舞台に向かったあの日を彷彿とさせた。端から見れば誰もが馬鹿げていると誇りを免れないことに、真剣に挑む心意気は僕も理解できるよ、波琉！　タケルはそんな波琉に向かって心の奥底で喝采を贈り、溢れ出ようとする涙がぼやけたコンタクトレンズを洗い流し、さらに鮮明にタケルのレンズは波琉を捉えた。波琉はリーフに到着すると、颯爽と波に乗り始めた。いつもより緩急を込め派手にボードを操って、サメを誘おうとする波琉の意気込みが此方まで伝わってきた。しばらくそんな波琉の勇ましい姿に圧倒され、波に踊る遊戯を無言で見入っていた。タケルはできれば何も起こらないで、ただ波琉の勇敢な舞を観賞して終わることを望んでいた。だが、呆気なくそんな柔な願いは打ち砕かれた。波琉が首から提げていたレスキューホイッスルの鋭い音がタケルの耳を劈いた。すぐさま青尉が操縦室に飛び込んでエンジンを吹かすと舵を切った。サメを脅かさぬように船を徐行させながら波琉との距離を詰めていく。タケルは震えを抑えながらも決してぶれないように闘志張る波琉を凝視し士気を高めた。波琉はサーフボードの上に伏せると逞しい両腕で漕ぎ出し、時折は水中に顔を沈める動作を繰り返した。おそらくサメの位置を目視しているのだろう。そうして波琉はサメの真上に位置付けたのだろう、右腕を振りあげて船を誘導した。青尉は波琉に従ってサーフボードに対して並列になるように船を誘導し、瑠璃は手を伸ばすと一気に船中へと波琉を攫った。波琉がサーフボードを引き揚げたが、サーフボードの影と思われた大きな塊はそのまま海中に残っていた。タケルはその巨大な陰影に震えの止まない腕をぎこちなく伸ばすと、そっとルアーを落とし込んだ。タケルは波琉に何か告げようと見合わせた瞬間、竿先が海中に折れ曲がって撓り、反射的にタケルは竿に手を掛けると口元に釣り針が深く突き刺さるようにと躰ごと仰け反った。同時にリールが唸るような悲鳴に似た音で逆回転し、ハンドルを汗ばんだ手で握りしめたが一層けたたましくその音は鳴り響いた。

「気張れ、タケル！　敵は手強いぞ！」青尉が舵を取って船を誘導し釣り糸が岩礁に擦り切られないように位置取りを始めた。

タケルは両腕で釣り竿を握るのがやっとであった。すると、タケルの懐に波琉が潜り込んできてリールを捲こうと加勢し試みるが、凝り固まったままのハンドルは波琉の強靭な腕っ節をもってしても微動だにせず、歯車は制御するのがやっとだと言わんばかりに軋み鳴き続けた。サメは躍動し続け、竿先を折り、リールを破損する勢いで暴れた。

そんな耐えるだけがやっとのタケルの視界に異様な光景が過ぎった。甲板の先端に妙に落ち着き払った様子の瑠璃が仁王立ちしたのだ。瑠璃はまるで何かを祈願するように独語を唱えながら頭にパレオを巻いた。青尉の台本にない行動、だがタケルが瑠璃の胸中を察するのにさほど時間は要しなかった。瑠璃が頭に巻いた赤いハイビスカス柄のパレオについていつか瑠璃がタケルに話してくれたことがあった。そのパレオは瑠璃の母が父から結婚記念日にもらったもので、瑠璃は二人の思い出の品であるパレオを両親の眠る海に流した。その際に形見にとそのパレオの一端を切り取って肌身離さず大切に持ち歩いていたものだ。大切なパレオを頭に巻いて結んだのはおそらく瑠璃の内に秘めた決意の表れなのだ。青い海と空、そして冷静な瑠璃、対照的なその燃え滾《たぎ》るように熱する赤は爛々と際だっていた。

タケルの抱いた悪い予感は的中した。次の瞬間水中銃を担ぎ勇んだ瑠璃が海中へと飛び込んで消えた。水中銃に繋がれたロープがまるで甲板に蜷局《とぐろ》を捲いていた蛇が海に還るように蛇行しながら堕ちていった。おそらく瑠璃は両親の敵討ちをこの期に及んで果敢に決行したのだ。釣り竿を波琉に託し慌てて飛び込もうとしたタケルを一蹴し、ボンベを担ぎ足鰭を履きながら青尉が「船で俺を追え！」とタケルに叫んで海中へと飛び込んだ。青尉の握りしめた鋭利なマリンナイフが海中で陽光を反射し輝いた。

タケルは慌てて無人の操縦室へ駆け込んで船舶免許実習途中の半端で不慣れな舵取りで青尉の軌跡に向かって蛇行しながらではあるが何とか船を誘導した。その間、波琉はリールを捲き続け釣り糸を回収し張った状態に保ち敵の位置どりを行った。陽光に輝く釣り糸は青尉の軌跡と同じ方向に向かっていた。そして遂にサメが潜むであろう真上まで船を誘導すると波琉がレスキューホイッスルを吹き、止まれ！の合図を右手で示した。タケルは船を停止させ、操縦室を飛び出て波琉のいる場所へ転がり着いた。波琉とタケルは釣り糸に繋がれた海面を覗き込んだ。すると、万華鏡を覗いたように赤が四方八方に規則的に拡がり、やがて底にハイビスカスの絵が描かれたプールのように青い海の一部が赤く滲み花が開くように拡がった。

「サメの血の色って青？」波琉は青ざめ震えながらそんなことを口走った。頭の隅にあったあやふやな知識がより不安を掻き立て凄惨な光景が脳裏に浮かび上がった。タケルと波琉はガタガタと震えあがりながらも次の瞬間、同時に赤いハイビスカスの花を目掛け海へと飛び込んだ。右手で鼻を摘み耳抜きし左手で必死に海水を掻いて潜りの達者な波琉に追いつこうとタケルがもがいていると赤いハイビスカスの中心から遠く青尉が瑠璃の手をとってゆっくりと浮上してくる様子が窺え、波琉も器用に反転し群れを成した魚のように浮上してきた。安堵したタケルも皆に倣って泳ぎ海面を目指した。

そうして海面に到達すると降ろし梯子から順に船上に戻った。青尉が勝手な行動をとった瑠璃の頬を強く叩き制裁を加え、瑠璃は泣きながら甲板に伏した。瑠璃が無事だったことが知れタケルと波琉はその場に腰が抜けたように座り込んだ。

青尉は構わずに寡黙に鮫捕り漁の続きを執行し始めた。先ずは水中銃の繋がれたロープをフックから外し、滑車に巻き付けると電源を入れ電動で捲き始めた。ある程度捲いたところで、ロープに電気ショッカーを引っ掛けるとまるでロープウェイのように電気ショッカーは縄を伝って海底へ消えていった。電動滑車は上手く仕事を成したことを証するように軋むことなく一定の速度でサメを回収し始めた。そうして打倒された巨大なサメは抗うことなく海面に浮き揚げられた。何かしなくてはといった気負いで、立ち上がろうと試みたタケルはそのサメの巨大さに畏怖され動けなかった。波琉もおそらく同じ症状に陥っていた。サメは気絶し既に青尉によって剝製にされたかのように微動だにしないが、それでも今にも動き出しそうなその迫力には圧倒された。

青尉だけはサメを扱い慣れているためか、動揺ひとつ見せずに淡々と作業をこなしていった。電動滑車を止め水中銃をサメから引っこ抜き、それから水中銃の槍に繋がる紐を手繰り電気ショッカーを船内に回収した。続けてサメの尾鰭を別のロープで結びつけ船体横に固定し終えると何喰わぬ顔で操縦室へ戻り、舵を取り船を発進させた。タケルは唖然とその手慣れた作業に見入って凝り固まったまま動けずにいたが、船が発進した揺れで蹌踉けたのをきっかけにそのまま瑠璃の傍に近寄って泣いて伏していた瑠璃をせめて慰めようと濡れた髪を撫でた。波琉は船縁からその巨大なサメを凝視して時折唾を吐き捨てた。そうして帰港するとタケルと波琉は青尉の指示に従って手を貸してサメをトラックの荷台へと積み込んだ。それから青尉は瑠璃をトラックの助手席に乗せ走り出した。タケルと波琉も四輪駆動車に乗り込んでトラックを追尾した。トラックはハザードランプを点灯させ何故か病院前で停まった。タケルも真似て四輪駆動車を路肩に寄せトラックの後方に停車した。直ぐにトラックの助手席から瑠璃が降り此方に走り寄ってきた。

「全然大丈夫なんだけど兄貴が妊娠してるんだから受診しろって五月蝿いから……まぁ残虐なサメ殺しなんてホラーシーンはどうせ妊婦には御法度だしここで失礼するわ！」瑠璃は窓越しにその旨を伝え笑顔でタケルと波琉に手を振った。

「お前も一緒に付き添え……いや付き添ってくれ！　ことの発端は俺で瑠璃や身籠もった子に何かあったら責任は俺にあるんだ！　頼む！」助手席で波琉が神妙な面持ちで運転を交代しようとドアを開け降り掛けたが、場の空気を察した当の瑠璃は逃げるように小走りに病院内へとさっさと消えてしまった。

「鮫捕り屋のお転婆娘だぜ！　大丈夫さ、後で見舞うよ」タケルは瑠璃の心意を察し付き添うことをやめた。青尉はいつの間にかトラックを降りており、病院前の商店の軒先に設置された公衆電話で誰かと話していた。青尉の会話している声が此方まで届いてタケルは話し相手が誰なのか察した。サメ専用ルアー、シャークハントベイトの開発技術者だ。

「お前が製作したサメのルアーでどでかい奴を射止めた。完璧な製品だが発売禁止は正解だ。やばいことに俺は気付いちまった。あの注入液は化学兵器指定もんだ。大量にバラ撒けば海岸を獰猛なサメで溢れさせられる。つまり生物兵器を呼ぶ化学兵器だ。今は何開発してる？　もしやクジラか？　クジラなら大歓迎だ。是非釣ってみたいってほざく馬鹿が身近にいるんだ」青尉は四輪駆動車の運転席から青尉の様子を窺っていたタケルに悪戯な表情でウインクした。

「仕事一段落したらまた島に遊びに来いよ！」最後にそう告げると青尉は釣果報告の電話を切りトラックへと戻り、巨大なサメを積んだトラックに群がる野次馬を派手なクラクションで一掃し発進した。タケルと波琉は呆気にとられた人々に詫びるようにヘコヘコと会釈しながら徐行しトラックを追った。

砂浜の轍で尾鰭を縛られた太いロープに繋がれた重たいサメを三人で引き擦り何とか海岸沿いの浜へと運び入れた。タケルと波琉は骨の折れる作業に乱れた呼吸が整うまで暫しその場にしゃがみ込んでしまった。青尉だけは慣れた作業なのか、ことを終えるとトラックから銛とインスタントカメラを持って平然と戻ってきた。青尉はタケルの首にインスタントカメラを吊すと、続いて波琉に銛を手渡した。その時、既に波琉は大粒の涙をボタボタと砂浜に落としていた。赤らんだ波琉の顔には涙だけでなく鼻水も垂れていた。

「貴様のせいであいつは、あいつのご両親は！　畜生！」波琉は物凄い剣幕で遺恨を込め叫び、サメに走り寄ると跨って骨をも砕く勢いで銛を幾度もぶっ刺し続けた。タケルはしばらくは黙ってその寓話の結末を見守っていた。波琉の長きに亘る葛藤を想うとタケルも涙が自然と零れ出していた。だが、隣の青尉の目からも涙が零れていることに気付いたタケルの涙は引っ込んだ。波琉だけでなく青尉も、そしてこの場にはいないがきっと瑠璃も親愛なる者を奪われた苦痛に何とか堪え凌ぎ生き続けていたのだ。

青尉に背中を叩かれ、我に返ったタケルは波琉のもとへ走り寄るとインスタントカメラのレンズで波琉とサメが見切れないように定め、シャッターをフィルムが切れるまで押し続けた。この写真を波琉の亡き親友のご両親に送付しなければならないのだ。憤慨する波琉とサメが滅多刺しされる無惨な姿を写した写真が砂浜を風に転がって、青尉が砂を払いながらその一枚一枚を拾って廻った。全てを拾い終えた青尉は写真の束を丸めてパーカーのポケットに突っ込み、代わりに煙草を取り出し美味そうに吹かした。そうして青尉の一服が済んだ頃、気が済んだのか、もしくは深く刺した銛を抜く力に尽きたのか、息のあがった波琉が銛をぶっ刺したままサメから離れ立ち尽くしていた。

青尉が二本目の煙草に火を点けると波琉に手渡し、波琉は肩で息をし、時折咽びながらも震える血で汚れた右手でその煙草を吸い続けた。その間、青尉は浜から適当な流木を一切れ拾うとサメの口をこじ開けてつっかえ棒としてかました。タケルも一服しようと煙草をくわえポケットをまさぐってライターを探し取り出したが、あることに気付き火を点けるのを躊躇った。青尉が手榴弾を野球のボールのように握りしめていたことに気付いたからだ。同じく気付いたであろう波琉も慌てて煙草を砂浜に押し付け煙草を揉み消した。

「護身用だ！　長らく鮫捕り屋を続けるなら時に必要なこともあると思って基地に遊びに行った際に一ダースいただいといた。あいにくまだ使用したことがない。戦車のキャタピラをもぶっ壊す最新型の優れものだと酔いどれた将校は抜かしていた。実は護身用はたてまえで実は自爆用なんだ。万一サメに丸呑みされるような事態に陥ったら噛み砕かれるのは癪なんでピンを引いてやろうって目論んでる。破壊力を試す実験ついでにサメの花火でもぶっ放してこの場を締めよう！　身も傷だらけで経歴もいわくつきとあらば剝製に仕上げ商品にはできないもはや廃棄物だ。タケルのサメロケットの打ち上げ前夜祭にサメ花火を派手に打ち上げよう！」目を爛々と輝かし青尉は戯言をほざく。

「それって大人のくせに大人げない遊びだな！」波琉もらしくない青尉を罵倒した。

「やばいよ、爆音で通報されるよ……」タケルも尋常じゃない青尉を制した。

「過去に島に座礁したクジラをダイナマイトで爆破した土建屋の二代目から爆薬の使

用許可書を発行してもらってある……心配ない」青尉は不敵な笑みを浮かべた。用意周到な青尉にタケルと波琉は腹を括って顔を見合わせた。

「俺が考案したビーチフットボールだ。スリーカウントでピンを外しサメの口に俺がこいつを投げ込む。つっかえ棒を弾いて口の中に収まる案配だ。君たちは走者だ。あの岸壁にある洞穴に向けダッシュだ」青尉はルールを解説し終えると、間髪入れず大声でカウントダウンを始めた。

三……二……タケルと波琉は慌てふためいて足を砂に捕まえられながら蹌踉けながら大岩に向け走り出した。少し遅れ青尉が絶叫しながら追いかけてきた。タケルは幼少の頃、スズメ蜂の巣に爆竹を仕掛け破壊した悪しき遊びを回顧していた。青尉に似た近所に住んでいた年上の餓鬼大将の顔がくっきりと思い起こされた。青尉も餓鬼大将もミック・ジャガーがキース・リチャーズの肩に腕を廻し寄り掛かった不敵な笑みを浮かべたあの表情と同じだった。鈍い爆音が轟き皆奔《はし》りながら振り返った。木っ端微塵に跡形もなく巨大なサメはぶっ飛び、同時に三人は重なり合うように岩穴に頭から飛び込んだ。あまりの破壊力にタケルは小便を漏らしそうになった。スズメ蜂に追われた幼少のあの日、タケルは漏らしてしまい皆に気付かれないようにそのまま家に走り帰ったのだ。漏らさなかった分だけほんの少しだけタケルも大人になったのだと自覚した。タケルはそんなことを思いながら、そっと振り返ると洞穴から突き出た波琉の足先に無惨に砕けたサメの頭部が落ちて転がり、その破壊力に驚愕し皆で顔を見合わせた。波琉の顔は鼻水と涙が残っていたせいで、砂が塗されて綺麗に白化粧されたようになっていた。青尉はそんな波琉の顔を茶化し笑い出した。皆で洞穴を這い出ると、三人は砂まみれになりながら笑い転げ、やがて仰向けに寝転んで青空に雲を浮かべるようにそれぞれに煙草を吹かした。だが、青い空はいつまでも青く澄み渡っていた。

それから一緒に行きたがる青尉や波琉を振り切ってタケルは瑠璃の様子を窺いに病院へと一人出向いた。すると、病院の個室で瑠璃は穏やかな表情でベッドに横になっていた。

「担当医の話だと赤ちゃんは健やかに育ってる。母親が少し低血糖気味で、二、三日点滴に繋がれることに……だけど少子化が得をもたらすこともあるのね、こんなに広い個室で入院なんて贅沢な身分だわ」瑠璃はそう話すと舌を出しはにかんだ笑みを浮かべた。瑠璃の顔色はいつもより少しばかり蒼白に見えたが、表情はいつもにもまして穏やかな印象を受け、タケルは安堵し病室のベッドの横に立て掛けられたパイプ椅子を組み立てて座った。

「いつだかタケルに綺麗事言ってた……親の敵討ちなんてどうでもいいって……だけど波琉の勇敢な行動で火が点いた……」確かにサメに恨みはないって過去に瑠璃はタケルに話していた。

「無茶しやがって、馬鹿だな」タケルは瑠璃のおでこを撫でながら温もりがあることに胸中で神の御加護に感謝した。

「サメの脇腹を狙って撃ったの……見事に命中し弾かれることなくしっかりと捉えたわ。サメは痛みからか暴れのたうち回りその衝撃で水中銃ごと持っていかれた。傷を負ったサメは猛り狂い、私の周囲をぐるぐると廻り威嚇し海は修羅場と化したの。けれど痛みに耐えきれなくなったのか、サメはやがて逃げるように沖へ向かって泳ぎ去ろうとしたの。ほっと私が安堵したのも束の間だったわ。水中銃と船を繋いだロープが私の躰に巻き付こうと輪を描き徐々に狭まって締め付けられようとしていることに気付いたの。半ば失神し放心状態に陥っていたけど、芽生えたばかりの私の中の母性は咄嗟に胎児を守ろうとした。危機を回避するために比喩するならイルカの輪くぐりみたいにして抜けようと水を掻くように無意識にキックを繰り返したの。だけど足先までは抜けきれずに完全に締め付けられたわ」タケルは項垂れ溜息をついた。

「サメに引っ張られた時は流石に死を覚悟したわ。だけど締め付けられた激痛から逆に目を見開かざるをえなかった。すると視界にサメの急所をマリンナイフで突く兄貴の姿が見えたのよ。過去に一刺しで気絶させる急所があるって兄は私に話していたことがあるの。流石は鮫捕り屋の三代目を継いだだけあるわ。兄は正確に急所を捉えた。締め付けられたロープが徐々に緩んだのよ……」瑠璃は黒く鬱血した痣の足首を被っていたタオルケットを捲ってタケルに見せた。瑠璃の脚には過去にクラゲに刺されたた薄れた傷跡が散る花弁の刺青のようにあり、新たに大きな樹木を彫り足されたかのように痛々しくくっきりとその締め付けられた跡は刻まれていた。タケルが描かれた樹木の幹に人指し指をそっと這わすとまだ傷むのか瑠璃は眉間に皺を寄せた。

「何より瑠璃と胎児が無事で良かった」タケルは素直な気持ちを告げ、胸中で神様だけでなく青尉にも感謝の意を込めた。

「両親の敵討ちは完結した。まっさらな気持ちでこれからは産まれてくる子のために人生を捧げるわ」瑠璃もそんな決意を表明した。

「渡米の件、本心では迷っていた。でもさ、瑠璃や波琉に背中をおされた感じだ。旅立ちを決めた。明日予定通り、一旦死んで、瑠璃の足に刻まれた傷が完全に癒える頃、生まれ変わって島に戻るよ」タケルはそう瑠璃に告げると、何か言いかけた瑠璃の唇を塞ぐように奪った。

Chapter 9　My dear island

マリアナ諸島で発生した台風が発達しながら北西に進んでいる影響から疾風怒濤の海は少しずつ顔色を険しくしていく。タケルがこの島でジャイアント・トレバリーを射止める最後の機会であり、同時にこの磯で死する場でもある。

青尉はここ数日観光で滞在しているシャークの常連である老夫婦を連れて廻っていた。この計画を知らない決め手となる目撃情報を偽装するためにこの磯場を見渡せる対岸の断崖にある展望台に青尉は老夫婦を連れて行くのだ。先程、シナリオ通りその展望台から青尉と老夫婦がタケルと波琉に向かって手を振り去っていった。

入院中の瑠璃に代わって見物にやってきたおじいは今は亡き娘の魂を乗せた波瀾に乱れる嵐に向かって喋りかけている。

「どうしていつまでも私を連れ去らないのか？　息子夫婦の次はタケルを私から奪うのか？」おじいの嘆きを風が運びタケルの耳元を掠めた。

大潮の満潮が日の堕ちる時刻に重なる絶好の条件だが、まるでタケルへ試練を与えるが如く、海は沿岸部に高波が猛々しく打ちつけ白濁する荒れ模様となっていた。風波はもはや兎が跳ねるなんて比喩は適当ではなく、例えるなら凶暴な白龍が暴れているような海原だ。海と同様に空には聖獣とされる鷲までもが飛来し、雷を司るギリシャ神話の天空神ゼウスが今にも暴れ出しそうな空模様だ。時に雷は雲間に閃光を放っていた。

タケルが授かった釣り竿には落雷注意のシールが張られている。釣り竿を剣とすれば雷は斬れないと記されているのだ。だが、タケルは隙を窺っては天空を斬り裂き、閃光が煌めくと剣先を下に向け落雷を避けた。タケルにとって最後の闘いなのだから……。

タケルと同じように、馬の背のような隣の磯では勇敢な相棒である波琉が弓を放つ如く釣り竿を撓らせて放ち、銀色のルアーを矢のように撃ち続けている。昨日敵討ちを果たした波琉は晴れ晴れとした様相でいつになく凛々しく見えた。両軸リールを捲く右手以外は微動だにしない。すると、やはり落ち着き払った波琉に最初に軍配が上がった。波琉が何かを捉えた様子が傍目にわかった。波琉の釣り糸の先に目を這わすと白龍が波琉の放った弓矢に射られ、波間を跳ね跳んで暴れている。サーベルフィッシュだ。波琉は外道と知ると一気に巻き上げ矢を抜くと海に還した。

タケルは一度、燃え滾る闘志を鎮めようと剣を降ろし冷静に状況を見据えた。高波が沿岸部を砕く如く打つ鼓動、暴風がうねる波間を激しく揺るがしながら滑る波動、曇り空の向こうで墜ちていく太陽がプラチナに空色を染め、その光沢がより一層、群青色の海の造形を色濃くし凶暴さを増しタケルに迫ってくる。タケルはそんな状況下でも決して濃紺に染まらず、真っ白な翼を羽ばたかせる孤高な海鳥を見据えた。海鳥は旋風に上手に乗り風の止む瞬間に波間の小魚目掛け突っ込んで小魚を補食している。タケルは海鳥に倣って再度剣を振りかぶり空を斬ってはルアーに己の躍動感を投影し操り、海面下に潜んでいる活路に満ちたGTを誘った。タケルは肥沃な地に聳える樹木に化けたつもりで邪念を払い除けた状態でルアーを海鳥に見立て没頭した。磯に腰掛け見物していたおじいもいつしか消えてた。タケルは家路に向かうおじいの姿を想像した。そんな一瞬逸れた気持ちが完全に殺気を消したのだろうか、ガツンと竿先が海中に引き込まれる反応があった。見知らぬ人混みで突然肩を叩かれた驚きに似た感覚で鼓動が一瞬止まりかけ、激しく律動し始める。一気に沖へ逃げ去ろうとする。しかし、その力の大きさはリールのドラグが教える。狙っているGTではない。代わりに飛び跳ね逃れようとする白銀色の龍が暴れる。その光沢ある勇姿はサーベルフィッシュだと直ぐ認識できた。

必死に逃れようとギラついた魚体は無防備で、針先が刺さる口元から流れる僅かな流血の臭いとギラつく魚体がおそらく更なる強者を呼び寄せたのだろう。巨大な灰色の影が海面を揺らめき獲物を捉えた瞬間、喰い千切られたサーベルフィッシュの頭部が、タケルに向かい張りが急激に緩んだ釣り糸をバネに弾み飛んできて、間一髪避けると後ろ側の荒磯に落ちた。ヘミングウェイの『老人と海』もそんな結末だった。張り詰めた糸が切れるとはよく言ったもので、タケルは呆然と脱力し跪き仰向けに寝転んだ。波琉が苦笑いしながら呟いた言葉は風のベールが遮断し、遙かなる海へと跳ばした。頭を抱え溜息を吐き捨て、それから波琉のほうを見据えると、波琉は影絵のように切り取られその黒い輪郭を美しい夕闇を背景にして映し出した。冷たい無機質な岩肌と磯を打ち抜く波の飛沫がタケルの体熱を奪っていった。いつしか曇りがかった空の隙間から満天の星が煌めいているのが見えた。

おそらく古《いにしえ》に潮が満ち海に飛び込んだクジラの祖先は翼を鰭に変え海原に生活の場を求めたのだろうか？　星の瞬きの如く僕もこの僅かな島での生活で極僅かな進化を遂げた。それは海原に翼を羽ばたかせ飛び込む予感が宿ったことだ。いずれこの星を覆うベールが灼熱の太陽に焼かれ、完全なる青が支配する星となっても僕たちも絶滅に瀕せずにこの青に融合し生きることが可能なのだろうか？　夜空を仰ぐと雲の切れ間に覗く夜空に一筋の流れ星が墜ちた。星が朽ちて墜ちる時間と僕が生きられる時間の格差を想うと気が遠のいた。仰向けに座り煙草を吸って雲の切れ間を煙で塞いだ。闇に融け込んでいた波琉がいつの間にかそんなタケルの隣に来て座り込んだ。

「陸からメータークラスのジャイアント・トレバリーを釣り上げることは成就できなかったな！　前向きに捉えれば互いの長い旅路でこの島でタケルとの再会を確約したようなもんさ。またいつか必ず一緒にこの島で釣りしようぜ！」波琉はらしくない気障な台詞をいってのけ、それから両足を投げ出す格好で仰向けに座り込み同じように煙草を吹かした。暫しの心地よい休憩に二人浸った。

「おじいが鮫捕り屋を旗あげした経緯をタケルも知ってるだろ？　娘を亡くした仇って愛だろ。つまりぶれることなくおじいは愛に向かって生き続けてるんだ。波乗り中にあいつがサメに殺されてからあの一家の生き様が唯一の救いだった。自暴自棄な自分に悲しみに打ちのめされずに強かに愛に向かって生きろと彼らは俺に言葉少なに教えてくれた」波琉はいつになく神妙な感じでそう話した。

「おじいの仇がサメで良かった。もし直接敵国に殺られていたらおじいの執念で未だに戦争は続いていたかもしれない。それはそうと昨日のサメを射止めた写真に手紙を添えて亡き友人の両親に送ったのか？」タケルは逆に波琉に問うた。

「写真は投函したが手紙は添えなかった……そういうの苦手なんだ。軽率な言動は避けたほうが俺の場合いいさ、知っての通り天性の嘘つきだからさ、俺は……でもインスタント写真の余白に少しだけ書き留めた……息子さんの仇は討ちましたのでご安心ください。いつか息子さんが最後に過ごしていた海が綺麗な島に是非来てくださいってな……いいんだそれで、それだけでさ……」闇に慣れてきたタケルの目が天を仰ぎながら話す波琉の姿を捉えた。暫し二人で星を眺め過ごした。長い沈黙に耐えきれなくなったのか波琉は秘話を語り始めた。

「今まで黙っていたけどタケルに似てたんだ、亡きあいつ……生まれ変わりかって疑った……そうタケルと出逢ったばかりの頃に喧嘩になったのもそれが原因だ。死んだ筈のあいつがまた現れて動揺したんだ。だけどあいつとの出逢い変わってたんだ。あいつ岬で飛び降り自殺を謀って、偶然にも俺は岬下の海で波乗りしててな、慌てて助けたんだ。きっと飛び降りる時に怖くて海を見られなかった故にあいつ死に損なったんだ」

「へぇーそうなんだ……」旅立ちの日、百貨店の屋上から飛び降りた紳士の姿がタケルの脳裏に過ぎった。

「タケルも過去の自分を葬って島にやって来たんだろ？　つまり一度死んだ奴って何

か同じような雰囲気醸してるんだ。加えて声や顔もマジでそっくりだからさ。夢中になってタケルと釣りしてたら、時折あいつと遊んでるんじゃないかって錯覚したくらいなんだ。それって意外と救われる感じだった。タケルと出逢って随分と救われたってことさ。運命なのかあいつは結局死んじまったがな……。タケル、過酷な航海になるな、けど決して生き急ぐなよ。やっと絶望から脱した俺を失意に堕とすようなことはするなよ。またいつかこうしてこの島で釣りしような！　約束だ……」

やがて闇が完全に覆い被さって灯台の閃光がより煌めきタケルたちの帰路を照らす。退散を促すいつもの合図だ。タケルは磯を波琉の亡き親友の墓石に見立て飲み残ったボトルの水を哀悼の意を込め染み渡らせると、ゆっくりと立ち上がった。タケルは先を歩く真っ黒な波琉を追って灯台の閃光が放つ瞬間に照らす道を辿りながら歩を進めた。辿々しい二人の足音に木霊するかのように防波堤に貼り付いていた無数の蟹がまるで二人の足跡を奪うように海面に飛び込み、タケルと波琉を幽霊のように足のない存在に仕立てた。だが、やがて海岸沿いに生い茂る原生林に潜り込むと二人は闇に迷い、道を塞がれ路頭に迷ってしまった。その時、まるでそんな二人に帰路を照らすように原生林より一匹の蛍が宿り優しく仄かな淡い光で誘った。二人は直ぐにその蛍が誰なのかを認識した。

「あいつのこと話したから、あいつ遊びに来やがった……」波琉の涙ぐんだ声が静寂の闇に溶けた。波琉の親友が死んで生まれ変わり蛍になったように、今宵この島で死して、明日にはクジラではなくサメに生まれ変わり、海原を超えるのだとタケルは決意を固めた。

青尉は琉球海事第三倉庫の一画をサメの剝製の格納庫に使用するために賃貸契約している。ことがことだけに閉めきった蒸し暑く埃っぽい倉庫の積まれたコンテナに完全に隠れる一画で波琉と青尉でタケルの旅支度が行われていた。退院後、安静に自室で過ごしていた瑠璃も遅れながらもこの場へとやってきた。タケルは島では公然と死んだことになっている身の上だ。波琉は今朝方島のニュースで悲痛な役柄を筋書き通り演じきってくれた。役作りのために無精髭まで蓄えた波琉は現場となった磯に花束を投げ、放心状態をきめこんだ演技でニュースキャスターのインタビューに答えた。
「一緒に釣りしてたんだが、トイレに行きたくなってな、いや大きいほうをな。で、仕方なく先に俺だけ帰ったんだ……奴はもう少しだけ粘るって……おそらく大物の魚に海に引き込まれたに違いない」ニュースはそんな波琉のコメントから始まった。磯の下の波間に折れた釣り竿が揺れている場面の映像に続いて、観光客の老夫婦が神妙な顔つきで目撃情報を語ったホテルでの映像へと移行する。

「あの岬から手を振ったのよ。楽しそうに釣りしていたわ。まだお若いのに可哀想に」老婆が狼狽しながら語ると老爺は消沈した面持ちで頷いた。最後に再度、波琉の演劇にて幕を閉じる。

「クソ野郎！　クソさえ催さなければ……助けられたのに……今頃、サメに喰われて……」波琉にカメラが向けられると台詞はあからさまに棒読みだが、波琉はあらかじめ指先に塗って仕込んでいた島唐辛子で目を擦り迫真の涙を流した。波琉はインタビュアーの肩に凭《もた》れ脇腹にパンチを喰らわせながら大泣きし役者を演じきりインタビュアーも腹の痛みから卑屈な表情を覗かせ悲しみの相乗効果を煽った。

　偶然にも先週末に市内漁港に帰港した延縄漁師が巨大なサメを捕り、ニュース報道が島に警告を鳴らしたばかりででっち上げた事故の信憑性を高める結果に繋がった。そして懸念した通りシャークの面々と深く関わるとサメに喰われて死ぬといった悪評が狭い島を席巻した。極僅かの真実を知る面々はその噂で店のイメージを損ねると心配したが青尉は歯牙にも掛けなかった。逆にタケルが辞めるとなると剝製を造る時間が一切なくなると嘆き、店は観光客相手で好都合だとまで宣った。タケルの母も電話で打ち合わせた通り、島の警察署からの要望に対し息子はまだ生きていると信じたいとの胸中を語り、遺体もあがらないうちはと出頭を断り先延ばししてくれた。

「在沖の米軍基地まで船でタケルを搬送する。到着したらメリッサのハウスで発注先の宛名を空軍基地近隣の博物館に貼り替え一旦休憩し続いてヘリポートに移送する。後は米国の空軍基地まで搬送し同乗したメリッサが到着後にタイミングを計ってタケルを解放する」青尉が段取りを説明しながらサメの剝製にタケルを閉じ込めた。間抜けなタケルを瑠璃と波琉は腹が捩《よじ》れる程に笑った。

「しばらくはサメに喰われた気分でも味わってくれ」青尉が渋い口調の演技でタケルにそう告げる。

「こいつをさらに特製の刻印した桐箱に詰める」青尉は半笑いで瑠璃と波琉にそう指示しタケルはサメごと三人に抱えられ、まるで棺桶のような箱に詰められた。

「タケル大丈夫か？　最後に訊いて良いか？　クジラを囲って飼うって本気か？」青尉が棺桶の蓋を閉める作業をこなしながらタケルに囁いた。

「僕は囲われているってことだ。昔は日当たりの悪いビルの一室に、今は棺桶にだ！　その囲いがある限り反対側からしてみれば既にクジラも囲われているってことなんだ」タケルが青尉に本意を伝えきったところで桐箱の蓋は閉じられた。

「タケル……頑張ってこいよ！　できやしねーのは承知の上さ、サメだろうが敵国だろうが、ねちねちと恨み辛みを募らせたところで戦争という愚行が撲滅しない限り何も解決されねぇってことくらい解ってるさ。つまりタケルのクジラを空に掲げる壮大な平和活動に心底賛同しているんだ！　そう、おじいも同じ思いだ！」青尉は閉じ込められたタケルに声を大にして叫んだ。

「サメ星人、ボトルの水は飲めるか？　し尿瓶はモノを突っ込む式だがサイズは足りているかぁ？　漏れないか一度試しにシャーとやってみたら良いさ！」波琉が悪ふざけしながら笑いを堪える声でサメにくるまれたタケルを茶化した。瑠璃の笑い声もサメ越しにタケルの耳元へ届いてきた。こんな一世一代の惜別の舞台においても、動じない沖縄の気質にタケルはげんなりしながらも反面、皆が陽気に送別してくれていることに救われてもいた。

逆に箱の中に閉じ込められたタケルは小便は漏れてないが、涙が沸々と瞳から溢れ出て止まらなくなっていた。タケルは素敵な島人たちと巡り逢えたことに感謝した。彼らは歪んだタケルの芯を矯正してくれた。短い期間だったが彼らと過ごした日々は濃密であり色濃くタケルの胸に刻まれた。タケルは泣きながらも箱の外にいる仲間たちに寄り添うように耳を傾けた。

貨物船が汽笛を鳴らし青尉が若い船長と何やら談笑している。若い船長は執拗に多すぎるからと受け取りを拒む様子がタケルの耳に漏れ届いた。青尉が包んだチップのことだ。最後まで青尉に頼りっぱなしで己の不甲斐なさをタケルは痛感した。

そして、桐箱は軽く宙に浮きガタンと落ちた。おそらく台車に載せられたのだ。今にも船内に運び込まれようとしていることをタケルは察知した。

「皆様、間もなく出棺、いや発射いたします。一言ずつ宜しくお願いいたします」青尉が畏まった胡散臭い感じで場を仕切りだした。

「親愛なる友よ、宿命に逆らわざるべからず。万一、脱出できなければ生きたまま博物館に飾られるってのも偉大な生き様だ！」波琉はそんな風に言った。

「元気で頑張ってね……」瑠璃は優しい声でそう呟いた。

「では、我らの夢と希望を乗せたサメロケットを発射いたします。パイロットであるタケルに敬礼」青尉の志気を高める号令が鉄骨で組まれたプレハブの海事倉庫に響き、サーと叫んだ波琉と瑠璃の声がぶれることなく重なった。荷台の滑車が滑る振動が響き三人が敬礼しているであろう横を通り過ぎ遂にタケルは貨物船に収納された。

さっきまで笑っていた筈の瑠璃の啜り泣く息遣いがタケルの耳元を掠めた。まるで戦争に駆り出される男と女の別れだ。タケルも咽び泣きながら狭いサメの体内で右手で小さく敬礼し、左手に朝出発の際におじいが咽び泣きながらタケルに御守りだと渡した紅型の布で作った塩袋を強く握りしめた。

汽笛が鳴りエンジンを吹かした船がゆっくりと旋回し、タケルが詰め込まれた桐箱の空気口から入り込んだ重油の臭いが充満した。タケルは死して納棺され火葬される疑似体験まで味わう羽目になった。鼻を突く刺激臭に耐えかねてタケルは塩袋で鼻先を覆った。おじいの安堵する匂いが仄かに薫ったが凌ぎきれず、タケルは仰向けのままポケットに手を突っ込んで鮫皮貼りの携帯灰皿を独特の手触りから探り出し蓋を空けた状態でへそに置き、続けて煙草の箱を取り出して口元で振ってくわえると最後にライターを探り出し、自決する気負いで着火させ一服し重油と煙草の入り交《ま》じった不味《ず》さに眉を顰めた。

排煙がサメの体内に充満しタケルはあの世までの経路を辿るべく目を瞑った。竜宮城を去り玉手箱を開けたようにタケルも南国の夢から醒めた。おそらく一気に老い枯れて死するのだとタケルは覚悟しながらも仄かな希望を描いた。もしも辛うじて生き延びることができたなら、サメに襲われかけた亀を命懸けで助けてでも再度、この島に舞い戻ってくるつもりだとタケルは誓った。タケルは携帯灰皿に煙草を揉み消し、おじいが診療所から処方され眠れない晩に飲んでいた睡眠誘導薬をポケットから取り出して飴玉のように口に頬張った。タケルは亀に跨った自分の姿を想像し遠のき薄れゆく意識の渦を彷徨った。亀に跨ったタケルは遠のいていく外界から隔絶した理想郷である小島にさよならの意を込め手が千切れるくらい振り続けていた。

タケルは家を出る際に玄関で久しぶりにくじら色のブーツに足を通した。そして、一歩踏み出した時、久しく体感していなかったそのズシリとした足にかかる重みが島を出ていくことをタケルに実感させた。先程からブーツの中の左足先にざらついた異物を感じているが、脱いで履き直すことは既にできない状況だった。その異物が何なのか不意にタケルは知った。異物は渇き枯れ果てて砕けた一輪の赤いハイビスカスだ。

Final chapter　King blue

その日、シャークの店内はビーフテールをデミグラスソースで煮込んだシチューの香ばしい薫りが漂っていた。昨日、突如、波琉は豪州から島に戻ってきて、シャークへと立ち寄った。波琉はビーフテールを青尉へ土産物だと手渡すと今日は旅疲れが酷く、ぐっすり眠りたいと店を去った。

波琉はタケルが去った年の瀬に、サーフスピリットが宿るまで旅に出ると青尉に告げると島を後にした。タケルのいなくなった島で虚しさを実感し、波琉もタケルのように突っ走りたくなったと青尉に本意を明かした。

その後、波琉はしばらく沖縄本島に滞在し背中に刺青を彫り終えるとそのまま豪州に渡った。

波琉はかつて幼少期に居住していたクイーンズランド州へと向かった。そこで親友が営むブールバードのエルクホーンアベニュー沿いのサーフショップを探し訪ねた。親友は波琉をショップで雇い入れることを快く承諾してくれ、住処までも世話してくれた。波琉は親友の厚意に恥じぬように勤勉に働いた。そして、休日にはサーファーのメッカであるゴールドコーストで波乗りの腕も磨こうという魂胆であった。親友は腕の立つサーフボード造りのシェイパーであり、波琉はサーフボード制作技術もショップを営む傍ら学ぶことができた。徐々に波琉は巧みな技を一通り習得していった。やがて、単独で自作のボードを作成できるまでに至った。精巧な技術を持つ国に生まれ育っただけあって繊細な技巧だとそのボードを地元のサーファーたちから評価された。

そんなサーフィン漬けの日々は波琉の波乗りも上達させた。そして、遂に荒波が押し寄せ激しく砕ける最も危険とされるサーファーズポイントで見事十二フィートの波を自作のサーフボードで乗りこなし波琉は達成感を極めた。そんな最中に父親が脳梗塞で倒れたとの悲報が波琉のもとに届き急遽島へと戻った。幸い父親は大事には至らなかったが入院中で片腕に痺れ等の後遺症をもたらす状態であった。見舞い中に父親は医師が制するのを聞き入れずに自身が経営する釣り船ガイドに毎年訪れてくれる大切な客の予約が入っているといった理由で病院を抜け出すといった一幕があった。心配し同乗した波琉だったがハイキングスティックで躰を支えながらGTを客に釣らせる父親の奮闘する姿勢に打たれ、島に戻り後継ぎする決意を固めた。それが豪州を去る動機となった。

　そうして波琉が昨晩突如店を訪れ、お土産として置いていったビーフテールを青尉が一昼夜煮込んだ。謝肉祭と題した波琉帰郷パーティーが急遽、今宵シャークにて催される予定で、もてなす側にまわる瑠璃と青尉は一足先に波琉とランチをしながら波琉の帰国を祝う運びとなったのだ。シャークに波琉がいるといった違和感は数分足らずで払拭されたが、それでもしばらく波琉が不在だった時間を示すように波琉が島を出た頃にはいなかった瑠璃とタケルの子どもである男の子が店の中を狭しと走り回っていた。

　そんな子どもを少し落ち着かせようと瑠璃は、大型の水槽を雄大に泳ぐジャイアント・トレバリーに別の小さな水槽から小魚を網で掬い餌として与えてやる。すると、男の子は水槽の前に釘付けになった。

「マンマ食え！　マンマ」水槽を叩きながら子どもが声援を送り、ジャイアント・トレバリーは小魚を追いかける。

「血は侮れないな。坊主そっくりじゃねーか、タケルと。この調子じゃタケルより先に俺の釣り船に坊主が乗って、でかいＧＴを釣るかもな！」波琉は瑠璃とタケルの息子を讃えた。波琉の言葉に苦笑いし瑠璃は水槽のおかげで落ち着いた子どもを抱えテーブル席に抱っこして座らせるとビーフテールのスープをスプーンに息を吹き冷ましながら与えた。最初は嫌がっていたが一口無理矢理に飲ませると、息子はテーブルを叩き瑠璃にスープを催促した。息子は瑠璃がスープを冷ます間に童謡を歌って皆を和ませた。

「カモメの水兵さん、なかよし水兵さん！」最近、ナンシーという派手な道化師の格好を装った歌手が子ども番組で毎週歌っており、息子のお気に入りとなっていた。波琉は目を丸くしてきょとんとそんな母子の様子をしばらくは見守っていたが、豪州での出来事でタケルと関連する話を瑠璃や青尉に話し始めた。

「ザトウクジラの群れの通り道でな捕鯨基地だったモートン島にクジラ愛護団が上陸したって地元ニュースを観た日、ブリスベンの港からフェリーで駆けつけたんだ。もしかしてタケルもいるかな？　って島中探して廻ったんだ。でも何処を探してもいなかった……けどな夕暮れ時に諦めて佇んで一服した岬からザトウクジラの群れを拝めることができた。雄大だった……。その一頭にタケルが跨ってるような気がしたよ」

波琉は息子にクジラを観たんだと両手を広げその大きさを説明した。息子は深く頷いて、スープを皿ごと飲み干して平らげると、瑠璃の膝から飛び降り、店の奥へと消えた。やがて息子は赤い表紙の本を持って波琉のもとへと戻ってきた。

「いやいやえんのクジラのお話を読んで！」息子がそう嘆願すると波琉がキョロキョロと戸惑いの様子を見せた。青尉が波琉の反応に苦笑し、波琉に代わって瑠璃がシャークの座敷部屋のテーブルを畳んで息子を横に寝かし、タオルケットを被せ児童書を朗読し始めると息子は安心した様子でスヤスヤと眠りについた。それから瑠璃は息子を起こさないようにとウッドデッキに出て、瑠璃は冷えたシャンパンの蓋を青空に向け祝砲を撃つと戻り、シャークのカウンター席で待っていた波琉と青尉のグラスに注ぎお互いのグラスを乾杯し一気にそれを飲み干した。それからビーフテールのシチューと瑠璃が焼いたベーグルパンを皆で食した。

「久しぶりにこの面子《めんつ》で食事ね」瑠璃はタケルだけ足りないといった虚しい心境を隠すために大きくそう呟いてみた。

「こういう繊細な気配りのある味久しぶり。やっぱシャークの飯は美味い！」波琉も青尉の料理を絶賛し口一杯に頬張った。やがて鱈腹食い終えた波琉は席を立ち、壁の木板におじいのカメラで写した記念写真がピンで留められている場所まで歩き懐かしんで見据えた。

「おじい、曾孫《ひまご》の顔拝めなかったのか……大腸癌を患ってたからな。既にこの写真撮った時もおじいは仙人みたいなもんだからみんな知ってたんだよな、きっとあの時既に……この記念写真が葬式写真だって遺言みたいにあの日も言ってたしな……」波琉はそれだけ告げると写真の前で黙りこくった。

「波琉が島を去った後に軽い肺炎から始まって約二週間寝込んでな。行きつけの診療所で県立病院への入院を勧められたが拒否して、仕方なく診療所の町医者がまめに往診して廻ってくれて。それから三ヵ月は生きた。瑠璃が工房で包装に使用する手造りの和紙を使って枕元で千羽鶴を折りながら、産まれそうな腹抱えながら献身的に看病していたんだ。だが遂に呼吸困難に陥って診療所の町医者が酸素ボンベを担いできたがおじいが拒否してな。この期に及んでワシは素潜り専門で酸素ボンベは使わないとか冗談抜かしてさ、医者を困らせてな……娘や息子夫婦にやっと会えるって逆に嬉しそうな面《つら》して……最後は眠るように逝っちまった」青尉が神妙な面持ちでおじいの最期を波琉に伝えた。

「納骨の前に遺骨をあの浜のいつもおじいが座っていた磯に置いて私が折った千羽鶴を兄と紐解いて一羽ずつ流し弔った。波琉とタケルの分として二羽だけは残しておいたのよ」瑠璃の目線を波琉は涙を拭いて追った。記念写真下の棚に青色の鶴が二羽飾ってあり、その前に数珠玉を絡めた腕輪がふたつ置いてあった。瑠璃は青色の鶴と同系色の腕輪をひとつ手に取って波琉のもとにやってきた。

「おじいが生前愛用していた数珠の玉をバラし縫い込んで腕輪を作ったの。おじいが主に豊年の儀や魔除けとして使用していたものよ。形見として身につけてね。それと九百九十九番目の折り鶴よ……あの浜から流しておじいを偲んであげて、千番目はタケルがいつか流すわ……」そう呟き瑠璃は波琉の左腕にミサンガを捲いて結びながら折り鶴を波琉の手の平に載せた。波琉はしばらく折り鶴を見据え、もとにあった場所に戻した。

「タケルが島に戻ってきた時に一緒に浜へ出掛けて流すよ……そのほうがおじいも喜ぶさ……」波琉は込み上げる思いからミサンガを捲いた腕の拳を固め俯いた。

「納骨しようと墓を開けたら、黄ばんだ和紙に包まれた娘さんの遺髪と爪を見つけたの。おじいの骨壺を開けておじいの遺骨に混ぜてあげたの。今頃やっと皆と会えて、台風で祖先の魂と連んで島にやってくるはずねって兄といつも話してるの」瑠璃が機転を利かしその場の重く澱んだ空気を退けた。だが、青尉はついでに波琉に報告した。

「昨年、波乗り中にサメに襲われ亡くなった青年のご両親がシャークを訪ねてきた。波琉が不在だったのはかなり残念がっていた。あの浜の轍の入り口に亡くなった息子さんと同じ樹齢のデイゴを植樹してから島を去った。波琉に色々とありがとうって感謝の気持ちを是非伝えてくださいって……そう、息子だと思って植えたデイゴに時折逢いにいってやってくれって……」波琉は頷いて黙りこくった。暫しの沈黙を置いて青尉は悲しみに暮れる波琉の心情を察し話題を変えた。

「そうタケルの母親も去年突然島に来たんだ。深々と頭さげてさ、とんだ馬鹿息子って何度も深々と頭さげるからこっちも恐縮してな。心配事増やしても何なんで、流石にタケルの子だとは瑠璃も言えなかったな。いつかタケルから報告させるのが筋だしな。だけど妙になついちゃってな息子が……タケルの母親も瑠璃に一度だけお父さんは？　って訊いてさ」

「で、どう答えた？」波琉が神妙な顔つきで訊ねた。

「海の事故で亡くなったって応えたら、それっきり黙ったわ……だけど自分の孫だってお母様は感づいていたと思うの。私、母親になったからわかるのよ、少しは親の気持ちって奴が」瑠璃が青尉に代わってそう答えた。

普段は音楽配信チャンネルが放映されている店の吊し棚のテレビ画面にその日は民間放送が映されていた。子ども向けの番組を瑠璃が選び息子のために映していたためだ。時報が鳴り昼のニュース番組が始まった。最初に湾岸戦争のニュースが流れた。そして、二つ目のニュースが始まると皆食事の手を止め見入った。この時、三つ目のニュースにさらに驚かされるとはその時誰も知らなかった。続いてのニュースです。二つ目のニュースが淡々と垂れ流された。「文部省推進の時短教育制度が国会にて審議される模様です」アナウンサーが告げると映像が流れ新たに就任した事務次官が雄弁を得意気にたれる。事務次官に就任したのは島にタケルを拉致りにやってきた調査員だった。波琉がふざけんな！ と画面に啖呵を切り舌打ちし、青尉はテーブルを叩き、空き椅子を蹴飛ばした。その騒動で驚いた息子は起き、座敷部屋から飛び出してきて瑠璃に抱きついて腹に顔を埋めた。

そして、偶然か必然が……次のニュースに捕鯨に纏わる報道が流れた。そう三つ目のニュースだ。

「今日未明、ソマリア沖で日本捕鯨調査船に対して米国環境保護団体シーシェパードを模擬った強硬派で知られる無国籍団体シーライオンの船が近づいてきて放水を行った模様。海洋政策大臣及び防衛大臣が検討し総理大臣より文書による勧告を今夜にもシーライオンに対し行う模様です。放水が単なる威嚇牽制に留まったとしても、漁具らしきものを使用した破損行為が海賊行為とみなされるかが争点となり物議を醸していいます。海賊行為とみなされた場合、専守防衛権に沿った海上護衛隊による巡視等検討される可能性を防衛庁は示唆しました。捕鯨船から船員が映した映像があるそうなのでどうぞ」

三人とも食事の手を止めてテレビ画面を黙視した。粗い映像が流れる。放水活動を行うシーライオンのメンバーたちを上擦った声で捕鯨船の乗組員が映しながら船員が英語で何かを叫んでいる。今放水行為が我々調査船に行われています。和訳の日本人を中傷する言葉の字幕が補足された。白人たちが放水する後ろの甲板から釣り竿を担いでひょっこりと東洋人が現れた。毛先は潮焼けした金髪で前髪は両目を隠すように無造作に伸び、痩せこけた頬だが躰は細身のわりに筋肉質で日焼けした健康的な風貌だった。

「あいつタケルじゃねーか？」テレビの画面を凝視しながら波琉が叫ぶ。瑠璃も青尉も直ぐにその東洋人をタケルと認識できた。

画面の中でタケルが撮影者に向かって釣り竿を振りかぶった。そして見事ルアーがカメラに向かって飛んできてレンズを直撃し割れるところで映像が切れる。レンズを割ったのは見覚えのあるブルーのルアーだった。画面は一瞬、青く染まりその後砂嵐が舞った。目が点になるアナウンサーに解説員が慌ててコメントを喋る。

「砲弾ではなく、釣り具の疑似餌でしたかね？　国際自然保護法を駆使した環境テロリストと捉えられる可能性もある？」

「東洋人らしき青年でしたかね？　……はい……釣りしていて隣の船に間違って当たってしまった……なんてことも……」キャスターはどうコメントしていいのかといった困惑した表情で首を傾げ原稿をめくり、次のニュースへと移行した。

「あいつ一発で的を射た！　約束した通り釣りの腕あげてるな！」波琉は腹が捩れるくらいに笑った。

「撃ったのがあなたのパパよ、困ったものね」画面を指差して抱きついている息子に説明しながら瑠璃は涙が溢れた。

「タケル過激だな」青尉が呆れ豪快に笑った。

「あいつクジラを水槽に閉じ込めようなんて最初から思ってないよ。クジラは大海原を遊泳するべきだって、俺二人きりで釣りしてる時に真意を訊いたんだ。別に囲って飼うなんて本意じゃないし不可能だって。ただ牽制してるんだよあいつ！　犬のようにあんな風に馬鹿げた行動で吠えまくって抗ってさ、馬鹿を承知で無様な生き様曝してさ萎縮せざるをえない今を嘆き吠えてるんだ！　ここまでやったらもう充分だぜ！　水槽は何処までいこうがどっちにしろ奴は空っぽのままにするんだからさ！青尉そろそろタケルを呼び戻せ！」そう言い残すと波琉は店を出ていった。波琉は手が届きそうな青空を見上げた、背中に彫ったクジラのタトゥーが疼いた。

続いて青尉も煙草を吸ってくると捨て台詞を吐き店を出た。青尉は工房で煙草をくゆらせながら、サメの剝製の頭を撫でながらタケルを守ってくれと願を掛けた。シャークに残された瑠璃は息子をきつく抱きしめた。

時を同じくして東京の高層マンションの食卓で瑠架は母と二人きりの昼食を摂っていた。

昨晩、ヒロシの部屋で飼われていたナマズをバケツに入れて運び、多摩川の土手から川へとナマズを二人で逃がした。何故そうしたのかは、瑠架が水槽のナマズを眺めながら咽び泣いていたところをヒロシに見られたことに起因する。その時言い訳がましく今まで黙っていた沖縄でのタケルの伝言、つまりナマズを逃がして欲しいとの旨をヒロシに伝えた。普段は冷静なヒロシが珍しく嫉妬心を露わにし狂気に振る舞った。ピンで留めた紺碧の海を背景に白いプルメリアの花を髪に挿した瑠架の写真を外しナマズを逃がすと怒鳴った。タケルと違って僕たちは魂を売った代償に将来を保証されたのだとヒロシは豪語した。ヒロシは百貨店に無茶な融資を嗾《けしか》けて父を翻弄した銀行の罪をいつか暴き裁くために、大蔵省に勤めている。そんなヒロシの生き方から強ち虚言《そらごと》でもないのは瑠架も察知できた。

ヒロシの言動を知り得たようにナマズはまるでアクセルを吹かすように水底に敷かれたマグマからできた黒曜石を弾き鳴らし、暴れ、酸素チューブの隙間から時折水槽の水を床に激しく飛ばした。その暴れ方は尋常ではなくて水槽の硝子に幾度となく衝突し時折跳ね上がり、口を広げては閉じて顎を鳴らす行為を繰り返した。遂に水槽の蓋を押し上げ恐怖さえ憶えさせた。ヒロシが夜行に活発となる生態を逆手にとって、明るい照明を当て制御を試みたが全く効かなかった。

瑠架は凛然と大地震の予兆を疑う程の暴君を眺めながら、クジラなど到底飼い慣らせないと今更ながら結論じみた答えを突き付けられた気がした。だが翌日、冷静さを取り戻したヒロシは瑠架に対して冷淡で非情な発言だったと詫びた。ナマズを逃がすことはタケルからの嘆願でもあるから揺るぎないと本意を述べ決行を示唆し、新たに泳がす魚を選んで欲しいと魚図鑑を瑠架は贈られた。さらに夏休暇を利用して南スペインへ向日葵《ひまわり》畑の写真を撮りに出掛けようと誘われた。

その晩の午前零時ナマズを逃がすことを決行した。映画ランブルフィッシュさながらにモノクロの海へと続く川の土手を重たいバケツを二人で運び転びそうになりながら実行した。ヒロシは腑抜けな私を必死に愛そうとしてくれている。だから委ねるのだと瑠架は外来種を逃がした罪を共有したことで決心した。

今日は珍しく多忙な母が束の間の休日で帰ってきているため揃っての昼食となった。母は仕事はできるが料理は下手だ。総菜屋で揃えた冷めたヒレカツと生温いほうれん草のみそ汁がテーブルに並んでいた。

「瑠架、仕事は順調？」母は淡々と瑠架に問うた。

「まるでやる気が起こらないの……」瑠架は正直な心境を呟いた。

「瑠架、前から気付いていたけど聖書をトイレの棚に置くなんて不謹慎なことはやめなさい！　新約聖書のルカによる福音書を読んでルカの功績を学びなさい。貴方の名に込めた母さんの思いを解って欲しいわ」

教会のような空間と母の説法に耐えきれず瑠架はテーブルの上に置かれたリモコンを手にしテレビを点けた。蝉の鳴き声のように湾岸戦争のニュースが流れていた。瑠架は現地の危惧を伝えるニュースキャスターと相反していっそ東京が空爆されれば良いのにと思うくらい退屈な箱の中にいる気持ちだった。戦火を抜けて南の島に疎開し……せめて瑠架は川に放したナマズの向かう行き先があの島であることを願った。

職場の同僚で友人もできた。最近瑠架はもらった賞与でイタリア製ブランドのネックレスをその友人と自分への褒美にと買いに出掛けた。十字架のデザインにした。その晩手にとって眺めて直ぐに飽きた。目を閉じるとあの磯から投げ捨てた夏祭りの露店でタケルが買ってくれた安っぽい十字架の首飾りが海底に沈んだ宝箱で輝いている気がした。

だが、愛そうとしてくれているヒロシに申し訳ないと悪癖となった妄想を今日限り払拭しようと決めて瑠架はテレビ画面を睨みつけた。

テーブルを挟んで対峙し淡々と食事を続けていた母が続いてのニュースを振り返った。それは時短教育制度のニュースだったからだ。

「時代に一石投じた気分よ、石は当たらなくとも審議までいっただけで充分満足よ。可決されなくても……」頷きながらテレビを見入ったまま母はあたかも結末を既に知っているかのようにそう呟いた。

「一歩だけ踏み出せたわ、瑠架、母さんはこれだけやってたったの一歩を踏み出したにすぎないのよ……瑠架、物事を成就させるにはきっちりと段階を経て歩を進めるのよ、タケル君だったかしら……あの子みたいな一気に暴走するようなやり方は今のご時世ご法度なの！　教訓になさい」振り返り再び食事を始めた母は瑠架にそう忠告した。瑠架は冷めたヒレカツを齧りながら小さく頷いた。

だが瑠架は母親の背中越しに流れた次のニュース映像を確かに観たのだ。ヒロシのためにも忘れようと誓い、母の忠告にも頷いたばかりなのに捕鯨船というタケルに関連する言語に反応している自分に嫌悪感を抱きつつ冷たいヒレカツを噛み潰しながらその画面を凝視していた。

すると瑠架の目にまさかの映像が飛び込んできた。捕鯨船に向け放水している人に交ざってタケルが画面に突然映し出されたのだ。痩身だが逞しいその勇姿は鳥籠を抜け出し気高く飛ぶ青い鳥を連想させた。青い鳥となったタケルは画面を撃ち破って瞬時にモノクロの流星群へと変える魔法を瑠架に見せた。

瑠架はしばらく呆気にとられ、やがて笑うように顔が歪んだが次の瞬間ヒレカツが噛まされた猿轡《さるぐつわ》となり言葉を吐き出せなかった。笑う筈がただ大粒の涙が瑠架の左手に載ったお椀の白米にポタポタと落ちた。その様子に気付いた母親はソースに和辛子を混ぜすぎたかしらと呟き困惑したが、瑠架は構わず食卓より走り去ってトイレに駆け込むと、小さな格子窓から覗く刻まれた空を見上げた。何処を探してもクジラの形の雲は浮かんでなかった。瞳を溢れんばかりの涙が覆っているせいでいつもより霞んだ小さな蒼空だった。瑠架は猿轡のような硬い豚肉を噛み千切ると便器に吐き捨て「禁じられた遊び」の「愛のロマンス」の旋律を口ずさんでいた。区切られた色褪せた蒼空が何故だか澄み渡って瑠架の目に映った。

瑠架はその空にクジラを誘うように優しく旋律を、小鳥が囀《さえず》るように歌い続けた。

一夜明け、空には軍や報道局のヘリが藪蚊のように忙しく飛び廻り、海上では数マイルの距離を置いて厳めしい軍艦船数隻が問題を起こした海賊船として物議を醸しているシーライオンの船を巡視している。厳戒の海を演出する状況下、まるでお構いなしといった感じでシーライオンの船はいつものように青い海に遊ぶ巨大なクジラの追尾を続けていた。この時期にこの海域にブルーホエールが留まっていることは珍しいことだ。しかもタケルが乗船してから過去最大の大きさを誇るクジラだけに、タケルは迸《ほとばし》る情熱を抑えきれずに船縁で疎通を試みていた。

甲板では船員たちが酒盛りしそんなタケルをクレイジーだと口を揃え罵った。そんな中、タケルの意図を解っているアイスランド出身の船員ライアンは、あれは日本の歌舞伎の稽古だ！　と嘯いてくれた。だが拡声器を背負って、マイクを口元に固定した状態で叫びながら、巨大なクジラ相手に釣り糸を垂らす姿はそうと捉えられても仕方ない。船員は半ばやけくそでラム酒や葡萄酒を瓶ごとラッパ飲みしたり、杯を廻したりと浴びるように飲んでいる。

「放水で留めておけば良かったのに余計なことしやがってあの猿野郎！　シーライオンは非暴力を貫く団体だ！　破壊行為は禁じている！　俺たち、賞金首だ。間違いなく弾圧される。逮捕されたらしばらく豚箱に投獄され酒も味わえねえ！　降伏する気はねえが、燃料が底をつくか備蓄した食糧が尽きたら寄港しなきゃならねえ！　陸にあがったと同時に無法者としてお縄を頂戴するだろう！　全く誰があんな黄色い厄介な猿を乗船させたんだ！」粗暴な機関士が舌打ちしながら癇癪を起こしタケルを罵倒した。

「最近続いた炎天下で完全にやられたな奴は、だが、昨日は爽快だった。あいつが五月蝿い日本船を直撃したからな！」英国出身の航海士はライアン側に転んだ。

タケルは構わずクジラを誘うようにルアーを夢中で撃ち続けることに没頭した。遭遇したことのない巨大なブルーホエールを王様だと確信し、この出逢いに興奮を隠せなかった。タケルはこのクジラをキング・ブルーと名付けこの世の神と崇めた。

釣ろうとしてる訳じゃないんだ……叫べない自分が叫ぶために楽器を奏でているんだ……タケルは時折飛ぶ野次や罵声に戯けながら腹話術で言い訳した。そう、ギターを弾くように竿とリールを操りながら歌っていたのだ。タケルはそうしながら、喉を開きその状態で低周波の声を出し続けていた。シーライオンに乗船したばかりの頃、ビートルズの「イエロー・サブマリン」を口笛で奏でながら、併走するブルーホエールに猫じゃらしのように釣り針を外したルアーを投げ、語りかけていたタケルの様子を眺めていたある船員が話し掛けてきた。

「クジラと交感したいのか？　ビートルズならジョンだ！　そうだなロックなら他にジャニス・ジョプリンとかかな？　……そう、喉をえぐるようなアルトサックスの効いたバップジャズの音色がクジラの鳴き声に一番近いかもしれない……」そうタケルに話し掛けてきた船員がライアンだった。その時、ライアンはアイスランド出身であり、後に英国の大学院で海洋音響学専門に研究し、他にも音声認識学と音響工学に精通した仕事に携わった経歴をタケルに明かした。根底には多岐に亘る音楽に対しての探究心から積み重なった地盤があった。

そんなきっかけからタケルは時折ライアンの船室を訪れるようになった。初めて訪れた時、ライアンはタケルにフリーマントルにあるクジラ研究センターから入手した繁殖期の雄クジラの歌声を聴かせてくれた。雌を魅了する歌は少しずつ変化し、まるでポップカルチャーが海洋哺乳類の間であるのでは？　と憶測されるくらいに西岸のインド洋やグレート・バリア・リーフとでは違ったり、ある年から別の歌が流行り統一されたりと不思議な現象が導き出されているとライアンはタケルに解説してくれた。

タケルはライアンと意気投合し、時折ライアンの船室に出向いた。そのたびにライアンはクジラの生態についてタケルに詳細に教えてくれるようになった。ライアンは海底火山の噴火音の記録から音響生物学者が導き出した警笛音のような鳴音も聴かせてくれたり、南カリフォルニアからバンクーバー島に至る海域でのブルーホエールの音響学的な行動パターンを解析した内容に至るまでタケルに教えてくれたり、タケルはクジラに関する知識を深めた。ライアンの講義から他にも特徴である高低のふたつの声の音が何ヘルツか、二音節ないし三音節を持つ特徴的な鳴音で未観測地域もあるが数パターンの鳴き声があることもタケルは知り得た。そんなある日ライアンは独自に開発したというクジラの鳴き声に加工する開発途中の音変換加工装置をタケルに貸してくれた。

「公園で野鳥の真似をして本当に鳥を呼ぶことができるだろ。色々と考察を繰り返した末に至って単純な原理に辿り着いた。使ってみてくれ！」ライアンは得意気にそう語ったがまだクジラを呼び寄せたことは一度もなく改良の余地が大いにありだ！　と大笑いし、いつものようにバグパイプでケルト音楽を奏でた。タケルは余暇時間を利用してその音変換加工装置を倉庫に転がっていた非常時用の拡声器と船に備えられていた工具を使用して繋げた。ライアンから教わった音響学的に既存するデータに加え、この船に乗ってから幾度となくクジラに接近しその生態を観察し実際に振幅変調で反復的な鳴音を直で聴いた歌と行動パターンを解析し真似てみたところライアンから絶賛され最近少しだけクジラと喋れる予感がしてきた。

だが、今日も思いの外クジラには一向にタケルの声は届かない。だが、相手はキング・ブルーだ！　タケルは懲りずに思索し新しい試みとして親クジラが子クジラを呼ぶ時に発する声を真似てみた。僕に飼われてくれないか？　そんな想いを頭で念じながら……。

キング・ブルーは悠然と船の真横で噴気孔より潮吹きをしたり潜行したり、時には横向きになり胸鰭を水面に打ちつけ水飛沫をあげたりと鯨特有の行動を繰り返していたが、タケルが叫び始めたと同時に稀にしか見たことがない頭から体の三分の一近くを海面に持ち上げ真っ直ぐ振り下ろすといった威嚇的な行動を始めた。そして横跳びのジャンプを数回繰り返し、最後にハートのような尾鰭を海面に旗立ててピタリと静止した。

いつもとは違う反応に気付き驚いたライアンが震えるような足取りでタケルに近寄ってきた。キング・ブルーが奏でる歌が、タケルにも確かに聴こえた。その嘆きのような叫びが答えだった。不吉な予兆を察知したライアンが呪縛から逃れ我に返り、タケルの腕を引っ張り制御したが、タケルは渾身の力を込めて再度呼びかけてしまった。キング・ブルーは船を威嚇するように徐々に距離を詰めて奇怪な跳躍を繰り返した。ライアンは崩れ堕ちるようにその場に慄然と伏し、航海士は面舵《おもかじ》一杯と叫びながら操縦室へと慌てふためきながら走り去った。タケルはその場に凝り固まり立ち尽くした。同じようにハート型のキング・ブルーの尾鰭が海面に突き出た格好で静止した。

船は辛うじて航海士の操縦で迂回しかけていた。太陽と尾鰭がある角度で重なり暗幕を降ろしたようにタケルの視界を塞いだ。船体はゆっくりと廻り、やがて尾鰭から太陽の光を漏らした。タケルは眩い地球の色のような青緑の光を直視し一瞬目を潰された。焦げた黒点が無数に浮遊して見えたが、やがて無数の黒点は燃え堕ちるように消滅していった。ひとつだけ海の底に黒点がいつまでも揺らいでいてタケルの視界から消えなかった。黒い塊は船底近くに深く潜っていた。そしてみるみる黒点は黒い巨大な塊となって浮上し、やがて鈍い轟音と共に船を担ぐ格好で跳ね上がった。その壮絶な光景は例えるなら彗星が海に堕ち船を掠めたようだった。

大破する船と爆撃の巨大な波紋が渦巻き、恐怖に戦《おのの》く悲鳴が船上に響いた。船は横転し、衝撃で宙に舞ったタケルは釣り竿を握りしめたまま、まるで棒高跳びの選手のように綺麗に弧を描きながら空中に舞い上がり、跳ね上がった海水と太陽光が描く光のアーチを超える勢いで跳んだ。空中で波琉が背中に彫った刺青はきっとこんな感じだろうと惨事に見舞われ窮地に立たされているにも拘らず、相応しくない想像がタケルの脳裏に過ぎった。

　隣にいたライアンも蠟の羽根を羽ばたかせたイカロスの如く、太陽に呑まれるように遙か彼方に消え去り、仕方なくタケルは空に身を委ねると、やがて大海原に抱かれた。タケルは海面に叩きつけられ、大の字で浮遊した格好となった。不思議と恐怖心はなかった。

　タケルの抱いていた構想は暗礁に乗り上げたのだ。王様はタケルの構想に賛同できないとの意思をお示しになったのだ……。

　さっきまで船員たちが飲んでいた波間に浮いている空き瓶が、瑠架と思い出を詰め込んで海に投げたワインの瓶に見えた。タケルは釣り竿を握りしめた手先を弛めた。大和武尊は守護剣を持たず戦地に出向いて死するのだ。全部捨てタケルはそう覚悟した。やがて墓場となる島に同じ残骸として流れ着き留まるのだから。海に沈んだ百貨店の雑貨が同じように渦に巻かれ、流れているような錯覚を覚え、タケルは手を伸ばし何かを摑もうとした。ただ、無性に煙草を吸いたかった。だが、煙草どころか何ひとつ摑めなかった。この期に及んで、たったそれだけの後悔でそんなもんかとタケルは自分に呆れた。危機に瀕していながら安堵すら覚えていた。せめて屍《しかばね》となった暁には、愛しい瑠璃の住む小島に沢山の雑貨と共に漂流することを願った。

　強く海面に頭を打ちつけ、軽い脳震盪を起こしているのだろう、徐々に薄れゆく意識の中で、走馬燈のように過ぎる場面が幾重にも重なった。タケルはその幻想の中に導かれるまま紛れ込み、一席だけスポットライトを浴びた空の座席に座った。そこは赤黒い舞台で煌々と上演されているサーカスショウの客席だった。見覚えのある会場はタケルがかつて研究塾の卒業発表を行ったホテルの大広間であった。

　舞台は百貨店の屋上のような寂れた遊園地だ。そこで空中ブランコにぶら下がった紳士が女の道化師に飛び移る。だが、失敗し堕ちるが、紳士は命綱のバネに繋がれていて上下に揺られ救われる。道化師はマントを翻し地上に降りると、続いて玉乗りをしながらお辞儀をした。大きなネジ巻きが背中に刺さって、ブリキの絡繰り人形のような動きでパントマイムを演じた。道化師は次にインド象に跨り、笛に従う白い犬が舞台に戯れる小動物を檻に追い込みながら舞台袖に捌けていく。

　続いて、ステッキにハットの黒尽くめの衣装を纏った男女の手品師が、ステッキから蒲公英《たんぽぽ》を咲かせる魔法を見せ、次に手品師が被っていた黒いハットを脱ぐと、ハットから数羽の鳩が飛び立ち舞台袖に消えた。

　やがて一羽の鳩が赤いハイビスカスをくわえ舞い戻ってくる。すると舞台が暗転し、南海を彷彿させる背景と一隻の積み木でできた帆船が置かれた。そこには四名の勇者が現れた。海獣使いの兄妹が揃いのマリンボーダーのシャツで海賊を演じている。サメやイルカを従えて、火の輪潜《くぐ》りや玉突きジャンプをさせる。そこに怪力の巨漢の曲芸師がオルカに立ち波に乗りながら剣を巧みに使いサメと格闘する。サメを曲芸師が倒したところで歓声と拍手が湧く。続いて倒されて従順になったサメの口を曲芸師がこじ開けると、ドラムロールが響き、髭を蓄えた仙人がセットの岩場から立ち上がりサメの口の中に自ら入っていく。仙人は完全にサメの口の中に飲まれた。そして、サメごと大砲に入れられ砲火される。海を模擬した青系のスパンコールを無数に縫い込んだ、青いシルクの布をヒラヒラと揺らし、兄妹が大砲を隠し、発射音が鳴り響いたと同時にめくると、サメに呑まれたはずの仙人がバーベルを持ち上げるようにサメを担ぎ上げて立っている。

　会場は拍手喝采に沸き、興奮した観客が歓喜の声を上げる。

　客席を見渡すと、斜め遙か前の席でタケルの母が握りしめたハンカチで涙を拭っていた。そして隣には何故かジョン・レノンが幼い息子を抱いて観覧している。インタビュアーにマイクを向けられたジョンはしばらく子育てに専念して音楽活動は休止すると話した。タケルは敬愛するジョンに何かを伝えようとするが言葉が浮かばない。

逆にジョンがタケルにあの独特な声で耳打ちした。

「俺がガキの時分にマージ川にクジラが迷い込んでヘイル灯台に観に出掛けたことがある。クジラは既に死んでいて腐りかけて黄ばみカモメが啄んでいた。それはまるで黄色い潜水艦のようだった……」ジョンが着けた白いＴシャツにはWAR IS OVERと黒字で記され、下にも小さな英文字で何か記されているが、目が霞んではっきりとは読み取れない。

「神を冒瀆したとかで世間から手痛い批判を受けた際に、君と同じようにいつかクジラをサーカスのように従え、皆の度肝を抜いてやろうって傲慢な思惑に駆られた。百獣の王であるライオンもサーカスでは猛獣使いが飼い慣らした犬となるんだ。君の理想も不可能ではない。ヒントをあげよう。君もクジラと喋って気付いただろ？　僕の歌声もある特殊な叫びを帯びているんだ。おかげで僕の声は一世紀過ぎても人々を魅了するんだ……」ジョンはそう語ると座席を立ち、幼い息子を自慢気に抱きかかえるとその場を捌けた。

舞台に目を凝らすと終演したらしく、出演者全員が参列し、道化師が代表して舞台挨拶を述べた。

「動物愛護団の動物虐待防止策を掲げた弾圧に屈し、本日をもってホエール・サーカス団は閉鎖いたします。長きご愛顧ありがとうございました」唖然とし静まり返った客席に出演者が列を連ね、手を振りながら降りてきた。そして何故だかタケルのほうへと歩み寄ってきた。その時、腰掛けた座席が電気椅子だったことに気付いた。咄嗟に両手を挙げ、手枷が掛けられるのを辛うじて回避したが、時既に遅し、迫り来る出演者が抵抗するタケルを半ば強制的に担ぎ上げた。そうして蟻が大きな餌を運ぶように、タケルは舞台に連れ出されたのだ。そこには水を張った大きな水槽が運ばれていた。そしてタケルはその中へ否応なしに放り込まれた。水槽で溺れもがきながら見世物となったタケルは硝子越しに客席を眺めた。皆が間抜けなタケルを見て大笑いしている。重厚な黒光りした暗幕がゆっくりと降りてくる。暗幕にはふたつの大きな目玉がギラついていて、ライアンに似た海鳥が羽ばたいていた。

終演を告げる暗幕はクジラでタケルを水槽ごと呑み込んだ。呑まれたタケルは更なる喪失感から完全に力尽き闇深く堕ちていった。薄れゆく意識の中でタケルはこのサーカスショウが幻想であることに気付いた。

現実にいるタケルの躰は既に硬直しかけていて、少しずつ背負った拡声器が錘となり海深く沈んでいた。背負うのは酸素ボンベで、口元にあるのはマイクじゃなくレギユレーターだろう！　タケルは腹話術で間抜けな末期を罵り、深海へと堕ちていくことに身を任せた。

瑠璃は、昨晩に催された波琉の帰国を祝う晩餐会の後片づけを済まそうとダイニングバーシャークの扉の鍵を開けた。昨晩、久しぶりに島に戻った波琉と共に最後まで同席し青尉は相当常連から飲まされた挙げ句後片づけせずに帰ったらしい。昼前に寝起きの嗄れた声で片づけを瑠璃にお願いしてきた。あまり呑みすぎるもんじゃない。タケルが巨大なクジラに呑まれる悪夢で目覚めた、青尉は最後にそう瑠璃に言って電話を切った。

瑠璃は昨晩、息子を寝かしつけるという理由で先にここを去っていたが、ニュースで偶然観たタケルのことが恋しくて独りになりたかったのが本音だった。一晩中悩んだ末に会えない寂しさよりタケルが今現在生きていることがわかったことに感謝するのだと自身に言い聞かせ揺れる気持ちを何とか落ち着かせた。瑠璃が入店するといつものようにドアを支える蝶番《ちょうつがい》が錆びているために軋んだ音を立てながら緩やかに扉は閉まった。その扉の隙間から差し込む光が、鼠に荒らされた後のような宴の跡を沢山の空ボトルが放置されている店内を照らした。空ボトルだけでなく次に上半身裸の波琉が死体のように長椅子に転がっていたことにも気付いた。波琉は瑠璃に気付くとノソリと起きあがった。

「さっき背中に電気が走ったみたいに痛かったんだが……」波琉は瑠璃に背中を向けて見せた。鎧戸から差し込んだ陽光が波琉の背中を画廊の照明のように照らした。巨大なクジラがハリケーンを登る刺青が背中の中心に彫られ、背後に二頭の上り龍がいて、それぞれの龍に波乗りする風神と釣り糸を垂れる雷神が描かれていた。他にも海に浮かぶ小島に人魚と仙人と海賊が描かれていた。雷神はどことなくタケルに似ていて瑠璃はタケルを思い出していた。

「さぁ、昨晩、泥酔してぶつけたとか？　鼠に嚙まれたとか？　それより見事な刺青ね……キラキラ輝いて凄く綺麗だわ！　波琉！」瑠璃はそんな悲哀な気持ちを波琉に悟られないようにと努めて明るく刺青の感想を述べ、壁に設置された電気ブレイカーを作動させた。

波琉は納得したのか頷いて瑠璃の息子の頭を掻き毟る如く撫で廻すとシャークを出ていった。通り過ぎる波琉から微かな海の匂いがした。おそらくタケルも同じ匂いを染み付けていつか私の前に戻ってくるのだろうと瑠璃は再度タケルを思い描いたが、振り払って母は強しと自分に言い聞かせるように呟きながら明かりを灯すと丸まったエプロンを解いた。

「皿洗いをするから、遊んでいてね」瑠璃はエプロンを着けながらそう告げると息子は迷わず水槽の前に走っていった。瑠璃はＦＭラジオ番組を店内に流した。時事ニュース、つまりタケルの海賊船の処罰が気になっていたからだ。

「来週のゲストはデビューアルバム、『くじら色のブーツ』をリリースしたナンシーをお迎えします。皆さんにとっては子ども番組で童謡を唄うイメージがお強いかと存じますが、アルバムはそんなイメージを払拭した過激な反戦ソング等も収録された内容となっております。現在は沖縄本島にてアコースティックギター一本だけを抱え、那覇市のダンスホールを皮切りに南部から北部へ、さらには先島諸島の島々を巡業するそうです。それでは皆様にとって素敵な週末となりますように、また来週この時間にお逢いしましょう。では最後にジョンの命日にちなんで番組冒頭でおかけした『ハッピー・クリスマス』に続けてもう一曲皆さんに贈ります。ビートルズ解散後ソロアルバム第一弾、ジョンの魂の一曲目に収録されたジョン・レノンで『マザー』をライブ収録版でどうぞ！」澄んだ声のＤＪが曲紹介をした。シャークにクリスマスツリーを毎年飾る日はジョンの命日と定めており、すっかり波琉の帰国パーティーで忘れていた瑠璃は清掃後に倉庫からツリーを引っ張り出し、息子と装飾することに決めた。

先ずは食器滅菌庫から乾燥した皿や調理器具を棚に移し蛇口を捻り洗剤をスポンジで泡立てた。勢いよく噴き出す水道水の音の向こうから、ジョンの叫びに近い歌声に混じって甲高い息子の泣き声が聞こえた。慌てて重いゴム製のエプロンを外した時、誤って首のチョーカーを引っ掛けてしまい、ハワイアンフックとタケルに始めて会った時もらったアワビ貝の光沢を纏ったスプーンが金属音を立てて床に転がり落ちた。鈍く不快な金属音が不安感を煽った。だが、チョーカーの紐は願いが叶う時に切れるミサンガと同じ細い皮を紡いだ造りだった故に切れたことは願いが叶うのだと解釈を改めた。

瑠璃は息子の高くなる泣き声で我に返ると、息子のもとへ走り寄った。息子はしゃがみ込み泣き叫んでいた。息子の傍らには干涸《ひから》びて息絶えたジャイアント・トレバリーが転がっていた。瑠璃は水槽の蓋が半開きでそこから飛び出た痕跡を察した。きっと青尉が酔いどれたまま餌を与え閉め忘れたのだろう。最近やたらとジャイアント・トレバリーが暴れ狭すぎると感じていた瑠璃は近いうちに新たに大きな水槽を購入しようと考えていた矢先だった。息子は泣き止まずにその場に跪いて泣き続けた。到底クジラは飼えないと戒められたようで瑠璃も息子の泣き声に同調ししばらくは滅入った気分に陥った。カウンター越しの出しっぱなしの水がステンレスの水溜めから溢れて川のように流れ、やがてジャイアント・トレバリーを湿らせた。ジャイアント・トレバリーは水に濡れ、辛うじて光沢を取り戻し窓のブラインド越しの僅かな木漏れ日を拾い銀色に輝いた。息子は泣き止んで、排水溝へ向かう水の流れの途中に横たわるジャイアント・トレバリーを指先で何度も突つき始めた。キッチンに戻り蛇口を閉めようとしたが、発した息子の言葉で瑠璃は愕然としその場から動けなくなった。

「パパ、起きろ！　パパ起きろ！　パパ！　パパ！」息子はその魚を父親が残したものと理解しており、何よりも大切にしていたのだ。瑠璃は溢れ出す涙を止められず、涙はその足下を流れる川に降り注ぐ雨のように落ちた。

タイミングを計ったが如くジョンの叫ぶような歌声が店内に響いた。

Mama Don't Go Daddy Come Home ♪

「パパは死んだ魚の代わりに世界一大きなクジラを捕まえて帰ってくるわ！」瑠璃は見切った希望に嘯いて抱いた懸念を戒めた。

そして息子を抱きしめ懐に顔を埋めた息子の涙を拭き取って宥めた。

朦朧とした意識の中でタケルの耳元を少年の泣き叫ぶ声が掠めた。それから少年は揺り起こすようにタケルを揺すった。幼少の頃のタケルに似た少年は起きろ！　と確かにそう泣き叫んでいた。我に返ると天使のような少年の無垢な黒い瞳が真っ直ぐな視線でタケルを覗き込んでいた。

タケルはあたたかな塊を抱きしめるように残された力を振り絞って硬直した躰を呪縛から解きその鼓動を摑もうと両手を伸ばした。すると躰を縛り付けていた拡声器の革紐がイルカが輪潜りをこなすように解け放たれた。瞬時にクジラが潮吹きするように口から海水を一気に吐き出して、息を吹き返し、痺れた腕を無理矢理に伸ばし水を掻いて内臓が口から飛び出そうなくらいの勢いで一気に浮上した。傍らに海中を逆に転覆した難破船が沈んで堕ちていくのが見えた。タケルはクジラになった気分でしなやかなキックで上昇し、やがて海面に到達すると波を泡立てブロウした。

船の爆破による熱が上昇気流となったかは定かではないが、発生した小さな積雲が大粒の豪雨をタケルの真上に降らせた。タケルはその暖かな雨を浴びた。ずっと憧れの眼差しで見続けていたクジラを無意識に真似たことで命拾いしたことを実感した。クジラは哺乳類が海で暮らす手本をタケルに示していた。きっとキング・ブルーは飼われることは否定したが、逆にタケルを海へ誘い忠告したのだ。あの南海の島を目指し、その子を育てろと……。

やがて、雨は止み不穏な空の雲間から覗く眩い太陽の真下に虹を創りあげた。虹の半円の中心にキング・ブルーの尾鰭がハートマークのように突き出ていた。釣り糸に繋がれたクジラのルアーを虹の架け橋から神様が釣り糸を垂らし操っているのだろう。目を凝らしてみると尾鰭は仲間や家族を呼ぶとされるサインを送っていた。そしてその時タケルはクジラの歌声を確かに聴いた。その歌に呼ばれて何処からか子クジラが現れキング・ブルーの横に寄り添った。空にはいつしかラジコン仕掛けの玩具のようなヘリが旋回していた。昨日の海賊行為で巡視されていたことが皮肉にも命を守られる結末を呼び込んだのだ。光明が虹の彼方からタケルを照らした。タケルは全てを失ってはいないことに導かれた。

「もし私が人魚姫で、あなたがこの島に舞い降りた堕天使なら二人が結ばれたら羽の生えた人魚が産まれるわ。その子は海も泳げて空も飛べるの」囁くような瑠璃の言霊《ことだま》がタケルを呼んでいた。

ヘリがタケルの真上で静止し、まるで地獄から救う蜘蛛の糸のように梯子が降ろされた。ヘリはきっとラジコンの玩具でこのままだと捕らわれて水槽に飼われてしまう。地平線から二隻の船が僕に近づいてきた。クジラは子育てのために温暖な南海を目指す。タケルは救助船の進路の対向を泳ぎ去ろうとするクジラをこのまま追いかけようか迷っていた。僕はクジラになったのだから……。

Epilogue Whales stray into Tokyo Bay

遠く渇いた銃声の轟きでタケルは目覚めた。見知らぬ国の病室?……銃声の響きは渇いた土壌にひっそりと建つ病院を描写した。クジラが音の跳ね返りで感じる物の認識を真似し続けていたタケルは少しだけそんな能力を習得しかけていた。音が一瞬途絶えた場所、つまり硬く冷たいベッドに横たわり吊され繋がれた点滴液の向こうに誰かの気配をも感じとっていた。タケルはうっすらと目を開けその存在を確認した。蓄えた白髪交じりの顎髭と黒いハットに黒いフロックコートを羽織ったステッキを握る紳士の姿がぼんやりと浮かび上がった。タケルは両目を擦ったがぼやけた視界が回復することはなく、朧気な痛みが全身を覆っている苦痛から再度目を閉じた。海で誰かに抱きかかえられヘリに吊されたままでは憶えていたがその後の記憶がない。幼少の頃に出掛けた釣りの帰路の車中で眠ってしまったタケルを抱きかかえてベッドまで運んでくれた父の回想が先ずはあり、それから……。タケルは状況を把握できないでいたが傍らに座る紳士は「無事で良かった……」と呟いた。その声は遠い記憶の中に眠る父の声そのものだった。

「君の名は日本武尊から引用しタケルと父親である私が命名した。その名の通り孤独な闘いを運命的に背負い、翻弄された果てに異境の地で死する日本武尊と同じ運命を辿るところだった。君は生まれ変わり白鳥にでもなった気分かもしれないが大丈夫生きている。数奇な人生だなお互い……私自身登場するつもりはなかったが君があまりに破天荒に泳ぎ廻った結果収拾がつかなくなった。謝意を込めて顛末を語るために墳墓を抜け出てやってきたって訳だ。何故現地に留まることを決意をしたのか、そして今こうしてここに現れたのかを君に全てあからさまに告白し詫びねばなるまい……」

その語り口は間違いなく父であった。タケルはきっと父は失踪した国で死しており、同じくタケルも天国か地獄かで父との再会を果たしたのだと確信した。タケルは遂に息絶えたのだという恐怖から絶望に瀕し凝り固まった。

「私が現地に居残ることを決意した経緯から始まり、そして今、何故、君の前に現れたのかを聞いてくれ……」タケルの絶望を余所に父の亡霊は延々と語り始めた。

当時、中東で内戦が酷くなり目を覆いたくなるような惨憺たる街の光景を目の当たりにしながら、私は会社の現地における資産整理を済ませるといった仕事をこなしていた。現地で知り合った仕事仲間は、私との別れを惜しみ帰国の途につくことを嘆いてくれた。

そんな最中、一番の理解者であった仕事仲間を爆破テロにより失った。街角で車ごと木っ端微塵に爆破されたのだ。現場に赴き花束を手向けながら仲間の顛末に怒りが込み上げた。休日には子どもや嫁を大切にしていた故人を偲びながら過去の傷を深めるくらいならいっそ身代わりに私が死ねば良かったと本気で思った。私は故人に恥じる身の上で帰国したならば母さんと離婚することを決意していた。

仲間の死は私を茫然自失へと貶め、沸々とよからぬ画策が私の中で沸き上がっていた。そう志半ばで仕事を放り出すよりは現地に残って会社を設立し、撤退することで失業に追い込まれる仲間と仕事に精進したらどうだろうか？　といった極論に至った。そうしたほうが仕事にやり甲斐を感じ邁進できる、何よりも君を苦しめないかもしれないと考えたのだ。決意は揺るがなかった。

私は退職届を現地で会社宛てに提出し母さんには取り寄せた離婚届に著名捺印し預金通帳と手紙を添えて送った。手紙にはタケルには現地で失踪したとだけ伝えて欲しいとその旨を記した。一時は一文無しとなったが混乱の最中に任された現地資産売却により得た報酬だけが後日支給され、その資金を頭金に貿易会社を設立し撤退した会社の仲間を誘って一致団結し必死に働いた。

皮肉にも内戦による物資不足から新規開拓した独自の流通が功を奏し会社は一気に業績を伸ばし成功した。だが裏腹に私の虚しさは増した。得た富を君にまるで還元できない立場に愕然とした……私は君に対し、父親として君の将来への尽力なりを何かしらの形で為さなければこの空虚さから逃れられまいとその時に悟った。


話は遡るが、かつて私が大学に在籍していた頃、大儀なスローガンを掲げ勇姿四名で政経改革研究塾なる団体を結社した。創始者は私で君の通った塾は現代に沿った形に変貌し再結社されたものだ。

遡れば我ら四名は同大学付属高等学校の頃、共に軽音楽部に属しローリング・ストーンズのコピーバンドを演奏した気の合う仲間だった。私はバンドではベースを担当したが、当時、私はビートルズが好きでポールが使用していたバイオリンベースでストーンズを演奏し顰蹙を買った。だが振り返ればとても有意義で楽しい時間だった。

だが、大学に進学する頃にはその時代の風潮に感化され過激な活動家となっていた。後に中東で原理主義の革命を体感した私はそんな過去は生温い青臭い飯事《ままごと》でしかなかったと知ったが、当時は神無き国つまり多神教の国において、革命など成立しないとは気付かないまま熱く活動した。そして塾生である我々は将来、官僚や政治家を目指し、成就したら一致団結して国を抜本的に変えるとまで宣った。我ら同胞四名だけだった塾は大学院の頃には主旨に賛同する後輩が多数在籍し中規模な集団に発展した。活動の一環として学生集会にも積極的に参加した。

だが、そんな卒業間近のある日に大学の正門を陣取って占拠した抗議行動で、同胞が抗争の犠牲となり他界するといった忌まわしい事故が起こった。塾代表である私と副代表は責任を問われ送検され、同時に塾は解散に追い込まれた。我々の野望は脆くも破綻してしまった。燃え上がる情熱は友人の死といった冷水で消沈され灰となりそれを機に塾は解散したのだ。そのことで私のその後の人生は展望を狂わされることになった……。

中東で貿易会社を成功させ一息ついた頃、かつて塾の副代表であった旧友に国際電話を通じ連絡を試みた。副代表は青山という百貨店を営む男だ。そう君をよく連れて行ったあの百貨店だ。

青山は失踪後に私の妻と結婚した。妻とはそう君の母親でもある。私たち三人の関係性は後で補足しよう。青山は私からの電話を最初は拒絶した。だが繰り返しかけて、やっと青山は私との話に応じてくれた。最初に帰国した際に妻を娶《めと》った罪を詫び土下座された。だが、私は自業自得だから幸せにしてやってくれと頼んだ。

それから青山とは頻繁に会うようになり、そのたびに政経維新塾の再結社へ向けて議論を交わした。私は燻った蒼冷めた小さな炎に油を差して煌々と燃やそうと画策していた。

だが革命を目の当たりにし奮起する私と日本社会に埋もれもがく青山とのズレは露骨だった。だが、青山も真面目に営んできた百貨店が時代の流れに埋もれ、流星の如く散ることが間近に迫っていることに報われない悔やみを感じており、現状を打破したい衝動を持っていることは察知できた。比べて失踪した私は母国では足のない透明な幽霊であることを否応なしに自覚せざるをえなかった。だから私と青山は補足し合って一体となった。青山と私をひとつの揺るぎない決意が絆となって結びつけていた。同じ女性を愛し奪い合っても切れない絆だ。集会で亡くした天国に眠る英雄を生涯かけて弔わなければならないといった凝固な絆だ。

亡き英雄は高等部時代に我らのバンドではボーカリストだったが、ローリング・ストーンズに例えればまさに若くして死したブライアン・ジョーンズだ。負傷し運ばれる間に英雄は私の膝枕で言葉を遺した。こんなことで怯むな！　俺たちがやらなければ何も変わらない！ 遺言に込められた使命を果たすためには何を成すべきか？ 中東のテロで友人を亡くしたあの日、私はその問いに再び向き合うことを強いられた。

だが、高ぶる思いとは裏腹に何ひとつとして始められない歯痒さに、学生時代に通い詰めた新宿の酒場で青山と燻っていた。私と青山は英雄が好んで嗜んでいた安いバーボンウイスキーを空けながら、互いに黙りこくったままだった。偶々、吊し戸棚に置かれたテレビ画面からマンチェスターで若いミュージシャンと共演するミック・ジャガーが出演し歌っていた。天国に眠る英雄の鋭利な叫びを帯びたあの懐かしい歌声が聴こえたような気がした。英雄は若くして死したが、決して闘争し死するために産まれてきたのではないと嘆いているに違いない……そう我々は生き延びてさらには子どもを授かっただけでも幸福な人生なのだ。だが我らがかつて理想とした変革を英雄に捧ぐために何かを成し遂げるにはあまりにも老い耄れすぎた現実も認めざるをえなかった。若いミュージシャンに混じって汗だくで共演するミック・ジャガーがずっと転がり続けているように、せめて次世代である子どもたちへの布石を残し託す計画の遂行をどちらからともなく口にした。利己的だが放棄した父権に対しての自責の念に駆られていた私と同様に片親であった青山も息子に対して同じような思いを抱いており、我々は次世代の君たちへ託すべき構想を練り始めた。

どのように次世代の再結成を具現化していくかを模索した際にある人物の存在が色濃く浮かんだ。同期生四名の一人で現在も文部省に籍を置き一線で活躍している女性だ。彼女は付属高等部へ帰国子女の枠で入学し軽音楽部でバンドに誘った。幼少期ロサンゼルスでウエストコーストのジャズに触れ過ごしていただけあって正確なリズムを刻むドラムを叩いた。彼女はバンド内で後に英雄の恋人となった。彼女は唯一我らが描いた夢、つまり研究塾で抱いた夢に向けてまるで正確なドラムを刻むように邁進し活躍していた。

最初に青山が彼女に接触した。彼女はこれまでの経緯をまるでインタビュアーのようにこと細かく青山から訊きだしたそうだ。そして最後には活動の再開に賛同し協力すると同意したそうだ。彼女は次世代向けの政経改革研究塾の再開に際して自ら立案した中高一貫教育制度に付随させた時短教育制度なる構想を推進してきた。過去に棚上げされ埃の被った事案だが彼女はその制度を始動したがった。

私と青山は彼女の意向を尊重し、新生政経改革研究塾に時短教育制度を織り込んで仕上げた。そして私は、貿易会社で得た過剰な資金を文部省との繋がりが深い法人の教育研究機構に時短教育制度樹立のためにと運営資金の充当額として寄附し続けた。

当時、日本で過度な偏差値教育制度の気風が露骨に世を席巻していた故に、我々の思惑としてそれぞれの分身である君たちを時代の前衛的な存在として最高学歴保持者に推しあげる計画を実行しようと試みたのだ。君たちに他者とは違う唯一無二の経歴を与え引け目なく社会の第一線で活躍させようと企んだのだ。旧政経改革研究塾で我々が成し得なかった目的を踏襲した新政経改革塾で君たちに是非とも達成して欲しいと願った。

君たちが生涯の経歴として誇れる最高峰の教育課程を構築するために些か過剰な学業の量をこなさせることとなってしまったが、そう、それが君が体感した次世代に託された新生政経改革研究塾だ。この制度は君たちを社会へ送り出したことで今後制定されないまま破綻し凍結するシナリオだ。つまり国で審議されるが近々否決される。故に君たちは稀少で特別な経歴を持っていることになる。短期的な施策故に稀少なパイオニア育成養成所出身者となる。

つまり君たち塾生は時代の寵児として担ぎ上げられる仕掛けになっていたんだ。塾を再始動させた年の英雄の命日、私と青山は連んで英雄の眠る墓碑を慰問した。花を手向け、遅くなってしまったが何とか僅か数粒の種蒔きを済ませたことを英雄に報告した。種子が芽吹き、成長し実るように天より水や光を与えて欲しいと英雄に祈りを捧げた。亡き英雄の眠る墓に報告を済ませた私と青山は君たちと文部省で活躍する英雄の彼女が光明に照らされる道へ到達することを願い、影としての役目を終え塾に関与することをやめた。
だが、ひとつの実だけが亡き英雄の遺恨がまるで宿ったかのように肥大化し今にも熟し地上を潰しかねない危うさで揺れた。そう、そのくじらのように巨大化した実がつまり君だ……。

父の亡霊は咳き込んで一旦その語りは止まった……だが、タケルはここが死後の世界ではないことに僅かだが気付き始めていた。父の部屋を片づけた際に棚に箱詰めされ眠っていた大量のレコードの中にローリング・ストーンズのアルバムが多くあったことの理由も知った。そして、幼少の頃、聳える工場の向こう側に黄金色の夕陽が沈むのを眺めながら父が運転するカーステレオからローリング・ストーンズの「ルビー・チューズデイ」が流れていた朧気な記憶が呼び醒まされていた。実験用モルモットを飼い慣らし操る博士は父だったのだ。亡霊ではなく、生きている父なのかもしれない……タケルの中にそんな疑念が色濃く湧き上がってきた。そんなタケルの揺れる心意を余所に、やがて咳払いで喉を調えた父は再び語り始めた。それはタケルにとってまるで予想だにしない衝撃の展開となった。

最後にもうひとつだけ君に云い辛い内容を話さなければならない……。ここに母さんと離婚した理由も孕んでいる。もう君も大人だからこの際正直に云わせてもらおう……君の母親は私が失踪後、いや正確には中東への赴任前から私の親友である青山とつきあっていたんだ。

話は今一度大学時代に遡るが君の母さんは最初は青山が連れて廻っていた。だが、雑誌モデルで頭の切れる別の女が青山を独占し周囲の女は遠のいていった。それでも母さんは時折青山の傍にいて私は母さんに対して素っ気ない青山の態度の露骨さに親友といえど腹立たしく、青山から母さんを奪ったんだ。私と母さんはそうしてつきあい始めた。そして英雄の事故はそんな最中に起こった。

親友を亡くしたうえに警察に送検された私は自暴自棄になり放埓《ほうらつ》の限りを尽くし絶望から免れようとした。英雄の死後、元恋人であった女とも私は関係を持った。彼女とは亡き英雄を忍ぶ互いに慰め合うだけの愛だった。私は二人の女性に没頭し溺れ親友を亡くした悲しみから逃れた。

そして二人ともしかも同時期に身篭もらせてしまう事態に陥った。英雄の恋人は授かった子はきっと英雄の生まれ変わりに違いないから未婚のままで構わないから産むと一方的に決め私との関係を絶って消えた。母さんは結婚して産みたいと言った。私は母さんの嘆願を受け入れた。君を授かったことで絶望の淵から這い出しきっと僅かな生きる希望を繋げると信じた。ただひとつだけ気になったことがあった。君に申し訳ないが君が産まれたばかりの頃に青山の子どもであるかもしれないと少しだけ勘ぐった。母さんが青山と完全に切れたかどうかは定かではなく私は母さんを奪ったのだから。だが、君が産まれ直ぐに確信した。君は明らかに私を受け継いだ私の子だった。君といる時が何より幸せだった。だがある時、母さんは私が過去に英雄の恋人との間に子を宿した事実を知ってしまう……母さんは私に対し妬みを募らせ元の恋人である青山に徐々に傾いていったんだ。

母さんは青山と時折会うようになった。青山もモデルの女と結婚し男の子一人を授かったが数年後に離婚していた。その男の子は君の知るヒロシだ。そんな折に偶々勤務先で誰も行きたがらない中東への赴任の話があって自ら希望ししばらく国を離れることを選んだ。己の至らなさを嘆き、せめて汚れた関係が修復されることを遠い国より願った。だが単身赴任した後、母さんは青山と縒りを戻したと私に手紙をよこした。私の勝手な憶測にすぎないがきっと母さんは私と結婚した頃から私より青山が好

Epilogue　Whales stray into Tokyo Bay

きなままだったのかもしれない。そんな青山と結ばれることは自然でそうすることによって別の女に同時期に子どもを産ませた私へ屈辱を与えると同時に君に対しての僅かな可能性、つまり青山の子どもかもしれない君への責任も果たせると感じたのかもしれない。私は男の子である君が私の遺伝子を継いでいることは確信できたが、母さんからすれば君は青山の子どもなのかもしれない……そして私には君だけでなくもう一人親としての責任を果たしたい子の存在がいたのだ。

先に述べた文部省の女性、亡き英雄の恋人、つまり私の子どもを未婚のまま育てるといった女だ。それは君の知る人の母親だ。彼女の娘の名前は瑠架だ。瑠架は間違いなく私の娘だ。そう瑠架と君は惹かれ合う要素を孕んではいても結ばれない運命にあった。瑠架と君は母親は違うが共に同じ私の血が通っているんだ……そう、瑠架は君の腹違いの兄妹だ。万一君が青山の子どもならそれは避けられるが逆にヒロシと君が腹違いの兄弟となるんだ。だが私は確信している。君は間違いなく私の子だ。だから君と瑠架には私の血が通っているんだ。つまり異母兄妹となるんだ。

そう、青山も含め君の旅立ちの日に百貨店で一芝居打ったのはそういった理由からだ。つまり、君が旅立ったあの夜、青山は自殺していない。屋上から落としたのは大型犬の死体で悪質な悪戯として処理された。事務員を自殺らしく叫ばせたのも青山の仕組んだ演出だ。そして瑠架の母親も娘である瑠架を尾行していたんだ。瑠架が戻らなければ彼女は強制的に君と瑠架が共に旅立つことを阻止し事実を暴露しようと考えていた。だが、瑠架はあの飛び降り騒動で上手く騙されてくれた。二人の恋愛を阻止する義務があったからだ。何故なら君たちは異母兄妹なんだ！

タケルはベッドで縮こまり頭を抱えることで混乱し今にも破裂しそうな脳を制御した。瑠架が妹？　予想し得なかった話の展開に面食らったタケルはやはり死後の世界を彷徨っているのだと今一度思い直した。嘘だ！　今にも叫びたい衝動を抑え、せめてタケルは薄目を開けることで父の亡霊を直視し確認した。その時、口元にある見覚えあったほくろがタケルの目に飛び込んできた。久しく会っていない父のほくろのことまでは完全に忘れていたのに……自問自答しつつタケルは父の亡霊らしき語りべはやはり現在を生きている父であるのだと認識せざるを得なかった。

「卒業後の調査を契約書に盛り込んだのも親として君の動向を知り将来を見届けたかったからだ。ところが蓋を開けてみるとどうだ。予想外に君は威勢良く暴れて水槽から飛び出し消えた。失踪し何もしてやれなかった分せめて安泰な将来へ誘う重厚な赤い絨毯を敷いてやるつもりが、それがまさか魔法の絨毯に化け危険と隣り合わせの冒険へと君が旅立ってしまうなんて想定外だった。自分たちが成し得なかった夢を具現化しようといったエゴを君たちに半ば強制的に課したことについては謝罪したい。だが、そこには君たちに社会の一線で活躍して欲しいといった親心もあったことだけは理解して欲しい」父は沈痛な口調で詫びるように告げると黙りこくった。長く重い沈黙が横たわった。

　タケルは愕然と打ちひしがれ、息苦しさに悶えたが、耐えきれずに小便が漏れそうな衝動を利用し思い切って点滴の注射針を一気に引き抜いてベッドから飛び起きるとその場から逃げ出した。病室を出てトイレに駆け込んで持続点滴のせいで止まらない小便と同時に零れ落ちる涙をタケルは全て便器に流し捨てた。

　トイレに閉じ籠もったままどれくらい時が経ったのだろう……茫然自失となった時間軸は外れタケルは幼少期のある記憶の断片の中に迷い込んでいた。その夏の日、タケルはカブト虫を探し森に迷い、夜更けに月明かりを頼りに泥まみれで帰宅した。母さんは心配し泣きながらこっ酷くタケルを叱った。タケルはトイレに閉じ籠もって泣き続けた。母さんが寝床についた頃合いを見計らってこっそりとトイレから出ていくと、晩酌していた父がタケルを呼び止めた。反省の意を述べたが涙が溢れ上手く言えなかった。すると父はただ優しくタケルの頭を撫でてくれた……もう二度と逢えないと諦めていた父が今、このドアの向こうにいる……タケルは堪えきれずに思わずドアを蹴り開けた。

するとそこには杖をついた父が寂しそうに佇んでいた。その時、もう二度と会えないと諦めていた父とタケルは真っ向から向き合うこととなった。深く被ったハットのつばの陰で瞳は隠され、白髪交じりの髭を蓄えて隠れた部分が多いが、父に違いないとタケルは確信した。そう、幼少の頃に腕に抱かれ小さな指でなぞったほくろが父の口元に間違いなくあった。絞り果たしたはずの涙が再度タケルの頬を伝いとめどなく流れ落ちた。

タケルは父に肩を抱かれ、誘われるままに中庭の出入り口を出てベンチに腰掛けさせられた。父は内ポケットから煙草ケースを取り出すと、オイルライターで火を点けてその煙草をタケルに勧めた。受け取らないタケルに父は少し離れたベンチの隅に座ると、その煙草を虚ろな表情で吸い始めた。

タケルは父の横に寄り添うように席を滑り徐々に詰め寄った。父の肩にぶつかった際に黒いハットが脱げ、地べたに転がり父の表情が露わになった。瞳が年老いたせいかやや窪んだ感じではあるが、やはり紛れもないタケルの父であった。

「瑠架とは純粋に恋におちた！　せめてこのことだけは、兄妹ってことだけは早いうちに教えていてくれても良かったんじゃないか！」タケルはどうしてもやるせない思いだけは父に吐き捨てるように怒鳴った。

「殴ってくれ、気の済むまで！　いや生温い、殺してくれても構わない。コートの内ポケットに護衛用にと短銃を一丁忍ばせてある。抜いて俺に向け引き金を引け！」父はタケルに未だかつて見せたことのないような強面《こわもて》の形相でタケルの怒号に答えた。

　タケルは拳を握りしめ、固めてはみたがそれは父を殴るためではなかった。沸々と沸き上がる怒りとは裏腹に父が健在であった感激が怒りすら掻き消す勢いで湧き始めていた。タケルは父の語ったややこしい話を理解しつつあった。何故なら父たちの若かりし頃の関係はタケルとヒロシと瑠架との関係に酷似していたからだ。父が自暴自棄になって同時に別々の女性を愛してしまったことも瑠架と瑠璃を同時に愛そうとしたタケルも同じで、父の過去をタケルは侮辱できないと感じていた。

「沖縄の島で友達ができたが、彼らとの出逢いも父さんが仕向けたの？」話題を変えたかったタケルは抱いていた別の猜疑心を父にぶつけてみた。

「沖縄から戻そうと島に遣いを送り、他にも水族館に根回ししたのは私だ……だが、それだけだ。君が渡米した際には完全に依頼した調査員の包囲網から消えた。死んだとは信じていなかった。島のニュース番組の録画を観たが君の友人である波琉君か？　彼の下手な演技のおかげで見抜いていた。だが、間に合って良かった。偶然、観ていた捕鯨船へ奇襲したニュースで君の居場所を知り、急遽駆けつけたんだ！　ヘリをチャーターし君の乗った船を発見した。まさか眼下でクジラが君の乗っている船を撃沈させるなんて想定外だ。研究塾の策略を君に暴露せずに消える予定だったが謝罪しにやってきたって訳さ。いやそれだけじゃない、君の冒険活劇を息子ながら誇らしく感じて、せめてよくやったと頭でも撫でてやりたくてな。勇者となった君に直接会いたいといった願望が強く衝動を抑えられなかった。青山と交わしたルールに違反してしまったがやむをえまい……」父は頭を撫でると口では言いながら、タケルを強く抱きしめてきた。

「実は……君の卒業発表を変装し密やかに後方の座席で傾聴していた。青山が君の母さんは参加しないからと私を招待してくれたんだ。君の卒業式は親として一度も参加できなかった身の上だったから、そんな儀式に立ち会えただけで私は感無量だった。加えて型破りで破天荒な、予測を遙かに超えた素晴らしい卒業論文に圧倒された。愚劣な論述だと後に審査員から君の論文を酷評されたが、きっと亡き英雄がその場にいたらきっと君の大胆な構想を理解し誉め称えただろうと私は感じた。むしろ、立ち上がって拍手したい衝動を抑えるのに必死だった。君が論文の最後に私に対する思いの丈を述べてくれた際には父権を己の不甲斐なさから勝手に放棄した身の上を恥じつつとめどない涙が溢れたよ……」

　タケルは複雑に入り交じった感情の中で、父がタケルを見守ってくれていたことが嬉しく、喜びが胸中の不穏な暗雲を晴らしていくのを感じていた。卒業論文発表会の退出時に講師に飛びかかって殴ろうとしたタケルを抑えるために立ち塞がった紳士こそが今ここにいる父であった記憶も呼び覚まされた。

　長い沈黙がその場を支配し、ベンチシートに父が置いた煙草をタケルと父は無言で続けざまに吸い続けた。お互いの懐古する想像が煙草の煙のように交差しては空へと上っていった。

　だが、やがて渇いた銃声が遠く鳴り響きタケルは我に返った。

「父さん、ここは銃声が鳴るの？」

「この辺り一帯は情勢不安から内戦が酷いらしい。この病院も武装集団に襲われた銃撃による負傷者で溢れているし、街は緊張状態にある。昨夜ライアンという君の友人が退院前に君を見舞いにやってきた。私が代理に応対した。彼から聞いた話によると、昨日も国境付近において手榴弾でトラックが襲われ此方に負傷者が数名搬送されたらしい。危機を察し朝一に彼は退院しこの場から故郷アイスランドへと戻るとのことだった。彼は捕鯨国である母国にクジラと交信できる機器を開発することで、母国にクジラを殺さない何か別の方法で繁栄をもたらしたかったと胸の内を語っていた。手ぶらで帰還することを悔しいと自戒していた。君と組めばできそうな気がしたって……君に前途あれと伝えて欲しいとのことだった」ライアンが無事だったことは素直に嬉しく、混濁したタケルの気持ちを少しだけ整えた。

「過激派の温床となっている国だ。この国には日本大使館もない。国境線を超えるつもりだ。隣国へ抜け安全な航路を確保できる。隣国の空港からの旅客機で祖国へ渡航するのが最善の経路だ。ライアンも同じような針路を選んでいる。外国籍だが君のパスポートは偽装し用意してある。もう研究塾は君を追わないから。すまなかった」父はタケルにそう詫びた。煙草のパッケージがハイライトではなくキャメルとなっていたことに気付いたタケルは煙草の包みに描かれていたラクダから思い出した問いを父に投げかけてみた。

「中東の国に赴任して直ぐに僕にお土産送ってくれたんだけど何か憶えてる？」あまりに唐突で間抜けな質問だっただけに父は首を傾げた。

「ラクダの皮でできた水筒」タケルは今にも噴き出しそうな笑いを堪えながら答えを教えた。

「湖畔への遠足があって、その水筒を持参し出掛けたんだ。今なら逆に個性的でお洒落かもしれないけど、時は高度成長期の真っ只中でクラスメイトは皆、似たようなプラスティックの水筒を持っていて、僕だけ変なの持ってるから友達に馬鹿にされて大変なことになったんだ、父さんのせいで……だけど父さんも連れて行ってやりたかったんだ、せめて水筒だけでも湖に……」

父はベンチから崩れ落ちるように地べたに伏し嗚咽した。タケルはつまらない話をしてしまったことを後悔した。父が号泣する姿を初めて目の当たりにし、掛ける言葉のひとつも思い浮かばないくらいタケルは動揺した。ずっと強がり堪え続けていた男の涙というものは豪雨のようだと知った。だが、タケルの気持ちを察してか、照れ臭そうに父は平静を取り戻した振りでタケルに問い掛けてきた。

「クジラはもう追わなくていいのか？　追うなら支援する」

「断られたんだ、しかも暴力的に、父さんの知る通りさ……だけど荒くれたやり方だけどクジラはきっと僕を誘ったに違いない。現に父さんと奇跡的な再会を果たせた。過ぎたことはもういいんだ。けど、父さんにひとつだけ別のお願いがある……再会を祝して僕のやりたいことをひとつ叶えて欲しい」

タケルは丸く蹲ったままの父にそう切り出した。父はロダンの像、つまり考える人の格好になった。タケルも父親になっていなければ気付けなかったかもしれない。目の前で懺悔する父のほうが愛に溢れた生き様なのだ。海の藻屑となりかけた息子に梯子を降ろし、救いの手を差し延べたのは紛れもなく父なのだ！　それに比べ自身はどうだ。この世の絶望を叫びながら、そんな世に幼子をただ産み堕としたまま、何ひとつしてやれていない身の上なのだ。子を思う故に常識では成し得ないことをしてのけ、ここに伏している父のほうが格段に偉大な男なのだ。タケルはそう思い直し、自身の不甲斐なさを自戒した。

「どんな難題であろうとも受ける覚悟だ」父は顔をあげ乞うような惨めな面持ちでタケルの目を覗き込んだ。

「富士山の麓にある湖に小舟浮かべ、昔みたいに父さんと一緒に釣りしたいんだ……」タケルはそんな感傷的な思いを正直にうち明け、父に享受を求めた。父はしばらく戸惑っていた。そんな幸福なことはあってはならない……と自虐的に呟き、父はさらに丸く跪き嗚咽した。父のそんな高ぶった感情が落ち着くのを待ってタケルは立ち上がりベンチシートの下に丸くうずくまった父に握手を求めるように手を差し出した。暫し迷い、だが握り返してくれた父の手をタケルは強く握り、ついでに休日に仕事疲れのためにリビングで横になっている父を百貨店へ連れて行けとせがんだ幼少の頃のように引っ張り立ち上がらせた。泣き止んだ父は年に似合わず少年のような屈託のない笑顔を見せてくれた。

「杖ついているけど、父さん足が悪いの？」

「いや、護身用だ」父はそう答えると前髪を額から払いながら転がったままのハットを手に取り深く被った。

タケルは父の杖を拾い持つと、野戦病院の正面玄関へと向かう廊下を抜けた。入り口の事務所で父はアラビア語と英語を交え会計と退院手続きを済ませてくれた。父の話だと軽い打撲と疲労で異常なしとのことだった。それから病院の駐車場に出て、ソマリア開放連盟の穏健派グループの指導者に交渉し借用したという父の説明を受けながら、日本製のかなりレトロな黒塗りのバンにタケルは誘導された。まるで演出されたかのようなその車には見覚えがあった。丸形二灯式にヘッドランプでフロントにバックミラーと錆びたスチールバンパー、色こそは違えどかつての父が愛用していた自家用車だった。父は内ポケットから鍵を取り出し運転席のドアに差し込んで、タケルは助手席側に廻った。

その時だった。中庭の木陰から三名の武装団が走り寄り、即座に父を囲み込んだ。内一人がライフルの銃口を父に向けた。父は両手を挙げ降参のポーズから素早く黒いフロックコートを翻すと、武装団を煙に巻き咄嗟に車に乗り込んだ。逃したライフルを持つ男が車越しに的をタケルに定め変えた。車内では父が突っ伏した状態で助手席のドアを蹴り開けて「乗れ！」とタケルに叫んだ。武装団の気を逸らそうと、タケルは反射的に釣り竿を振る要領で手に弄んでいた杖を、手首を撓らせてボンネット越しに投げつけた。杖はライフルを構える男に命中し、男は一瞬蹌踉けた。怯んだ隙にタケルは助手席に滑り込んだ。一度死んだような体験をすると、窮地に追い込まれても冷静沈着になれることを知った。父は即座に腕でタケルの頭を伏せさせ、庇うような状態で鍵を突っ込みエンジンを掛けると、当時の細いデザインのギアをバックに捻込み、アクセルを踏み込みながらサイドブレーキを解除し、車を急発進させた。タイヤが擦れ舞った砂埃に車体が煙に呑まれ転がった。横滑りした車体の向く方向が定まると、一気にギアをシフトしながら敷地内を突っ切って突進し、段差で少しだけ跳ね上がった車体は砂漠色の車道へと脱し、バックミラーに啞然と佇む武装団の間抜けな姿が映った。

父は穴だらけの道に車を弾ませながら廃墟のような街を抜け、荒野の果てにある国境線へ向け車を疾走させた。途中ロケットランチャーを担ぐ兵士を荷台に乗せた武装車両が真横を通り過ぎた。兵士の顔は火薬の煤で汚れている。それからキャタピラの外れた戦車が道端に放置された光景にも出会し、内戦の最中であるこの地の悲惨な現状を窺い知った。やがて荒廃した街を抜け、枯れた荒野が広がる一本道へと抜け出た。荒野には時折、放牧された羊や牛の家畜もいた。父がフロントパネルに置かれた煙草に装備されたシガーライターで火を点けると、ハンドル式の窓を開け、安堵の溜息をついた。タケルも父を真似て煙草に手を伸ばし吸って、窓から父と同じように片腕を投げ出し、安堵の溜息をついた。

やがて通り過ぎる小さな牧場の一画にポツリと丸太小屋が見えた。丸太小屋で痩せこけた羊飼いの少年が焚火に薪をくべると、柵に寄り掛かって、棒切れでくじら色のブーツについた靴底の泥を落としていた。白い犬がその少年の足下にじゃれついていた。百貨店の檻に閉じ込められていた白い子犬と同種の成犬であった。通り過ぎながらタケルはその打ちのめされた絶望感を露わにした少年の瞳と目が合った。百貨店に佇んだあの日の僕はきっとこんな瞳だったはずだと直感したタケルは反射的に窓の外に投げ出した腕を廻し、旅立て！　と念じた。タケルの辿った逆の路を少年は辿り旅するべきなのだ。父はタケルの心意を察したのか、ギアをロウに入れ徐行しながら懐に忍ばせた短銃をタケルに渡した。タケルはそいつを窓から身を乗り出し、ブーメランのように過ぎ去っていく少年へ向けて投げた。少年までは届かなかったが、柵の隙間より尻尾を振りながら白い犬が走り寄って、まるで丸焼きの七面鳥でも拾うが如く短銃を奪取し、少年のもとへと疾駆した。父はしばらくアクセルを緩めていたが、バックミラー越しにその様子を確認すると、再びギアを加速させ、アクセルを踏み込んだ。

「空港に到着する前に物騒なもんは捨てていかないとな」父は苦笑いしそう呟いた。

「きっと彼には学校よりも武装団の搾取に備えた護身の銃が必需だ。そういえば父さん、赴任する前に僕と交わした約束を憶えてる？　帰国した暁にはクリスマスプレゼントに子犬を買ってやるって約束、あれから毎年クリスマス近くになると、ペットショップで子犬を選んでいたんだ。父さんと釣りに出掛ける際に同行できる狩猟犬がいいなって決めてたんだ」父は首を傾げながら苦笑いしタケルの問いに惚けた。

タケルは助手席で父の運転する癖を数年ぶりに体感しさらに当時愛用していた車とあってか、まるでタイムマシーンにでも乗っている気分で、進む車とは逆に時は遡っていた。あの頃のように粗暴であるが、沈着冷静な運転に変わりないことと、ハンドルを握る腕の隆々とした筋肉と漲り巡らされた躍動する血管は相変わらずで、前屈みな生き様のように強かな老いを感じ、頼もしさと同時に嬉しさが込み上げてきた。

「旧型車のおかげで命拾いしたな。下手に利便性など極めた車だったら今頃は撃ち殺されて霊柩車となっていただろう。しかし懐かしいな、君とドライブできるなんて。

よくこんな風に釣りに出掛けたな。途中キリマンジャロを拝めるビクトリア湖があるぞ。試しにパーチやナマズでも狙って釣りしてみるか？」父もタケルと同じようにタイムマシーンにでも乗り込んだ気分なのかそう提案してきた。

「瑠架とヒロシがナマズを川に逃がしたはずなんだ。ナマズは東京湾へと向かってさらに大海原を渡り、やがて地中海からナイル川を遡ってビクトリア湖に到着するんだ。いつかナマズと再会できる頃に釣りしに来たいな、だけど先ずは平和で安全な母国で富士山を拝みながら釣りしたいんだ」タケルはヘミングウェイの作品を想い、キリマンジャロの頂に力尽きて死する豹の亡骸のような結末が一転し父と釣りができる、『老人と海』のような物語に化けた今に痺れながらそう答えた。

「わからんでもないな。流石に父さんも疲れた。恒久な平和など見出せないとしても、平和の下、母国で束の間の自由を謳歌するのが賢明だ。だが、ナマズって海を越えられるのか？」父が呆れながら笑った。

「日本を離れてから釣りはしてなかったの？」タケルは少しだけ緊張が解けた様子の父に緩い質問を投げかけた。

「赴任先の近くにユーフラテス川とティグリス川が合流した川があってペルシャ湾に注ぐ川なんだが、試しに休日にその川で日本から持っていったロッドで一ダースのルアーを投げたんだが悉《ことごと》く大物と想われる魚に切られた。挙げ句に竿まで折られた。つまり早々に道具を失ったってことだ。上流のユーフラテス川にはギリシャ神話で愛と美の女神とその子どもが怪物に追われ飛び込んで魚になったっていうお座の伝説があってな。きっとその魚だったのかもなんて想像を膨らましました」

父の話は浪漫ある内容で逆にタケルが照れた。気障な一面も相変わらず健在だった。

「他に高地にあるラール湖って湖には野性のレインボートラウトがいて、知人に誘われ道具も借りてルアー釣りに出掛けたこともあった。避暑地で景観も良く私も一匹だけ綺麗なレインボートラウトを釣った。そういえばノアの方舟が座礁したといわれている万年雪のアララト山の麓にある湖にも釣りはしなかったが出掛けたことがあった。そこでは富士山を背景に君と釣りをした湖を思い出して涙が溢れた。湖の塩分濃度が高くなる訳だ。最近勃発した湾岸戦争で油田火災による酸性雨が降ったり大量のナツメヤシが空爆で焼かれたりと環境に随分と影響しただろうから魚も減ってしまったに違いない。再度ノアの方舟が座礁したら話は別だがもったいない話だ」話から父はタケルと同じ思い出を大切にしていたことが知れてそれが心底嬉しかった。

「多摩川で偶然ナマズが釣れて、君が飼って地震を予知させるんだって駄々を捏ね、持ち帰ったこともあったな。だが、君がナマズを金魚の水槽に放って、ナマズは一晩で金魚を全部呑み込んじまって、母さんが機嫌を損ねたっけな……懐かしいな……我々は豊かで平和な国と時代に生きていたんだ……」父はまるで今を風刺するようにそんな昔話を感慨深く呟いた。

やがて国境線が近づくと武装した兵士が彷徨っており緊張が再び二人を黙らせた。国境線で停止すると赤茶けて錆び付いた鉄の国境監視塔から覗く無精髭の門番が現れ、父の車を認証しているんだと幾度となく頷きながら一旦降車を促されタケルたちは従った。バンを降りると同時にタケルは車酔いが酷く道端にうずくまって吐いて、父は背中を撫でながら幼少の頃と変わらんなぁと逆に長い船上生活に耐えたことを不思議がった。そんな父に対してタケルはレトロな父が愛用していた車との相性の悪さが実証されたんだと戯けた。タケルの車酔いが冷めるまで父は地図を広げ門番に空港までの道順を教わっていた。無事に国境線を超えた父は再度空港へ向けて車を走らせた。

「瑠架の件、黙っていてすまなかった……」父は呟くようにタケルに詫びた。

「クジラと一緒で瑠架にも見事にふられたんだ。それに瑠架の彼氏はヒロシらしいんだ……奴なら間違いなく瑠架を幸せにするさ！　俺も父さんもまるで同じ運命だなんて笑わせるぜ！」タケルは父をそう茶化し、かつて青尉がタケルにそうしてくれたように妹の彼氏を認め信じることにした。

「研究塾へ通わせた数年間、君に嫌な思いをさせてしまった。きちんと償わせてくれ！　ぐちゃぐちゃに絡まった釣り糸のような君の軌跡を根気強く紐解き、辻褄を合わせ堂々と帰国できるよう計らうからな！　女にふられやすい気質ならまだ仕方あるまいと諦めもつくが、失踪し憚り生きるような遺伝子だけは継ぎたくない」父はタケルに真摯にそう詫びた。

「おかげでこんな冒険もできた。旅路の途上に生涯大切な友人や女性とも巡り逢えた。そして何より旅路の果てに父さんの存命をも知り得た。そう、悪いことばかりではなかった。しかも父さんの思いの丈、子を思う故の愛情が発信源だと知り得て、政経改革塾さえ良い体験だったと許せるような気になってるんだ。逆に創始者の息子である立場も弁えず、制度を反逆的なやり方で翻弄し父さんの顔を潰してご免ね、しかもあんなクジラを泳がすなんて馬鹿げた爆弾を投じてしまった……」タケルは今感じている嘘偽りなき気持ちを伝えた。

「君のナマズを水槽に放って金魚を呑ませるような大胆な悪戯には昔から慣れっこだ。だが、クジラは流石に度が過ぎたかなぁ？　万一、ナマズが金魚を全て呑み込んでしまったようにクジラが人間を踏み潰すような事態になったら後の祭りだ。まぁ君が架空の寓話を演じたにすぎないことくらいは、親だから理解しているつもりだが、現に君はクジラまで到達した。本当に寓話なのか、君の心意を少し疑うな……」父は悪戯に笑った。

空港に到着すると週に僅か就航している東京行きが偶然合致した日であり、数分後に飛ぶ航空券を急いで購入し搭乗手続きを済ませた。入港の際に使用した外国籍であるタケルのパスポートの写真は研究塾の卒業アルバム用に写されたものだった。父は経済制裁を受けていた居住国の食糧危機に、自らが運営する貿易会社を使って、石油と食糧を密に交換する国家組織に貢献した過去を明かし、居住国においてはパスポートの偽装依頼くらいなら容易だと悪戯に笑った。そうして無事にタケルは父と共に東京行きの旅客機に搭乗した。

「しかし不思議だった。仮に新生した研究塾を水槽とし三十匹の魚を放流したとしよう。かつて私たちが惹かれ合い仲良くなったように何故だか君と瑠架とヒロシは群れをつくった。入塾して一年目の夏期キャンプで好きな者同士三名を組ましてて山道をハイキングさせた。君たち三人が組んだ時、保護者として参加していた瑠架の母親は驚きを隠せなかったそうだ」席に着くなり父はそんな話をした。父の話通り三人は自然と仲良くなった。瑠架には同じ血が通っている。ヒロシとは父の代より馬が合う……いったい何が繋がっているのだろう。航海中にある島の海岸に海豹《あざらし》が溢れんばかりいた光景が思い浮かんだ。同じように端から見れば人間もさほど差異はないのかもしれない。タケルのそんな感慨を掻き消すような轟音が響き、日本へ向け旅客機は黄砂を舞い散らせ飛び立った。旅客機が安定気流に乗るとタケルは最も大切なことを父に報告した。

「ちなみに父さん、母さんにはまだ内緒にしているけど息子が産まれたんだ。いや、産まれたらしいんだ……」

「瑠璃という娘と付き合っていることは報告書に記載されていて知ってはいた。子も授かったのか……おめでとう。しかし産まれてきた子は間違いなく回遊系だ。次は宇宙にでもぶっ飛ぶくらいやんちゃかもな」父は窓の外に拡がる大空を眺めながら、咽せて咳き込みながら笑った。

「父さんから爺さんになった気分はどう？　だけど何処で怪我したんだろうな僕たち親子は？　何故か同じように失踪した身だしね。遠い先祖は何者だったのかな？」タケルは感慨深く呟いた。

「同じ哺乳類でも鯨と人間くらいの差異が出るまでに要する進化の歳月はかなりのものだろうな、きっと……だが、父さんと君の代の進化など長い歳月の中で限りなくないに近いってことだ」父はそんな風に比喩し黙り込んだ。タケルはさっきから喉に絡まっていた本意を耐えきれずに吐き出してしまった。

「日本に到着し、それから富士山の麓にある湖で釣りを満喫した後の話だけど……沖縄の離島で僕と一緒に暮らさないか？　そう、沖縄で父さんに是非釣らせたい手強い魚がいるんだ。ジャイアント・トレバリーっていうんだ……中東は湾岸戦争が勃発してから危険だし、せめて戦争が終息するまででも……」だがタケルの問い掛けに父は応えてはくれなかった。タケルは心意を窺おうと父に視線をそっと向けた。タケルを心配して寝ずに看病したうえに、長距離運転した疲れからか父は寝入ってしまったようで、懐かしい鼾の混じる寝姿がそこにあった。タケルは大きく伸びをし高ぶった気持ちを抑えた。

それからタケルは機内に置かれていた英字新聞を読み漁り、シーライオンに関する記事が載っているかを検索した。東欧の共産主義の崩壊や、独逸で東西の壁が崩れた影響と変化についての社説、湾岸戦争の現状に関する記事が一面に掲載されていた。最悪なチェルノブイリ原発事故の悲劇は未だに終息していない……隅々まで目を配ったがシーライオンに関する記事はなかった。だが、次の瞬間、タケルは紙面の片隅にあった別の小さな記事に記された見出しの文字に釘付けになった。Whales Stray Into Tokyo Bay とは？ 何処かで見覚えのある文字列であった。そう、海底に沈む途中、魘された夢の中でジョンが着けていた白地のTシャツにプリントされていたWAR IS OVER の下に記されていたのがまさにこの文字列であったことが鮮明に甦ったのだ。

タケルは驚愕し記事の詳細を読んだ。記事には二頭の親子クジラが東京港内を迷走する内容が写真と共に掲載され、親鯨が頭部に怪我を負っている様子でそのために座礁したのでは？ との見解を語った著名な海洋学者の解説が載せられていた。タケルは眠っている父を起こさないようにそっと新聞を座席ポケットの奥深く丸め隠した。タケルはできすぎた結末に、きっと瀕死の状態で夢の中を漂っているのであろうと懐疑し、何処であの世とこの世の境界を流れる川を渡ったか今一度記憶を辿ってみた。思い当たる川は見つからなかったが、思い起こせば百貨店の屋上で飛び降りていたのは僕なのかもしれない、といった疑念すらタケルの心中に沸き上がってきた。だが、それならそれで構わないから、このままこの時を彷徨っていられることをタケルは強く願った。

きっと、部屋に置き去りのままのパソコンに棲む滑稽な巨大魚は、躍動感に溢れ、画面を飛び出す勢いで泳ぎ廻っているに違いない。果てなどなく常に途上なのだ。そして水に覆われたこの星は丸く繋がっている。

例えば国境の壁や水槽の硝子の囲いや生死を分ける川が遮っても、恐れずにクジラのように強かに越えて生きるのだ。障壁を超え続け、暴走した果てに見出せる真実も辛うじてあるのだ。父と僕、そして息子が生きる時間などは星の瞬くような一瞬でしかなかったのだ！

もし、瑠璃の住む島へ戻り幼子と暮らせるなら、父が僕にしてくれたように息子が物心ついた頃に釣りに連れて出掛けるのだ。時として離ればなれになるようなことがあったなら、父が僕にそうしてくれたように、誰よりも息子の将来を案じ、時に養護し、手を差し延べてやるのだ。そして、父が僕にやり残したクリスマスに百貨店のペットショップで子犬を息子に買い与えることも実現してやり、たったひとつだけでも前進し繋ぐのだ。そうして一瞬でしかない時を瞬けばいつかは自由を謳歌するクジラのようになれるはずだ。

タケルはぶつくさと独語を呟き、丸めた新聞紙を広げると、二頭の親子くじらが遊泳する写真を再度眺めた。タケルは窮地から救ったまだ見ぬ幼子に想いを馳せた。するとタケルの耳元に瑠璃が優しく囁いてきた。

「もし私が人魚姫で、あなたがこの島に舞い降りた堕天使なら二人が結ばれたら羽の生えた人魚が産まれるわ。その子は海も泳げて空も飛べるの……」

タケルは囁きに向かって答えた。瑠璃、きっとその子は海や空だけでなく時間さえも越えてしまえる救世主だ！

了

著者プロフィール

小川 ツヨシ（おがわ つよし）

1969年5月17日生まれ。
東京都八王子市出身。
青山学院高等部卒業。
青山学院大学中退後、沖縄の離島に移住。
現在、サーベルフィッシャーズ代表。

くじら色のブーツ

2019年2月15日　初版第1刷発行
2021年12月20日　初版第3刷発行

著　者　小川 ツヨシ
発行者　瓜谷 綱延
発行所　株式会社文芸社
〒160-0022 東京都新宿区新宿1－10－1
電話 03-5369-3060（代表）
03-5369-2299（販売）

印刷所　株式会社暁印刷

© Tsuyoshi Ogawa 2019 Printed in Japan
乱丁本・落丁本はお手数ですが小社販売部宛にお送りください。
送料小社負担にてお取り替えいたします。
本書の一部、あるいは全部を無断で複写・複製・転載・放映、データ配信することは、法律で認められた場合を除き、著作権の侵害となります。
ISBN978-4-286-20289-1　JASRAC 出1813378－801
MOTHER（P.340 掲載）
Words & Music by John Lennon ©LENONO MUSIC
Permission granted by FUJIPACIFIC MUSIC INC. Authorized for sale in Japan only.